OS FILHOS DE JOCASTA

Natalie Haynes

OS FILHOS DE JOCASTA

Tradução
Petê Rissatti

JANGADA

Título do original: *The Children of Jocasta*.
Copyright © 2018 Natalie Haynes.
Copyright da edição brasileira © 2024 Editora Pensamento-Cultrix Ltda.
1ª edição 2024.

Todos os direitos reservados. Nenhuma parte desta obra pode ser reproduzida ou usada de qualquer forma ou por qualquer meio, eletrônico ou mecânico, inclusive fotocópias, gravações ou sistema de armazenamento em banco de dados, sem permissão por escrito, exceto nos casos de trechos curtos citados em resenhas críticas ou artigos de revistas.

A Editora Jangada não se responsabiliza por eventuais mudanças ocorridas nos endereços convencionais ou eletrônicos citados neste livro.

Esta é uma obra de ficção. Todos os personagens, organizações e acontecimentos retratados neste romance são também produtos da imaginação da autora e são usados de modo fictício.

Obs.: Esta edição não pode ser vendida para Portugal, Angola e Moçambique.

Editor: Adilson Silva Ramachandra
Gerente editorial: Roseli de S. Ferraz
Preparação de originais: Alessandra Miranda de Sá
Gerente de produção editorial: Indiara Faria Kayo
Editoração eletrônica: Join Bureau
Revisão: Luciana Soares da Silva

Dados Internacionais de Catalogação na Publicação (CIP)
(Câmara Brasileira do Livro, SP, Brasil)

Haynes, Natalie
 Os filhos de Jocasta / Natalie Haynes; tradução Petê Rissatti. – 1. ed. – São Paulo: Jangada, 2024.

 Título original: The children of Jocasta
 ISBN 978-65-5622-073-4

 1. Ficção inglesa I. Título.

23-175371   CDD-823

Índices para catálogo sistemático:
1. Ficção: Literatura inglesa 823
Cibele Maria Dias – Bibliotecária – CRB-8/9427

Jangada é um selo editorial da Pensamento-Cultrix Ltda.
Direitos de tradução para o Brasil e América Latina adquiridos com exclusividade pela
EDITORA PENSAMENTO-CULTRIX LTDA., que se reserva a
propriedade literária desta tradução.
Rua Dr. Mário Vicente, 368 — 04270-000 — São Paulo, SP — Fone: (11) 2066-9000
http://www.editorajangada.com.br
E-mail: atendimento@editorajangada.com.br
Foi feito o depósito legal.

Para Dan

ὁ γοῦν λόγος σοι πᾶς ὑπὲρ κείνης ὅδε[1]
Antígona, de Sófocles

---

[1] "A tua fala toda, ao menos, é por ela." (Tradução de Mário da Gama Kury. SÓFOCLES. *A trilogia tebana*: *Édipo Rei* — *Édipo em Colono* — *Antígona*. 15. ed. Rio de Janeiro, Zahar, 2011.) (N. do T.)

Nota da autora

Os antigos gregos não se consideravam "gregos" (a palavra *graeci* é uma invenção romana que surgiu posteriormente). Eles eram helenos. Valorizavam os opostos — quando os antigos gregos queriam descrever o mundo inteiro, por exemplo, dividiam-no em dois: helênico e não helênico, ou livres e escravos. Mas também, talvez de forma predominante, definiam-se como cidadãos de qualquer cidade-Estado que habitassem. Tebas tinha uma história mítica densa, assim como seus arredores: um número surpreendentemente grande de mortes desagradáveis na mitologia grega aconteceu no ou perto do Monte Citerão, onde Actéon foi transformado em cervo e dilacerado pelos próprios cães de caça, e Penteu, dilacerado membro a membro por sua mãe mênade (ou seja, enfurecida). Talvez a moral dessas histórias seja que o campo pode ser mais perigoso que a cidade. Mas nem sempre.

Prólogo

O homem olhou para seu filho no outro lado do cômodo, que tremia em um leito duro. Deu um passo em direção ao garoto, pensando em enrolá-lo em mais um cobertor para aliviar os arrepios. No entanto, deteve-se, incapaz de persuadir os membros a repetirem as ações que haviam realizado no dia anterior e no outro antes desse. Tinha mantido a esposa aquecida quando os tremores a tomaram; seu corpo era como a lâmina de um machado, trepidante no tronco escuro e grosso de um pinheiro. E, depois, manteve a filha aquecida até ela também sucumbir à doença. Como era mesmo que a lavadeira a chamara? O Acerto de Contas.

Sentiu os lábios rachados abrirem-se em um sorriso triste. Em que tipo de acerto os cidadãos de Tebas acreditavam? Punição dos deuses por uma ofensa real ou imaginária? Os templos ressoaram com o ruído de orações e oferendas a todos os deuses, nome a nome. Na maioria das vezes, chamavam de Apolo. Sabendo de sua ofensa, porém, dirigiram-se a ele por um nome após outro: Cíntio, Delfino, Pítio, o filho de Leto. Todos sabiam que suas flechas carregavam a praga em suas pontas imortais e que sua mira era sempre certeira. Mas que possível ressentimento o Arqueiro poderia ter contra a filha desse homem, pouco mais velha que uma criança? Ou contra sua esposa, que fazia seus sacrifícios com devoção a cada nova estação? Não havia como o deus ter se ressentido dela, e mesmo assim ela falecera. Dois dias antes, ele próprio carregara seu corpo para a rua, lutando com o peso, não porque a esposa, devastada pela doença, estava pesada — ela era apenas tendões e ossos, a pele pendendo frouxa nos braços —, mas porque a peste o deixara quase incapaz de arrastar os próprios ossos enfraquecidos.

Carregar a filha no dia seguinte havia sido mais fácil.

Ele olhou para Sófon de novo e assistiu aos espasmos percorrerem o corpo de 10 anos do menino. Sentiu a pele úmida embaixo dos olhos e pensou por um momento que chorava. Mas, quando tirou a mão do rosto, viu o carmesim violento de sangue fresco nas pontas dos dedos. Então, as bolhas começavam a estourar. Tinha ouvido falar que os homens estavam perdendo a visão. Apenas alguns batimentos cardíacos após amaldiçoar Apolo em silêncio, murmurou uma prece. Não me deixe ficar cego. Cego, não teria utilidade para cuidar do filho. Se o menino sobrevivesse, ele não seria capaz de cuidar de um mendigo cego. Suas preces arrefeceram: permita que eu enxergue pelo menos de um olho. Deixe um olho intacto. E — as preces voltaram a se tornar mais exigentes sem que percebesse — deixe o menino viver.

Ele deveria mesmo deixá-lo tremer assim? Sentira os próprios dentes batendo uns contra os outros quando o tremor o consumira um dia antes. Temera morder a própria língua. Deteve-se por um instante, percebendo que não era bem verdade; ele não havia pensado na própria língua quando a febre o atingira. Só depois, quando o calor arrefecera e ele tinha se estendido no chão, exausto, perguntara-se como não havia se machucado. Quando os tremores atingiram a esposa, ele a cobrira, e ela fizera o mesmo com a filha. Mas nenhuma delas havia sobrevivido. Ele tinha enrolado as duas com todos os cobertores que possuía, e por isso não havia sobrado nenhum quando ele fora acometido pela mesma dança cruel. No entanto, ainda estava — até aquele momento — vivo. Então, talvez isto fosse algo que houvesse aprendido sobre o Acerto de Contas: ele vicejava no calor. E podia ser afastado se lhe negassem calor.

O menino gemia tão baixinho que se perguntou se estava ouvindo coisas. Mas não se aproximou dele nem o aqueceu.

O Arqueiro pegaria quem escolhesse. Mas, ainda assim, o homem tinha esperança — algo alquebrado e minúsculo como um pássaro — de que ele buscaria sua presa em outro lugar.

1

Sessenta Anos Depois

Não ouvi o homem chegando. Estava no antigo depósito de gelo que fica na extremidade mais distante de um corredor esquecido em um canto do palácio ao qual ninguém ia havia anos. Só era usado quando meus pais estavam vivos. Meu pai adorava gelo, raspado com um formão de ferro de um bloco que gotejava preguiçosamente naquele salão, revestido de paredes grossas para protegê-lo do sol constante que assolava a pedra branca. Como esse gelo chegou aqui?, eu costumava questionar. De onde tinha vindo? Toda vez ele me dava uma resposta diferente: certo dia, um furioso deus do rio havia transformado toda a água da cidade em gelo, e ninguém jamais havia tido tempo para descongelar aquele último pedaço. Era um ovo deixado atrás de um enorme pássaro congelado. Ou era o maior tesouro de Tebas, e bandidos singravam oceanos inteiros para invadir o palácio e roubá-lo, como o Velocino de Ouro. A última história trouxe-me pesadelos com homens mascarados que arrombavam um dos sete portões da cidade, escalando até a cidadela alta — destemidos ao correrem sob os leões da montanha esculpidos no portal de pedra com pepitas de ouro incrustadas nas órbitas oculares para afastar os inimigos —, avançando pelas colunatas e invadindo o pátio onde morávamos. Minha mãe pediu a ele que parasse de me assustar. Por isso, na vez seguinte que lhe perguntei, ele me fez prometer de modo solene que não contaria nada a ela até explicar que ele havia ganhado o bloco de gelo em uma aposta com um titã, que agora amaldiçoava seu nome. No entanto, não era preciso ter medo dele, porque estava bastante ocupado carregando o peso dos céus sobre os ombros.

Depois que meus pais morreram, meu tio Creonte ordenou que o palácio fosse ampliado e reconstruído. Dizia que necessitava de mais segurança e grandiosidade. Acrescentou quartos e andares inteiros térreo acima, e por isso minha casa assomava sobre todos os edifícios da cidade. O palácio ficava na colina mais alta e agora era também o edifício mais alto. Creonte insistia ainda em que a residência real não devia ser mantida sempre aberta para a cidade e seus cidadãos, como minha mãe gostava. Devia haver distância entre nós e eles; precisávamos de portas que pudessem ser trancadas toda noite. Lições deviam ser aprendidas. E, enquanto todas essas obras estavam sendo executadas por equipes de escravos eficientes e quase silenciosos, ele decidiu que este corredor podia ser abandonado. Ele não se importava com o gelo como meu pai. Assim, uma vez concluídas as obras, aquele salão já não servia para mais nada: estava longe demais das novas cozinhas para ser prático acessá-lo.

Mas, em um dia de calor escaldante, era um lugar perfeito para ler. A luz derramava-se de duas pequenas fendas altas nas paredes voltadas para o norte e o leste. E, com a porta aberta na parte externa do corredor semimurado, podia ler com tranquilidade o rolo de pergaminho que havia pegado no gabinete do meu tutor no dia anterior. Eu o devolveria assim que terminasse, como sempre fazia. Ele não se importava, contanto que o colocasse de volta nas prateleiras empoeiradas, no local exato de onde o havia retirado. Aprendi a soprar a poeira de ambos os lados para encobrir os rastros que meus dedos deixavam na madeira. Os olhos dele não eram tão aguçados como costumavam ser. O manuscrito voltava ao lugar antes mesmo que ele percebesse que tinha desaparecido.

Com frequência, eu perdia a noção do tempo naquele salão, o que era uma de suas muitas vantagens. Os longos dias de verão eram muito quentes, claros e monótonos. Meu tio gostava de dizer que as moças em toda a cidade, em toda a Hélade, gostariam de estar em nosso lugar. Mas elas deviam imaginar que nossa vida era de um jeito diferente do que realmente era, porque ninguém apreciava esses dias vazios. Eu ansiava por descer ao lago Hylike e nadar com as rãs e os peixes, porém não havia ninguém com quem ir, e sabia que minha irmã ficaria aborrecida se eu levasse as aias comigo. E se precisasse delas para ajudá-la a trocar de vestido ou arrumar os cabelos? Ela diria, e não seria a primeira vez, que não podíamos andar pelo palácio como bárbaras. Quase podia imaginar seu lábio inferior e petulante projetando-se em exasperação por algo que eu sequer havia feito.

A luz entrava no depósito de gelo apenas por finas fendas, por isso era fácil perder a noção de onde o sol estava localizado no céu. Em geral, saía dali quando terminava de ler, ou quando estava com fome, ou, às vezes, quando ouvia Ani ou Etéo me chamarem. Eles sabiam que, se não estivesse em aula ou no pátio, estaria ali. Mas naquele dia ninguém me chamou. No verão, o palácio era sempre silencioso; qualquer coisa importante aconteceria na praça pública, na frente do edifício. Talvez tenha sido isso que me fez levantar e pressionar os ombros doloridos contra a parede de pedra fria atrás de mim. Estava tudo tão quieto que devo ter começado a pensar que deveria estar onde quer que o restante dos habitantes do palácio estivesse.

Acho que ouvi os passos dele, mas não tive medo. Ele não andava como alguém que tivesse algo a esconder. Podia ouvir os calcanhares batendo no chão, uma cadência calculada e suave. Nem me ocorreu ficar preocupada. Mesmo assim, guardei o rolo de pergaminho debaixo do braço, no caso de ser meu tutor, e o cobri com o fino manto que carregava sobre os ombros. Mas sabia que aqueles não eram os passos dele: ele forçava um pouco o pé direito e arrastava levemente o esquerdo. "Um ferimento antigo", é tudo o que ele diz se você pergunta o porquê. Seus olhos são escuros e velados e mudam de expressão se você insiste em algo que ele não queira. A luz desaparece do olhar dele, e o assunto é encerrado.

Saí para o corredor, e a temperatura subiu de modo impiedoso. Mesmo usando meu manto mais fino — de um pálido tom fulvo, feito de linho —, sentia muito calor ali fora. Gostaria de poder usar apenas uma túnica simples, como fazia quando era mais jovem. Mas, se meu tio me visse vestida de um jeito tão informal assim, estaria em apuros. Senti o suor se formando atrás das orelhas e na sinuosidade da minha lombar. Quase voltei para o depósito de gelo. Mas havia decidido que deveria sair para procurar meus irmãos, então continuei andando.

Com o aumento da temperatura vieram outras lembranças do mundo na parte externa do palácio: gafanhotos estrilando nas paredes, pardais voejando até seus ninhos, piando. Habitualmente, um homem com uma longa vassoura tira os ninhos de pássaros das paredes, porque seu alarido matinal irrita meu tio. Mas, por alguma razão, eles foram esquecidos neste ano, e continuam trinando, alegres com a trégua. Se as águias da montanha pudessem ouvi-los, os pardais perderiam seus filhotes.

O corredor fazia uma curva para a esquerda e, em seguida, para a direita, antes de se abrir para o pátio da família. Meus olhos lacrimejaram com o súbito brilho após a penumbra do depósito de gelo. Pisquei para derramar as lágrimas e depois as lambi do meu lábio superior. Percebi que estava com sede; talvez tenha sido isso que me tirou de meu canto tranquilo. Deve ser Etéo, pensei, descendo o corredor para me encontrar. Embora, àquela hora, com certeza ele estaria ocupado com seus conselheiros. No entanto, os passos eram longos demais para serem de Ani e, ainda que fossem, seus sapatos não têm aquelas solas de couro duro que batem nas pedras quando se anda sobre elas.

Segui pelo corredor à esquerda e vi a sombra do homem no chão. Não podia ser Etéo, porque aquele homem vestia um longo manto, e Etéo estaria apenas com uma túnica em um dia como o de hoje. Ouvi um estranho som metálico que mal reconheci. Então, virei-me pela segunda vez e, quando ele me avistou, enrijeceu-se, como se estivesse reprimindo a surpresa. Eu o ouvi, mas, com meus pés descalços, era óbvio que ele não tinha me escutado. Estava prestes a cumprimentá-lo quando percebi que seu rosto estava quase todo coberto, como os dos bandidos de meus pesadelos. Apenas seus olhos eram visíveis: havia envolto o restante em um fino tecido branco.

Enrijeci o braço contra a lateral do corpo para prender o pergaminho de Sófon. Atrás do homem mascarado, consegui ver o pátio, mas ele estava vazio. Não havia sinal de meus irmãos, de meu primo ou de meu tio. Respirei fundo e decidi que preferia passar correndo por ele a caminhar. Sou a segunda mais rápida de todos nós: muito mais alta que Ani, e Polin — meu irmão mais velho — nunca se prestaria a participar de uma corrida com a irmã mais nova, então, indiretamente, eu já o tinha vencido. Apenas Etéo, com seu corpo comprido e esguio, era capaz de me ultrapassar, embora meu tio fosse ficar horrorizado se me visse puxando a túnica para cima a fim de dar rédea solta às minhas pernas. E, quando Etéo estava ocupado com assuntos de Estado, não havia ninguém que eu pudesse persuadir a me acompanhar a algum lugar quieto e espaçoso o suficiente para correr. Portanto, embora destreinada, ainda confiava em minha velocidade. Assim que estivesse no pátio, poderia dar o alarme de que um estranho estava presente nos aposentos da família. Os servos deviam estar em algum lugar próximo, com certeza.

Firmei os dedos dos pés na pedra sob eles. Devo ter deixado minhas sandálias no quarto aquela manhã: outra coisa que faria meu tio erguer uma sobrancelha cansada se tivesse me visto. Avancei e quase passei correndo pelo homem, mas ele deu um passo repentino para a direita, e trombei com ele. Senti um golpe forte embaixo das minhas costelas. Ele deve ter batido a ponta de madeira do rolo de pergaminho no meu flanco. Estremeci e disse por reflexo:

— Sinto muito.

Tínhamos exatamente a mesma altura, e nossos olhos se encontraram por um momento: os dele eram de uma espécie de cinza leitoso, com duas manchas marrons na íris direita. Parecia um ovo de pássaro. Devia continuar correndo até o pátio, pensei, e, em seguida, para o outro lado, até a próxima praça, onde meus irmãos e meu tio estariam. Poderia devolver o manuscrito a Sófon e me desculpar por tê-lo pegado sem permissão. Ele não se importaria. Mas, enquanto pensava nisso, me ocorreu que talvez minhas pernas não pudessem me levar até o segundo pátio. Estava embaixo de um sol forte, mas sentia frio. O homem olhou para além de mim por um segundo, embora não houvesse ninguém atrás; depois seus olhos encontraram os meus. Sem falar nada, ele se virou e foi embora. Pensei que talvez pudesse me sentar no chão por um momento, então.

Dei mais alguns passos e caí de joelhos, pouco antes de me encontrar em pleno pátio. Uma garota que não reconheci — a filha de uma das servas, suponho — estava saindo de um quarto, carregando uma bandeja. O barulho da minha queda — minha grossa pulseira de prata batendo no chão — a fez se virar e gritar, espalhando para todos os lados o que carregava. Objetos ocos de madeira, talvez copos ou tigelas. Eu os ouvi quicar e bater nas quentes lajes cinza. Sibilei para que não fizesse barulho, mas ela estava muito longe e, além disso, ela mesma fazia tanto ruído que não teria ouvido nada do que eu dissesse. A luz era tão forte que me deu vontade de fechar os olhos. Observei as sombras dos pássaros que voavam pela praça, mas não consegui levantar a cabeça para vê-los.

Depois de muito tempo, ou talvez nenhum, ouvi vozes, mas todas pareciam estranhas, distorcidas, como se eu as ouvisse embaixo da água. Pisquei, mas meus olhos não eram capazes de ganhar foco: havia guardas e escravos, e depois meus irmãos, todos correndo em minha direção. Todos gritavam — pude ver o rosto corado deles —, mas quase não entendia o que diziam. Era algo parecido com: "Eles a mataram".

Tinham matado quem? Só restava uma pessoa na minha família de quem podiam estar falando: minha irmã, Ani. Pensei: por favor, que não seja Ani. Por mais que briguemos, não posso perdê-la também. Por favor.

A última coisa de que me lembro foi de olhar para baixo e ver que o manuscrito de Sófon estava completamente destruído, coberto por algo viscoso e vermelho. Teria de pedir desculpas. Seria difícil substituí-lo. E, então, claro, percebi que se referiam a mim. Alguém havia me matado.

2

Enquanto a dor percorria seu corpo, ameaçando dividi-la em duas, Jocasta agarrou a roupa de cama sob seu corpo. Disse a si mesma que, se pudesse levar um pouco de ar para dentro do peito, tudo ficaria bem. Seus pulmões pareciam um odre de vinho vazio, pisoteado pelas botas de um soldado bêbado. Ainda assim, não conseguia conter os gritos por tempo suficiente para respirar. Sentiu a mão de Teresa agarrando a sua com força suficiente para esmagar todos os seus ossos. Essa dor adicional havia sido tão inesperada que se virou para encarar com uma expressão estúpida a mão espremida.

— Inspire — disse Teresa, contando até quatro. — Agora, de novo — as duas contaram as respirações, juntas, mas cada uma falando por si, porque, embora Jocasta precisasse da ajuda da velha senhora, também sabia que era culpa de Teresa ela estar prestes a morrer e achava difícil perdoá-la.

Fora ideia de Teresa que o velho rei se casasse. A cidade havia passado muito tempo com seu futuro indefinido, e as pessoas estavam preocupadas. Se o rei morresse sem um filho (mesmo uma filha seria melhor que nada), o que aconteceria com os cidadãos de Tebas? Precisavam de estabilidade. Todos concordavam: a cidade já havia sofrido o suficiente desde que o Acerto de Contas os devastara anos antes.

E era estranho, diziam as pessoas enquanto cuidavam de seus assuntos, que o rei vivesse em um enorme palácio com cortesãos, governantas, guardas e cozinheiros, mas sem uma família. Tinha passado dos 40 anos, chegando quase aos 50: o hábito de cavalgar nas montanhas por semanas a fio com seus homens — caçando cervos ou javalis com suas redes e lanças curtas — não era mais tão perdoável quanto antes.

Jocasta não havia sido informada sobre como fora escolhida. A coisa toda devia ter acontecido com muita rapidez: um grupo de homens em uma sala iluminada por velas fumegantes, fazendo sorteios para decidir qual filha seria promovida à realeza. Um dia, ela estava em casa — na casa dos pais, como ela logo aprenderia a renomeá-la —, sentada nos aposentos das mulheres, pensando em quase nada. Cinco dias depois, estava no pátio público do palácio de Tebas diante de um altar dedicado às pressas a Hera dos olhos de vaca, prometida pelo pai a um homem que ela nunca encontrara antes, diante dos olhos de uma deusa que havia ignorado suas preces. Não tinha ideia de que o pai estava pensando em casá-la tão cedo, pois esperava ficar em casa por mais um ano ou dois, pelo menos. Era uma filha obediente, caprichosa na tecelagem e em outras habilidades domésticas, que os pais a tinham encorajado a adquirir. Seria uma boa esposa, mas com certeza não naquele momento.

Os pais haviam agido com uma pressa extraordinária. Jocasta sentiu-se uma idiota: já devia saber como eles eram. De que outra maneira teriam sobrevivido ao Acerto de Contas? Seu pai tinha um dom único para lucrar com situações que fariam sucumbir homens de menor envergadura. Sempre tivera consciência de sua posição: era rico, mas havia conquistado sua riqueza, em vez de tê-la herdado. Ainda assim, ganhara muito e comprara escravos suficientes para construir uma grande casa no lado norte da cidade. Não era a rua mais elegante (longe demais do palácio para sê-lo), mas era arejada, e a casa, uma grande construção de pedra, com os aposentos das mulheres escondidos atrás dos portões proibitivos do edifício. Sua esposa tinha servas para tecer para ela, embora ainda se orgulhasse da delicadeza do tecido que costumava fazer.

A dor específica proveniente do comportamento dele desta vez vinha da percepção de que ele devia ter considerado Jocasta — sua única filha, sua primogênita — nada além de mais um problema à espera de uma solução. Uma coisa era ser odiada pela mãe — que nunca tentara disfarçar a irritação que sentia pela filha –; outra coisa era ser rejeitada pelo pai, quando ele sempre a tratava como sua queridinha, como se a consolasse pela indiferença materna. Após o casamento — quando, em seu íntimo, ela tentara defendê-lo para que pudesse relembrar com carinho algumas partes de sua infância —, Jocasta havia lhe devotado certa benevolência, pois qualquer pai ficaria orgulhoso ao casar a filha com o rei. Embora soubesse que ele não havia pensado nela ou no que ela poderia querer. Ainda assim, que homem não tentaria um laço matrimonial com o rei? E que pai colocaria em risco tal laço por capricho da filha? Nenhum. Mas o pai devia ter ciência de que ela faria qualquer coisa que ele desejasse, bastava lhe pedir. Em vez disso, ele tinha organizado tudo sem comentar com ela. A única explicação possível para tal segredo era que ele sabia como ela se sentiria quando descobrisse, e o fato de saber, mas não se importar, a entristecia.

Ele estava um pouco embriagado quando voltara para casa naquela noite: os homens haviam bebido um vinho forte demais. Quem quer que fosse o dono das uvas — tendo despejado-as na ânfora, misturando-as com água insuficiente —, pretendia que todos se embriagassem antes que as flautistas chegassem. Jocasta preferia o eufemismo à palavra que ouvia a mãe sibilar: putas. Mas, naquele momento, conseguia ouvir o pai sussurrando para a mãe, que soltou um súbito grito de alegria antes que os dois começassem a rir. São como crianças, pensou ela, aborrecida. Ouviu o irmão murmurar enquanto sonhava e imaginou se ele acordaria. Porém, enquanto observava o cômodo na penumbra, desejando que o irmão voltasse a dormir, ele rolou e ficou de frente para a parede, a respiração voltando ao normal. Ela moveu a cabeça devagar, tentando ouvir o que o pai dizia, mas não foi capaz de distinguir as palavras.

Teria feito alguma diferença se distinguisse? Teria discutido com ele? De qualquer maneira, ela o fez quando descobriu tudo no dia seguinte, mas em vão. Tudo já estava arranjado, e não havia nada que pudesse fazer. Se tivesse descoberto antes, teria fugido durante a noite? Para onde poderia ter ido? Tebas não era uma cidade grande, e o pai conhecia todo mundo. Teria tentado fugir da cidade? Porém, como teria passado por qualquer um dos sete portões, todos protegidos? Nunca havia pensado em si mesma como prisioneira atrás das muralhas da cidade. Mas apenas porque nunca tinha desejado ir embora antes.

Ainda assim, quando perguntou a eles no dia seguinte sobre o motivo de tanto alarido, desejou ter descoberto antes. O pai sorriu com luxúria, seu deleite revelando devagar os dentes amarelados, já acinzentados perto das gengivas.

— Fiz o melhor negócio da minha vida — disse ele. — E você vai se casar com o rei.

A primeira e a segunda frases eram incongruentes demais. Ela esperava que ele dissesse ter achado um novo parceiro comercial nas Terras Ermas — a maneira tebana de se referir à Beócia, o território fora de sua amada cidade —, ou ter decorado algum ríton que houvesse comprado de um comerciante de navios: seu pai adorava copos e taças mais ornamentados. Seu favorito era um vaso pontiagudo feito de cristal de rocha, com contas menores de cristal verde polido, envoltas em fios de ouro que serviam de alça. Ela sentiu a expressão do rosto passar de congratulação para perplexidade.

— O que isso significa? — questionou.

— O rei Laio precisa de uma esposa — explicou a mãe, condenando-se para sempre aos olhos da filha. — Você tem muita sorte.

O pai assentiu com a cabeça.

— O rei é um homem velho — retrucou Jocasta. — Deve ter mais de 50 anos.

— Quase à beira da morte — disse o pai, as sobrancelhas erguidas em uma paródia de divertimento. — É apenas dez anos mais velho que eu, sua fedelha.

— Então, por que eu desejaria me casar com ele? — continuou ela. — Em vez de me casar com alguém que não seja mais velho que meu pai?

— Às vezes — suspirou a mãe —, acho que você sente prazer em ser intencionalmente estúpida. De fato, acho isso. Deixe-me explicar de um modo que até seu irmão caçula entenderia: Tebas precisa de um rei poderoso. Laio está envelhecendo, e as pessoas estão ficando inquietas. E se algo acontecer com ele quando estiver fora da cidade? O que seria de nós? Os Anciãos lutarão para sucedê-lo. A cidade pode se transformar em um verdadeiro caos — ela estendeu a mão para Jocasta e agarrou seu ombro, próximo aos nós do tecido que formavam a parte de cima da túnica da filha. Deixou que as unhas pousassem sobre a pele de Jocasta. — Isso não pode acontecer. O rei precisa de um filho. E, antes disso, precisa de uma esposa, uma jovem que possa assumir como regente até a criança atingir a maioridade se algo lhe acontecer — ela sacudia o ombro de Jocasta a cada palavra. — E vai ser você, porque seu pai é inteligente e tem muita sorte, e foi exatamente por isso que me casei com ele. Está me entendendo?

Jocasta assentiu com a cabeça, e a mãe soltou seu ombro.

— É uma honra, sua pirralha ingrata. Você vai ser a rainha da cidade. Corra até o templo de Ártemis e ofereça a ela sua boneca. E faça isso com delicadeza, para que ela não a amaldiçoe, como você merece.

O ritual deveria ser apenas uma parte da *proaulia*: o tempo entre o noivado e o casamento em que a noiva se preparava para sua nova vida, mas havia pouco tempo (e, da parte de Jocasta, nenhum entusiasmo) para mais que isso. Quando Jocasta nasceu, ganhou uma pequena figura de barro de uma amazona, que vestia calças justas com estampas brilhantes e uma túnica. Jocasta havia brincado tanto com ela que a tinta esmaecera, restando apenas uma mancha estranha de vermelho e verde do que antes fora uma profusão de cores. O olho esquerdo da boneca ainda estava pintado de preto, mas a tinta do outro havia rachado, permitindo que a terracota laranja e desbotada aparecesse. Mas mulheres casadas não podiam ter brinquedos: ela precisava levar a boneca ao templo e oferecê-la a Ártemis, rezando para que a deusa desse forças a Jocasta, tal como uma mulher guerreira. Após a oferenda, o próximo templo em que entraria seria o consagrado a Hera. Ártemis não teria tempo para Jocasta depois que se casasse.

Tradicionalmente, a família e os amigos de uma menina a acompanhavam quando ela oferecia sua boneca à Deusa Virgem. Deveria ser uma festa, um banquete, uma ocasião de alegria, mas os pais de Jocasta estavam muito zangados com ela — e ela com eles —, por isso ela foi sozinha, exceto pela escrava que a seguiu dois passos atrás até o templo, a apenas algumas ruas de distância.

Ela enfiou a boneca em uma bolsinha de couro marrom e caminhou com rapidez pela rua poeirenta, os pés vermelhos por causa da terra que grudava na barra de suas vestimentas. A chuva só voltaria dali a um mês, no mínimo, e as folhas pontiagudas de acanto à beira da estrada começavam a murchar com o calor. Ela enfiou uma parte da vestimenta no cinto, mas o olhar de desaprovação de uma senhora que varria os degraus de uma casa próxima a fez corar e largá-la de novo, para voltar a esbarrar na poeira. O interior do templo estaria fresco, e ela subiu os degraus sob as grandes colunas que se estendiam à frente agradecida por poder escapar do calor da tarde clara. Voltou-se para a escrava da mãe e lhe disse para esperar na sombra, embaixo do pórtico do templo.

Jocasta entrou e piscou algumas vezes para acostumar os olhos à escuridão, embora não houvesse mais ninguém ali. Tirou a boneca da bolsa e caminhou até a grande estátua de Ártemis — seu rosto sereno expressando um ligeiro prazer em segurar seu arco e flechas —, sentindo-se estranhamente constrangida. Sabia que deveria fazer uma oração formal ao entregar o brinquedo para a deusa, mas, sem nenhuma sacerdotisa para ajudá-la, não conseguiu encontrar palavras. Então, estendeu a boneca com cuidado aos pés divinos, depositando-a na pedra fria. Murmurou:

— Mantenha-me em segurança — e se virou para ir embora.

Enquanto caminhava por um feixe de sol, seus olhos foram atraídos por uma mancha de um vermelho vívido no ombro. A unha do polegar da mãe havia rompido a pele e, quando ergueu o braço, viu mais quatro ferimentos — a pele ao redor deles rosada e inflamada — na parte de trás do ombro.

Ela parou e se ajoelhou no chão, sem querer voltar para casa enquanto a mãe ainda estivesse nos aposentos das mulheres, emanando rancor. O irmão estaria em aula com seu tutor, e o pai, na praça do mercado, cumprimentando com apertos de mão homens engomados e aceitando felicitações. Ela era capaz até de ver os anéis de ouro que esmagavam os dedos do pai, a carne se derramando sobre o metal. Ele consideraria aquele um dia muito bom.

Quando, de joelhos, acomodou o corpo sobre os calcanhares, tentou imaginar como seria viver no palácio, na cidadela de Tebas. Já estivera ali algumas vezes quando era mais jovem, sempre durante os festivais. Tentou separar o edifício do cenário ao redor, mas era difícil. Conseguia se lembrar do cheiro avassalador de carne queimada, com um toque de incenso enjoativo e o odor avinagrado do vinho. Ouviu o clamor de uma multidão, todos comendo e bebendo à vontade. Os sacerdotes, em suas melhores roupas, lideravam os tebanos em seus sacrifícios e orações. Teve a impressão de ver um grande pátio aberto, mas não era capaz de preencher nenhum detalhe do restante do edifício: a cor, a dimensão, nada. Havia árvores? Tinha uma vaga lembrança de ter estendido a mão para tocar uma casca cinza-prateada com os dedos. Acima de tudo, não conseguia localizar o rei em seu palácio. Então, tentou lembrar se ele tinha o rosto liso ou se era barbudo, se os olhos eram claros ou escuros, se os cabelos eram pretos, como os da maioria dos tebanos, ou claros, como eram alguns. Se era atarracado ou magro, alto ou se começava a envergar o pescoço para a frente, como uma tartaruga. Jocasta mordeu o lábio quando percebeu que, qualquer que fosse a cor do cabelo, provavelmente estaria grisalho agora, ou branco. Ou talvez fosse careca. Tentou reprimir o súbito amargor que sentiu subir do fundo da garganta.

Olhou para a estátua de Ártemis. A deusa estava sentada em toda a sua placidez no trono, os cabelos trançados com esmero atrás da cabeça, um arco na mão e uma aljava ao seu lado. Esta última era decorada com cervos, que corriam entre árvores de folhagem verde brilhante.

— Por favor — pediu Jocasta, olhando para a figura e estendendo a mão para segurar a bainha de pedra fria de sua túnica —, não permita que ele me toque. Por favor.

Ela encarou os olhos pintados, mas não recebeu nenhuma resposta. Zeus assente, diziam os tebanos. Se concordar com seu pedido, ele assente com um gesto de cabeça. Mas com Ártemis também era assim? Talvez, se olhasse fixamente nos olhos da deusa e não piscasse de jeito nenhum, Ártemis entenderia quanto isso era importante. Ela sustentou o olhar o máximo que pôde, mas, por fim, lágrimas se formaram, e não conseguiu mais forçar os olhos a permanecerem abertos. Tinha imaginado a cabeça se movendo? A garota enxugou as lágrimas com a mão pequena e pálida.

— Obrigada — sussurrou ela, apenas para garantir.

A costureira chegou no dia seguinte, os cabelos grisalhos penteados para trás, de modo que a luz do sol iluminava cada vinco daquele rosto moreno e enrugado. Ela trouxera dois rolos de tecido, em dois tons contrastantes de vermelho. Jocasta imaginou se fora a mãe quem havia escolhido o tecido, que daria um quíton muito grosso e pesado para usar em um dia tão quente de verão. Com certeza, ninguém havia perguntado como ela desejava. Mas não questionou a costureira, pois talvez fosse tudo o que a mulher tinha. Talvez não houvesse tempo para os tintureiros começarem a trabalhar em novos tecidos. Além disso, era uma regra tácita da vida em Tebas que ninguém deveria reclamar de escassez. Todos sabiam que o rei e seus anciãos vinham fazendo o possível para garantir que os suprimentos chegassem à cidade. Mas, com a Esfinge nas montanhas — bem longe dos muros da cidade, às vezes as pessoas comentavam —, ninguém podia se surpreender se houvesse interrupções e atrasos. Tentou não se imaginar no tom de açafrão que teria preferido; tentou não pensar em como ficaria com calor vestida em um tecido cor de sangue.

A segunda peça de tecido da costureira — para o manto e o véu —, pelo menos, era mais fina e leve, então não teria tanta dificuldade para recuperar o fôlego. Jocasta não disse nada e permaneceu em um banquinho de madeira, toda obediente, enquanto a velha segurava o tecido ao redor de sua cintura e prendia as bordas com alfinetes. Mantinha os alfinetes entre os lábios finos, franzindo a boca para segurá-los no lugar. Pegava todos sem olhar e nunca se espetava.

Era o primeiro vestido feito especialmente para Jocasta. Todas as suas roupas tinham sido usadas por alguma outra garota antes de chegarem a ela. Pensou em como estaria aproveitando essa oportunidade se as circunstâncias fossem diferentes e não tivesse tanto medo do que estava por vir. A costureira deu um tapinha na perna dela.

— Fique reta — disse. — Ou a bainha vai ficar desigual.

Jocasta endireitou o corpo, estufando o peito, e olhou para a parede oposta. A casa deles era grande para os padrões de Tebas, construída em torno de um pequeno pátio com ervas e flores crescendo frágeis sob o sol escaldante. Mas, naquele momento, parecia pequena, como se a construção toda se preparasse para se livrar dela.

No dia seguinte, a velha costureira voltou com o vestido pronto. Teria ficado acordada a noite toda trabalhando? Jocasta deu de ombros, e a carranca da costureira diminuiu um pouco.

— Vai dar tudo certo — disse. — Lembre-se de mim quando for comprar roupas novas no futuro, está bem?

De repente, Jocasta sentiu-se estranha. Era a primeira vez que alguém a tratava como se ela tivesse algo que desejassem.

— Como a senhora fez esse vestido tão rápido? — perguntou Jocasta.

A velha deu de ombros.

— Tive que dar um jeito — ela respondeu. — Você vai precisar dele amanhã.

✧ ✧ ✧

Quando Jocasta acordou na manhã do dia de seu casamento, não tinha certeza se o sol havia nascido ou não. A luz fraca passava pela espessa cortina que cobria a janela. Olhou ao redor para ver se conseguia adivinhar que horas eram sem acordar seu irmão mais novo. O céu estava cinza-claro e havia apenas um leve traço de luz, sugerindo que nuvens haviam se formado sobre o lago durante a noite, e o sol talvez saísse com força apenas mais tarde. Podia sentir o cheiro dos frutos das amendoeiras do lado de fora, quase prontos para serem colhidos.

Ficou ali deitada por um momento, observando como se sentia. Pelo menos faria sua jornada pela cidade com um tempo relativamente fresco. Mas estava enjoada demais para comer antes de sair. Podia ouvir sons abafados vindo dos aposentos da mãe. Precisavam partir cedo naquele dia para viajar até o palácio. Ficou imóvel por completo durante as próximas cinco respirações, sentindo o lençol frio envolver suas panturrilhas e seus tornozelos, o travesseiro quente e macio embaixo da cabeça. Depois, sentou-se, pousando os pés silenciosamente no chão, na esperança de ficar sozinha mais um tempo. Porém, ao se esgueirar para fora, Jocasta quase colidiu com a mãe, que se preparava para aquele dia bem antes do amanhecer. Seu cabelo estava bem trançado, depois preso em um estilo da moda, e os olhos estavam delineados por uma grossa tinta preta. A mãe se aperfeiçoara na arte de falar com Jocasta sem olhar para ela, e Jocasta aprendera a retribuir. Fixou o olhar no vestido branco da mãe, debruado com uma costura azul brilhante. As dobras do vestido eram largas demais, infladas pelo fino cordão de couro que cingia a cintura da mãe e aumentava os quadris, mas sabia que não valia a pena se oferecer para arrumá-las. O cordão havia sido tingido especialmente para combinar com o novo bordado do vestido, e Jocasta notou que já deixava um leve traço colorido no tecido branco quarado no sol. A mãe ficaria furiosa quando percebesse. Talvez tivesse que mandar tingir o vestido de azul para esconder as marcas.

— Precisamos partir logo — disse a mãe. — As escravas vão ajudá-la a ficar apresentável.

Jocasta assentiu com a cabeça, mas não respondeu. As servas da mãe nunca haviam se oferecido para auxiliá-la, seguindo o exemplo da mãe. A manhã de seu casamento foi a primeira vez que alguém a ajudou com suas roupas desde que ela havia atingido idade suficiente para se vestir sozinha. Jocasta detestou sentir as mãos rígidas e ásperas das mulheres em sua pele. Tentou banir da mente qualquer pensamento que remetesse às mãos do rei — que também seriam velhas e ásperas — tocando qualquer parte dela.

Pouco depois, ela trajava seu novo vestido — uma simples túnica vermelha com um cordão marrom trançado para prendê-lo —, e os cabelos escuros estavam soltos. O vermelho fazia sua pele parecer ainda mais pálida, mas a costureira havia feito os pontos pequenos e uniformes. Se havia trabalhado no tecido à luz de velas, não havia permitido que esse fato afetasse a qualidade da costura. E até a mãe de Jocasta dissera certa vez que a filha tinha uma pele linda, que nunca fora desfigurada por manchas ou escurecida pelo sol. A criada prendeu os cabelos de Jocasta em um coque na nuca, torceu-o três vezes e arrematou o penteado com fitas brilhantes, que mantinham os fios no lugar. Enfiou um alfinete de ébano com ponta de prata e marfim na parte de trás do cabelo emaranhado de Jocasta, espetando-o depois em seu couro cabeludo. Jocasta estremeceu, mas pôde ver que a mulher sabia o que fazia: seus cabelos agora permaneceriam presos no lugar. Por um terrível momento, pensou que a mulher tentaria pintar seus olhos como os da mãe, mas a serva preferiu se poupar desse trabalho, por isso Jocasta mergulhou os dedos no óleo de rosas que o pai havia dado há pouco tempo para a mãe em um adorável aríbalo em forma de carneiro, seus chifres se enrolando em torno das orelhas como cachos. Encaixou a rolha na paciente cabeça do carneiro e estava prestes a devolvê-lo aos aposentos da mãe, quando reconsiderou, deixando o recipiente na própria bolsa de roupas, junto de outros pertences.

Apressou-se até a frente da casa, onde o restante de sua família a esperava. A mãe olhou-a de cima a baixo e disse que achava que era o bastante. Em seguida, apontou para a porta, irritada, apressando a filha. Jocasta passou pela porta de madeira empenada, observando pela última vez as pequenas rachaduras entre os painéis onde a madeira havia se fendido. Esperava ficar arrasada ao partir para sempre daquela casa, mas, em vez disso, não sentiu nada, exceto um ligeiro prazer ao pensar no pequeno carneiro de terracota aninhado entre suas coisas.

Do outro lado da cidade, pôde ver as muralhas externas brilhando sobre o restante deles. O palácio ficava no topo da colina mais alta de Tebas, como uma torre de vigilância. Sua grandeza era inegável, mas lembrava um templo ou uma casa do tesouro — e de fato continha os dois dentro de suas paredes; era difícil imaginar alguém morando ali, impossível imaginar-se entre eles. Seu irmão caçula saltitava de um pé para o outro. Estava dividido entre a empolgação da viagem pela cidade e a promessa de uma cerimônia — um banquete e dança deleitavam seu eu de cinco anos além da conta —, e uma crescente inquietação com a ideia incompreensível de que sua irmã não estaria mais morando com ele.

— Vou visitar você todos os dias — disse ele, lançando os braços em volta do pescoço dela, quando Jocasta lhe explicou que o casamento significava que ela teria de se mudar. Assentiu com um gesto de cabeça, fingindo que aquilo aconteceria. Ficou surpresa ao ver uma pequena carruagem aguardando do lado de fora da casa, atrelada a uma parelha de cavalos truculentos. Seu irmão os olhava com cautela, pois já havia tentado acariciar um antes.

— Este é um gesto do respeito do rei — disse seu pai.

— Não é a melhor que ele tem — respondeu a mãe, olhando para a carruagem com uma expressão maldosa. A administração real parecia ter esquecido que quatro deles viajariam e que seria muito difícil caberem todos atrás das cortinas escuras que pendiam do telhado de madeira. O pai de Jocasta conversou por um breve instante com o cocheiro e juntos amarraram um cofre no teto da carruagem, ao lado da sacola com os pertences dela: seu dote. Ela ponderou quanto pesaria a caixa de madeira grossa e quantos metais preciosos conteria. Teria permissão para usar as joias ou iriam direto para o tesouro do marido?

Embarcou na carruagem e se sentou no outro lado do banco. Seu irmão correu para sentar-se diante dela. Jocasta sentiu uma pontada de alívio quando o pai se espremeu a seu lado: pelo menos não teria que olhar para seu rosto traiçoeiro durante todo o caminho. A mãe era muito mais fácil de ignorar. Levantou-se por um momento e ajeitou o vestido, tentando garantir que as costas não se amarrotassem tanto ao se sentar. Mas o cocheiro estava com pressa e pôs os cavalos para trotar. Enquanto a carruagem balançava em um movimento relutante, Jocasta voltou a se sentar pesadamente. Seu irmão caiu em seu colo e riu.

A estrada fazia os dentes baterem a cada um de seus muitos buracos enquanto serpenteavam pela longa colina. Seu estômago revirou-se, e ela ficou feliz por não ter comido nada. Até seu irmão — que ficara tão emocionado ao ver a carruagem — percebeu que era pouco mais rápido do que caminhar quando chegaram ao ponto mais baixo e começaram a subir de novo. Em geral, os tebanos reservavam veículos com rodas para o transporte de mercadorias pesadas pela cidade, e Jocasta esperava não precisar mais viajar de carruagem dali em diante. Pelo menos com os pés no chão, por mais empoeirado que estivesse, podia evitar os vales mais profundos da estrada. A carruagem sacolejava de maneira tão agressiva que ela se perguntou se o eixo embaixo de seu banco sobreviveria à viagem. Ela quase esperava que não, que uma de suas rodas quebrasse e rolasse colina abaixo atrás deles, assim teria uma desculpa para sair dali e caminhar. Estava quente e sufocante, mesmo com as cortinas abertas, algo com que a mãe acabou concordando depois que o irmão apelou para ela duas vezes.

Haviam atravessado a parte mais baixa da cidade, sempre movimentada, exceto quando as chuvas de inverno causavam inundações. Naquele dia, tudo parecia extraordinariamente silencioso, embora Jocasta soubesse que a enchente já havia passado. Quando por fim chegaram ao sopé da colina do palácio, achou que talvez pudesse reconhecer alguns dos edifícios. Mas as coisas pareciam diferentes pela janela de uma carruagem oscilante do que quando se via a pé. Tudo também parecia deserto, ainda que, no adiantado da hora, as pessoas já devessem estar se movimentando pela cidade. Muitas das lojas estavam fechadas, embora as placas pintadas sugerissem que as barracas de comida e as tabernas abririam mais tarde. À medida que subiam a colina, os edifícios ficavam maiores, e as pessoas por fim surgiram nas ruas, embora houvesse algo de estranho nelas, que Jocasta não conseguiu identificar. Foi o irmão dela quem percebeu.

— Olha — disse o menino, puxando o pulso dela e apontando. — Todos estão caminhando na mesma direção. Não é estranho? — ela percebeu que o irmão tinha razão: todo mundo que ela via estava subindo a colina. Quanto mais avançavam, mais a rua começava a ficar lotada de gente. Homens e mulheres movimentavam-se por entre a multidão, dando um ar de propósito à cidade.

No momento em que o condutor fez pararem os cavalos exaustos, o sol brilhava alto sobre eles. Estava incandescente através das nuvens, como ela sabia que aconteceria. Seu irmão passou os dedos pelas cortinas e tocou o teto, antes de abri-las ainda mais com um sofrimento exagerado. Jocasta estava desesperada para sair e caminhar, mesmo que ainda restasse um bom trajeto para percorrer, mas sua mãe a cutucou com uma unha cuidadosamente lixada.

— Espere aqui e não deixe seu irmão sair — disse ela, descendo com o marido, que nunca olhava para uma multidão sem querer ficar diante dela. O que ele poderia vender para as pessoas naquele dia?

No entanto, a multidão não olhava para seu pai. Olhavam para trás, para a janela escura da carruagem, tentando ver através da cortina que balançara quando os pais dela tinham descido. Levou um instante para ela perceber que tinham algo mais em comum: todos vestiam suas melhores roupas. Mantos rasgados haviam sido remendados e consertados, túnicas brancas tinham sido quaradas para alcançar um brilho que comumente não tinham. Imaginou-as todas estendidas sobre as rochas, a cor sendo dissolvida aos poucos pela forte luz do meio-dia. Tiras de sapatos de couro foram amarradas de modo simétrico, e a poeira avermelhada fora tirada de pés e tornozelos. Aqueles que usavam joias as haviam polido: pedras escuras brilhavam, incrustadas em metal brilhante. Não eram apenas transeuntes, olhando boquiabertos para uma carruagem. Eram, deviam ser, convidados do casamento.

— Vamos — disse ela ao irmão, cobrindo o rosto com o véu para que ninguém pudesse acusá-la de desacato. — Vamos sair.

Os olhos dele brilharam quando ela abriu a cortina e o deixou desembarcar. Seus pais estavam imersos em uma conversa com um pequeno grupo de homens. Jocasta piscou para se acostumar ao sol forte e observou o entorno.

Estava postada bem diante do palácio e agora olhava para o topo da cidadela. Quis esticar os braços e o pescoço, que estavam enrijecidos pelos sacolejos sobre as pedras irregulares, mas sentia-se muito constrangida com tanta gente olhando para ela. Olhou para o caminho de onde tinham vindo. Uma trilha acidentada subia da rua principal e rodeava uma grande praça — o mercado de Tebas — do lado de fora dos portões do palácio, onde estavam agora. Havia mais gente do que já vira em um lugar antes, mesmo em festivais. Seu irmão, em geral desesperado para ver e ouvir tudo ao mesmo tempo, de repente ficou tímido.

O palácio era menos imponente agora que Jocasta estava ao lado dele. Sua perfeição brilhante não era tão perfeita de perto: assim como acontecera com sua boneca, a pintura estava desbotada, e o chão sob seus pés tinha rachaduras. No entanto, ainda era maior do que ela se lembrava. Não conseguia ver todo o entorno; apenas a parede da frente, até o ângulo mudar e sumir de vista. O palácio devia estar assentado com os fundos dando para a encosta, diante dos olivais e vinhedos que cresciam no solo rochoso e inclinado. Antigas macieiras retorcidas alinhavam-se nas muralhas e, embora devessem fornecer uma sombra bem-vinda aos que estavam dentro do palácio — e para os que esperavam do lado de fora naquele dia —, as raízes haviam aberto caminho pelas trilhas, deixando as pedras rachadas e distorcidas. As montanhas escuras que preenchiam quilômetros ao sul de Tebas erguiam-se bem atrás do palácio, deixando-o minúsculo. Jocasta nunca havia estado perto o suficiente para ver os pinheiros individualmente em suas encostas mais altas: sempre haviam sido apenas um manto verde-escuro.

Ela ouviu um som estranho, um ruído ondulante. Olhou para o palácio e viu que vinha da multidão. Eles batiam palmas, cada vez mais e mais deles se juntando. Sua mãe virou-se em um movimento repentino para descobrir o que estava acontecendo, olhando em volta para ver o que havia causado o súbito aplauso. Seus olhos seguiram os da multidão e constataram que a filha havia desobedecido sua instrução de permanecer dentro da carruagem. Jocasta sentiu uma breve onda de alarme por estar prestes a tomar uma bronca e ser humilhada na frente de toda aquela gente, mas percebeu que nenhum dos convidados do casamento se importava com o que a mãe pensava ou fazia. Eles estavam interessados apenas nela, e não havia nada que a mãe pudesse fazer enquanto a observavam. Olhou com atenção para a mãe por um momento — por fim fazendo contato visual com ela —, antes de se virar, sorrir e acenar para os estranhos que a aplaudiam. Não podia mudar o que os pais haviam feito, mas não voltaria a ter medo deles.

✧ ✧ ✧

Jocasta praticamente não se lembrava de seu *gamos*.[1] O casamento desapareceu de sua mente quase ao mesmo tempo em que acontecia. Lembrava-se de coisas que não importavam: as bagas escuras que caíam das árvores e manchavam o chão com seu sumo arroxeado, um penteado com ornamentos feitos de ouro em espiral e cravejado de pedras vermelho-sangue usado por uma idosa enrugada e que ela desejava ter em seus cabelos, sobre os quais brilharia em contraste com a escuridão, em vez do brilho pálido contra os finos fios brancos da senhora. A procissão de moças solteiras — com fitas cor de açafrão amarradas nos cabelos — que dançavam ao redor dela em comemoração à sua chegada, e os olhos escuros e atentos dos rapazes de mesma idade, admirando

---

[1] Gamos (γάμος) é "dia do casamento" em grego. (N. do T.)

cada passo que elas davam. A aura tangível de autossatisfação do pai, o cheiro de carne queimada enquanto o sacerdote fazia suas oferendas devocionais. As pulseiras de prata e ouro da mãe, que tilintavam enquanto ela enxugava de forma ostensiva uma lágrima inexistente.

Mas o *gamos* em si, o momento em que foi jurada a Laio — um homem ardiloso com ralos cabelos brancos e sobrancelhas desgrenhadas — e presenteada com um fino diadema de ouro como símbolo de seu novo estado civil? A multidão de tebanos aplaudindo a nova rainha enquanto os sacerdotes misturavam vinho e água em uma enorme cratera cerimonial? O gosto do vinho que ela e o marido beberam de um grande cílice para selar seus votos perante os deuses? Não se lembrava de nada disso. Nos anos que seguiram, ela tentaria recordar se estavam do lado norte ou do lado sul do pátio. Se tinham servido vinho aos deuses no altar-mor ou em um dos menores. Se o sol da tarde havia caído sobre o pórtico enquanto o dia se arrastava ou se a chuva da tarde caíra sobre a multidão reunida. Nunca chegou sequer perto da certeza sobre qualquer coisa que tivesse acontecido entre desembarcar da carruagem e entrar pelos portões da frente e o momento em que se viu sozinha de novo, muitas horas depois, no que agora eram seus aposentos.

Jocasta passava o dia temendo a noite. Sabia que o marido esperava alguma coisa dela: a moça não era tola nem inteiramente ingênua, embora tivesse sido criada isolada dos meninos, exceto do próprio irmão. No entanto, as meninas comentavam. Ela não era avessa por completo a esse aspecto do casamento, mas sempre havia presumido que qualquer homem cuja cama compartilhasse seria alguém que não fosse tão velho a ponto de pelos grossos e crespos emanarem de seu nariz e suas orelhas sem aviso prévio. Alguém cuja pele brilhasse como ouro quando o sol da tarde o alcançasse e que pudesse se mover sem um coro percussivo de estalos e gemidos. Em vez disso, constatou que era incapaz de pensar em pouca coisa além de como o corpo dele a repelia. Um homem velho, entre vários outros velhos na festa de casamento, que piscavam e se acotovelavam com prazer diante do evidente desconforto dela. Odiava todos eles.

A tarde virou noite, e a festa continuou. Os velhos — entre eles, o rei — beberam muito vinho, servido por meninos escravos, todos vestindo túnicas cinza-carvão combinando. Jocasta estava dividida entre o desejo de fazer perguntas a esses garotos — as únicas pessoas de sua idade que tinham familiaridade com o palácio — e, sem querer, parecer estúpida na frente dos que agora eram seus escravos. Ficou imaginando se sentiria mais confiança caso tomasse também um pouco de vinho, mas o pensamento de provar algo azedo e ácido fez a bile subir em sua garganta.

Já havia escurecido algumas horas antes quando as pessoas por fim começaram a ir embora: as tochas estavam acesas havia tanto tempo que já crepitavam. Apertaram e cutucaram os braços e as bochechas de Jocasta tantas vezes que hematomas foram se formando nesses lugares. Ao que parecia, ninguém poderia sair sem tocar na noiva: acreditavam que ela lhes traria sorte. As pessoas acreditavam em toda espécie de estupidez. Do outro lado do pátio, viu a mãe cambaleando em direção ao pai e percebeu que eles também estavam de saída. Jocasta correu em direção à colunata que contornava a praça, parando atrás de uma das largas colunas para poder observar sem ser vista enquanto a família a procurava. A garganta apertou-se ao ver o irmão caçula chorando ao entender que de fato iam partir sem ela. No entanto, permaneceu onde estava. Ele era jovem demais para entender qualquer coisa que ela pudesse lhe dizer. Era mais benevolente deixá-lo com os pais nesse momento e esperar que ele ainda se lembrasse dela em um ano ou dois.

Um dos garotos vestidos de cinza a avistou e se aproximou, carregando dois rítones de prata. Nunca vira taças tão ornamentadas antes: golfinhos saltavam no entorno da extremidade de cada uma sob ondas azuis pintadas que se espiralavam até as bordas. Queria segurar um e passar os dedos sobre o desenho.

— Posso ajudá-la, Basileia?[2]

---

[2] Feminino de Basileu, um título em grego antigo usado para designar os monarcas que subiam ao trono por descendência. (N. do T.)

Jocasta olhou ao redor para ver com quem ele falava, aquele garoto que poderia ter passado por ela chutando uma pedra uma semana atrás, esperando que ela ricocheteasse em sua sandália e a obrigasse a olhar para cima. Corou ao ver que as palavras tinham vindo de um garoto que não conhecia e olhou para o chão ao se afastar, de modo que ele não pôde ver seu sorriso.

— Basileia? — repetiu ele.

— Por que está me chamando assim? — sibilou ela. Podia ser a esposa do rei, mas de jeito nenhum se sentia uma rainha. A palavra soava ridícula na boca dele. O garoto franziu a testa e olhou para as taças que segurava.

— Gostaria de beber alguma coisa, Anassa?[3] — perguntou ele com cuidado. Talvez o título menos formal a agradasse. — Posso conseguir o que desejar.

— Não quero nada — respondeu ela. — Obrigada.

— Sim, Anassa — disse ele. — Desculpe por incomodá-la.

Ele fez menção de se virar.

— Espere... você trabalha para o meu...? — ela não conseguia colocar o pensamento em palavras. — Para o rei? — perguntou ela.

— Sim, minha senhora.

— Todos os que estão vestidos como você vão me chamar de Anassa? — questionou.

O garoto fez que sim com a cabeça. Seu semblante permaneceu solene, mas ela viu um traço de divertimento nos olhos dele.

— Assim que eu disser a eles que é o título que a senhora prefere — respondeu o garoto.

— Tenho de me acostumar com ele, então? É nisso que está pensando? — indagou ela.

— Não ousaria...

---

[3] Anassa (Ανάσσα) é uma palavra do grego arcaico para "rainha"; título de grande honra, dado a mulheres excepcionais que eram sábias e sagradas. (N. do T.)

— Não seja tolo. Pare de falar comigo como se eu fosse minha mãe. Ou sua mãe.

Ele a encarou fixamente.

— Estou falando com a senhora como se fosse minha rainha.

— Estou tão cansada — disse ela, pressionando uma das mãos contra a orelha, como se tentasse expulsar o som dos foliões e músicos. — Você acha que todos eles vão embora logo?

— Não sei — respondeu o garoto. — As festas no palácio costumam durar a noite toda. Quer dizer, acho que duram. Nunca tivemos um casamento antes. Claro — ele corou. — Perdoe-me.

— Pelo quê? Tenho certeza de que tudo parece óbvio para você. Mas não para mim. Morei do outro lado de Tebas até hoje cedo. Não sei nada sobre o rei, nem sobre o palácio, muito menos sobre a maneira como vocês fazem as coisas. Não sei nem o que você vai fazer se eu perguntar alguma coisa.

— Vou fazer o que a senhora desejar. Todo mundo vai — disse o garoto.

— Encontre-me amanhã. Quero saber mais sobre... bem, sobre o palácio e a cidadela. Os costumes daqui. E, o que quer que eu pergunte, tem de prometer agora que me contará a verdade.

— Sim, Anassa.

— Não deve rir de mim pelas costas com os outros escravos por eu não saber das coisas. Jure.

— Nunca riria da senhora — falou ele.

— Sente pena de mim? — perguntou Jocasta.

— Como? — os olhos dele se arregalaram. — Não! É claro que não.

— Ótimo. Diga-me onde vou dormir — ordenou ela. — Estou cansada demais para ficar acordada por mais tempo. Acha que já posso ir dormir? Digo, antes de todo mundo ir embora?

— A senhora é a rainha — respondeu o garoto. — Pode fazer o que quiser.

Jocasta dormiu mal e acordou muitas vezes durante a noite. Sentia como se estivesse caindo, embora dormisse no meio da maior cama que já tinha visto antes. Quando enfim despertou na manhã seguinte, atordoada pelo sono entrecortado da noite, correu o olhar pelo quarto, surpresa. As tochas bruxuleantes da noite anterior tinham lhe dado a impressão de que o quarto era sombrio e opressivo. Mas, naquele momento, com a luz entrando pelas janelas altas, percebeu que havia se enganado. As paredes eram de um amarelo pálido, com um padrão carmesim de quadrados pintados interligados ao longo da parte mais alta. Havia sido enganada na noite anterior pela altura dos candelabros, que pendiam baixos para que as tochas pudessem ser acesas e apagadas sem uma escada. Um guarda-roupa grande e ricamente esculpido ficava na parede oposta, suas portas carregando um labirinto de linhas incrustadas e sinuosas.

No dia anterior, Jocasta não havia tirado a bolsa de cima da carruagem, onde o cocheiro a amarrara antes de partirem da casa dos pais. Mesmo assim, ali estavam seus vestidos, pendurados com cuidado por outra pessoa. Não havia sinal de seu dote, mas não se surpreendeu com esse fato. Pelo menos tinha o diadema, que brilhava, ainda que sem a luz da tocha para refletir o brilho. Parou por um momento enquanto estendia a mão para pegá-lo: era tão vaidosa assim que se importava apenas com suas joias? Joias que, em sua maioria, nunca usara, nem mesmo tinha visto dias antes. Agarrou o diadema até que as extremidades afiadas tocassem os dedos macios. O ouro era grosso, não maleável. Jocasta podia ser nova no palácio, mas não era tola o suficiente para pensar que o ouro era uma questão banal. Sem dúvida, era magnífico. Mas, se as coisas ficassem tão terríveis a ponto de precisar fugir, as joias seriam o único recurso com o qual poderia barganhar. A pequena coroa delicada representava mais que seu *status* régio.

Não havia sinal de que o quarto pertencera a outra pessoa antes de ela chegar na noite anterior. Estaria vazio por anos? Uma penteadeira de madeira ficava embaixo das janelas, e um vidro rachado e escurecido oferecia-lhe uma visão de si mesma: olhos ligeiramente inchados de sono. Os cabelos estavam emaranhados, e ela os puxou para o lado direito antes de notar um pente de marfim de dentes finos à sua frente. Pegou-o e se arrumou um pouco.

O quarto era grande e bem decorado em comparação com aquele onde dormia em sua casa. No entanto, precisava parar de pensar naquilo, pois agora aquela era sua casa. Jocasta sempre imaginou que ter um quarto só dela seria maravilhoso; era um luxo inconcebível não ouvir a noite toda a respiração do irmão, que choramingava em seus pesadelos e a acordava. E agora parecia ter exatamente isso, porque algo que faltava em seu quarto era o homem que agora era seu marido. Não só ele não estava lá, como não havia sinal de que um homem já tivesse estado ali. Não havia roupas masculinas em parte alguma, nem mesmo uma única túnica. Já esperava que o marido dormisse em um quarto só dele, claro, assim como o pai fazia, mas em sua noite de núpcias?

Havia três portas em cada uma das três paredes. Na noite anterior, tinha passado por aquela que ficava atrás dela. Ela dava em um corredor aberto ao longo da borda de um pequeno pátio que outrora devia ter contido um jardim formal.[4] Mesmo à luz de tochas, pôde ver que as plantas haviam crescido livremente, brotando entre as pedras do pavimento e forçando o caminho através das paredes em miniatura projetadas para contê-las. Sua sandália ficara presa na ponta de uma pedra quebrada e o tornozelo esquerdo se torcera. Porém, não tinha dito nada, não querendo que o rapaz de cinza soubesse que ela havia tropeçado. Testara o tornozelo e sentira apenas uma pequena pontada. Nenhum dano sério. A porta no canto mais distante da parede da direita estava trancada. Girou a maçaneta em silêncio, mas nada aconteceu. Jocasta descobriu que a porta do lado esquerdo das janelas levava a uma sala que continha uma bomba e várias bacias grandes de bronze. Seria possível que tudo aquilo fosse dela? Havia outra porta dentro desse cômodo, vinda do corredor, mas também parecia estar trancada. Testou a bomba, e a água fluiu livremente. Lavou o rosto e as mãos antes de notar um copo envelhecido de bronze em uma estreita prateleira de madeira. Ela

---

[4] Jardim formal é um jardim composto de desenhos geométricos em uma estrutura rígida e equilibrada. (N. do T.)

encheu o copo e bebeu. A água estava fria e fresca, como se viesse de um lugar subterrâneo.

Ficou nervosa com a ideia de sair do quarto: o palácio estava silencioso, e não ouvia ninguém do lado de fora, nem mesmo os criados conversando entre si. Jocasta devia começar a pensar naquela parte do enorme edifício como dela, constatou: sua penteadeira, seu guarda-roupa, sua cama. Mas não podia ficar ali pelo resto da vida e, quanto mais esperava, mais ansiosa se sentia. Devia sair naquele momento, antes que as coisas ficassem incontroláveis. Colocou com rapidez um vestido simples de linho fulvo. Ele pendia disforme até os joelhos, e ela o prendeu com um pedaço retorcido de couro não tingido que encontrou no assoalho do guarda-roupa. Penteou os cabelos para trás, ajeitando-os atrás das orelhas, e prendeu-os com o grampo de ébano que usara no dia anterior. Deu uma última olhada no espelho da penteadeira e lembrou a si mesma que, mesmo naquele dia, longe de tudo o que conhecia, era a mesma pessoa que usara o grampo antes. Não precisava ter medo. E abriu a porta que dava para o corredor principal.

Tudo estava deserto. Seria mesmo possível que todos os convidados da noite anterior tivessem desaparecido? Ou o barulho só não chegava tão longe no palácio? Ainda era incapaz de imaginar sua dimensão e a quantidade de aposentos. Ficou parada por um momento, alerta. Não ouviu nada além do chilrear dos pássaros e do zunido das cigarras. Então, olhou ao redor mais uma vez, para garantir que sabia qual porta levava a seu quarto — prestou bastante atenção à forma exata das rachaduras nas pedras sob seus pés —, para que pudesse encontrar sem problemas o caminho de volta àquele lugar familiar. Virou para a esquerda, desejando saber aonde estava indo. Logo se viu em um segundo pátio, maior e igualmente vazio, que não tinha certeza se reconhecia da noite anterior. Havia sido por aquele caminho que o garoto de cinza a conduzira? Havia afrescos nas paredes da colunata: cavalos trotando rumo a centauros, que cavalgavam em direção a sátiros, que corriam para ninfas da floresta, que se escondiam atrás das árvores. Talvez não estivessem iluminados à luz das tochas na noite passada. Ou talvez ela tivesse percorrido um caminho totalmente diferente.

Decidiu refazer os passos e voltou para o primeiro pátio. Ele também tinha afrescos, e nesse momento passou a lhes prestar a devida atenção, mas eram pinturas antigas e desbotadas, golfinhos e peixes de um azul que já fora brilhante. Haveria outra saída daquele pátio? Avistou uma pequena porta no canto mais distante: talvez a levasse a algum lugar. Mas não era a direção oposta do pátio principal da noite passada? Seu estado de desorientação a irritava. Onde estariam todos? Poderia um palácio inteiro ter se esvaziado durante a noite? Estavam lhe pregando alguma peça cruel? Por fim, ouviu um chiado atrás dela. Alguém varria o chão em algum dos pátios ou nos corredores ao redor. Caminhou de volta para a colunata entre os dois pátios e ficou imóvel, tentando ouvir com exatidão de que direção vinha o som.

Estava mais distante? Parecia vir do lado oposto daquele segundo pátio; ela então o atravessou e se viu olhando para o pátio principal através dos portões de metal ornamentados. Fora ali que a festa atingira seu auge quando ela tinha fugido para a cama na noite anterior. Havia várias mulheres no final do pátio, limpando as mesas com escovões de madeira e água. Uma delas a viu, dando um grito em seguida. O garoto da noite passada apareceu de um corredor à direita. O elegante uniforme cinza havia desaparecido, e ele trajava uma túnica simples, assim como a dela.

— Perdoe-me, senhora — disse ele. — Não percebi que já tinha acordado.

— Por que deveria? — perguntou ela. — Onde está todo mundo?

O garoto olhou para o rosto dela, mas não para os olhos, enquanto escolhia as palavras:

— Todo mundo foi embora, senhora. Todos os convidados partiram quando amanheceu. O rei e sua escolta foram caçar.

— Caçar o quê? Onde? — ela não conhecia ninguém que caçasse.

— Na parte inferior das montanhas — explicou ele. — Ficarão fora por cerca de uma semana, acredito eu.

— Eles saem da cidade? — assim como muitos tebanos, Jocasta nunca havia saído para além dos portões da cidade.

— Sim. Saíram para caçar um javali. O rei está tentando capturar esse em particular faz um tempo — disse ele.

— O rei faz isso com frequência? — ela indagou.

— Sempre que o tempo permite — respondeu o garoto. — Sua comitiva o acompanha, e a maioria dos anciãos vai também. Aqueles cujas famílias podem ficar sem eles.

— Então, ele viaja com um grande grupo?

— Sim, senhora. O rei está em grande segurança.

Ela assentiu com a cabeça, como se de fato se interessasse pela segurança do rei. Ele não havia feito nenhum esforço para falar com ela depois que a cerimônia terminara. Não tinha se despedido antes de partir. Parecia não haver sequer deixado uma mensagem para ela.

— E você faz parte da comitiva do rei — disse ela.

— Sim — falou o rapaz, concordando com a cabeça.

— E por que não foi com ele?

Ele sorriu.

— A senhora mandou que eu ficasse. Ontem à noite.

Embora estivesse ofendida porque o rei havia se comportado de forma tão rude, Jocasta pensou que seria possível odiar o marido um pouco menos na manhã seguinte ao casamento do que na noite anterior.

3

A princípio não percebi a dor, porque estava muito distraída com a sede que sentia. Minha boca parecia um pedaço de pergaminho velho e ressecado. Meus lábios estalaram quando os separei, formando pequenas fissuras de dor. Semicerrei os olhos, embora ardessem e coçassem tanto, que tive vontade de fechá-los de novo. Não sabia onde estava e precisava encontrar água em algum lugar. Tudo era muito brilhante. Deitei-me de costas, tentando persuadir meus olhos a ganhar foco.

Virei a cabeça e vi Ani, minha irmã, sentada em uma pequena cadeira de madeira a meu lado. Estava em meu quarto, um aposento grande com janelas altas no lado oeste do palácio, longe da cidade, com vista para as colinas atrás de Tebas. Ela trabalhava em um tipo de pequena tapeçaria — podia ver a luz cintilando na agulha enquanto ela a fazia subir e descer pelo tecido. Queria lhe pedir água, mas minha garganta estava ressecada demais, e nenhum som saía dela. Puxei os lençóis para tentar chamar sua atenção, embora aquilo causasse dor na lateral esquerda de meu corpo. Por fim, puxei com força suficiente para movimentar o fino lençol de cima, e o farfalhar a fez levantar o olhar.

— Ora! — ela levou a mão ao peito — você acordou — levantou-se de um salto e gritou: — Isi acordou! Ela acordou — e, então, correu até a porta para anunciar a novidade mais adiante. Não era o que eu esperava que acontecesse. Ouvi passos rápidos vindo em minha direção. Meu irmão Etéo — rei, por enquanto —, alto, moreno, com a testa sempre levemente franzida. Ele olhou para mim e sorriu. Encarou-me por um momento e, em seguida, recuou. Quando voltou, segurava um cílice de bronze envelhecido com água.

— Você deve estar com sede — disse ele. — Deixe-me ajudá-la a se levantar para que possa beber um pouco de água.

Se não estivesse tão desidratada, teria chorado.

Ele segurou meus braços e me ergueu para a frente, encaixando mais um travesseiro atrás de mim. Senti outra pontada de dor, mas não me importei. Estendi as mãos e peguei o copo. Abri meus lábios e tomei um gole, levando a água aos cantos da boca antes de engolir. Minha garganta doía, e minha língua estava inchada. Tentei beber tudo, mas Etéo estendeu a mão e tomou a minha.

— Calma — disse ele. — Não beba assim tão rápido. Vou trazer mais um pouco em um instante.

Ani voltou correndo com meu irmão mais velho, Polin.

— Olha — disse ela, dando-lhe uma cotovelada forte no estômago. — Falei para você. Por que não acredita em mim?

— Muito bem, Isi — disse Polin. Ele era mais troncudo que Etéo e seus cabelos eram de um castanho mais claro e terroso. Seus olhos também eram castanho-claros, enquanto os de Etéo eram tão escuros que beiravam o preto. Sem olhar para o irmão, Polin estendeu a mão e bagunçou meu cabelo.

— Pensávamos que tínhamos te perdido.

— Não — disse eu, por fim conseguindo pronunciar as palavras, agora que a água havia liberado minha voz, rouca, mas audível. — Só fiquei ausente por um tempo.

Etéo riu.

— Foi um bom tempo, Isi. Faz três dias que você está inconsciente.

Três dias. Não era à toa que estava com sede.

— O que aconteceu?

Etéo abriu a boca para dizer algo, mas Polin agarrou seu braço. Etéo recuou com o contato inesperado, mas nada comentou. Ani estendeu a mão para a cama e pegou a costura que havia deixado cair quando viu que eu tinha acordado. Trespassou com cuidado o tecido com a agulha, para segurá-la no lugar, e o guardou no bolso de seu vestido verde. Ela quase sempre usa verde, para combinar com seus olhos. Praticamente ninguém que a encontra deixa de comentar sobre a extraordinária cor deles, portanto, a estratégia funciona. Minha irmã não tem intenção alguma de permanecer solteira, não importa o que as pessoas digam sobre nossa família. Ela sabe que esse será meu destino e tem pena de mim, mas não o suficiente para se condenar ao mesmo fardo.

Etéo pegou o copo de minhas mãos e foi até a mesa em frente à cama para enchê-lo com o líquido de uma velha jarra pintada com uma cena desbotada de colheita: homens segurando foices e carregando feixes de trigo. Polin adotou uma expressão que pretendia transmitir, creio eu, preocupação fraterna: cabeça inclinada, lábios ligeiramente apertados, testa franzida. E, um momento depois, a porta se abriu de novo, e meu tio entrou no quarto. Quatro guardas seguiam-no e ficaram logo atrás dele. Os ruídos que os acompanhavam me diziam que estavam armados, embora estivessem dentro do palácio, dentro dos aposentos familiares. Isso nunca teria acontecido antes. Sempre tentávamos manter separadas as áreas do palácio: o pátio público na frente, o pátio real no meio, o pátio familiar nos fundos. Meu tio tem constituição sólida: nunca esquece que todos os homens adultos têm obrigação de lutar por Tebas se algum exército nos declarar guerra. É por isso que meus irmãos e meu primo treinam com armas desde os 6 ou 7 anos de idade. Creonte sempre mantinha a si e sua família em condições de embate. No entanto, foi desconcertante ver seus soldados em meus aposentos.

— Isi — disse Creonte. — É bom vê-la acordada. Estávamos preocupados...

— Obrigada — respondi eu. Não queria ouvir mais nada sobre a preocupação das pessoas. Aquilo já estava me deixando com medo por mim mesma no passado, uma situação que já podia ver Sófon desconstruindo como sendo uma tolice.

— Está em segurança agora — continuou ele. — Há guardas em cada extremidade do corredor.

Queria perguntar o porquê, mas havia tantas pessoas ali que não suportaria contar a todas que não me lembrava do que havia acontecido nem de como me machuquei.

Então, ouvi a voz que sempre desejava ouvir.

— Ela está bem?

Meu primo Hêmon entrou correndo, uma das mãos segurando os cabelos para trás para mantê-los longe dos olhos. Ele não olhava para mim. Olhava para Ani, é claro.

— Ela está bem — disse minha irmã. Se alguém ouvisse aquelas palavras e não soubesse do histórico, pensaria que falavam mesmo de mim.

— Fico feliz em ver que está se recuperando — disse Creonte, ignorando os dois. — Sentimos sua falta no jantar, Isi. Ninguém conta histórias quando você não está presente. Estava curioso para descobrir o que acontece a seguir com Medusa. Se ficasse desacordada mais um dia, teria de enviar alguém para ler seus sonhos e me contar o que aconteceu com ela.

— Foi por isso que acordei — disse a ele. — Sabia que o senhor não podia mais esperar.

— Bem, vamos deixá-la descansar agora — falou ele, sorrindo. — Talvez se sinta bem o bastante para continuar a história amanhã ou depois de amanhã.

Meu tio adora histórias e canções, algo que compartilhamos. Aprendi a tocar fórminx — uma pequena lira — quando tinha 7 anos. Etéo também toca, mas raramente tem tempo para tais atividades quando está governando a cidade. Polin nunca tocou nenhum instrumento: assim que Etéo mostrou interesse pela música, ele decretou que aquela era uma ocupação inútil.

Ani prefere fazer outras coisas — costurar, tecer —, e eu nunca tive o dom para esse tipo de trabalho. Requer uma paciência e uma atenção aos detalhes que não tenho. Ela diz que isso também vale para tocar lira, mas está enganada, pois tocar nunca exige minha paciência, apenas concentração, que entrego livremente à música. Meu tio adora canções sobre heróis e monstros, deuses e homens. Desde que me lembro, eu as toco para ele depois do jantar, compondo um pouco mais da história a cada dia ou voltando a tocar canções antigas.

Creonte acenou para Hêmon segui-lo. Meu primo lançou um olhar doloroso para minha irmã e, depois, eles se retiraram levando consigo os guardas. De repente, o quarto ficou enorme, vazio e seguro.

— Não sei o que aconteceu — disse a Etéo.

— Qual a última coisa de que se lembra? — perguntou ele.

Pensei por um momento. Sol brilhante e sangue no papiro.

— Alguém me esfaqueou.

— Sim — respondeu Etéo. — Mas vamos encontrá-lo, Isi. Juro. Tenho homens interrogando todos os que estavam no palácio naquele dia. Alguém vai saber de alguma coisa, e logo o pegaremos.

— Se eu fosse rei, o miserável teria sido atingido por minha própria espada um dia atrás — disse Polin.

— Porque você teria matado todos os homens que visse, não importando se estavam envolvidos ou não — retrucou Etéo. — Ou os teria torturado até que entregassem alguém, qualquer um, para fazê-lo parar. Isso deixaria nossa irmã em mais segurança?

— Chega — disse Ani. — Não conseguem perceber que a estão perturbando? — ela balançou a cabeça. — Tem sido horrível. Não entendo como alguém pôde entrar no palácio para atacá-la. Como nos sentiremos em segurança se estranhos podem entrar no palácio sem serem vistos?

— Estou bem. Quer dizer, vou ficar — achei que afirmasse um fato, mas, quando as palavras saíram, percebi que tinha falado em tom de pergunta.

— Sim, vai ficar — respondeu Etéo, a raiva diminuindo. — A lâmina atingiu seu pulmão esquerdo, Isi, por isso ficou sem ar. A garota que a encontrou gritou por socorro, berrando a plenos pulmões. Afugentou os pássaros dos ninhos: todos voaram em grande clamor sobre o palácio. Foi uma sorte ela estar lá, e Sófon chegou correndo. Ele se move bem rápido para um homem velho, não é? No momento em que a viu, soube o que fazer. Você não correu perigo por muito tempo.

— Ele ficou mais preocupado com a febre — acrescentou Ani. Ela havia gostado de todo aquele drama, pensei eu, embora me amasse. Devia ter gostado de ser a irmã de uma moça quase assassinada. Chegava a imaginá-la amarrando o cabelo escuro para trás, franzindo a testa e pedindo água quente, sem nenhuma ideia real de como poderia usá-la. — Ele deu pontos em você e disse que teríamos de esperar para ver o que aconteceria.

Fiquei imaginando o que diria ao meu tutor quando o visse. Deveria agradecê-lo por salvar minha vida? Pedir-lhe desculpas por sujar todo o papiro de sangue? Não parecia certo que outra pessoa tivesse visto o meu interior, posto os olhos em uma parte do meu corpo que eu nunca poderia ver. A contragosto imaginei suas mãos nodosas enfiando uma agulha em minha pele. Depois que Ani mencionou os pontos, consegui sentir a pele repuxada, uma sensação bem diferente da dor do ferimento. Ansiei por passar os dedos para explorá-lo, para testar quanto doía e com que precisão Sófon havia me costurado. Mas sabia que não podia. O velho tinha razão em temer uma infecção, mais que qualquer outra coisa.

— Você teve sorte, Isi — disse Polin.

Era verdade, embora não me sentisse tão agraciada naquele momento. Sentia-me como alguém se recuperando de um rombo na lateral do corpo, com os olhos ardendo e dor de garganta.

Balancei a cabeça, de repente cansada.

— Acho que vou descansar um pouco — falei. — Poderiam pedir para Sófon me visitar mais tarde? Quero agradecer.

— Claro — respondeu Polin. Ele pareceu aliviado. — Vemos você mais tarde.

Etéo apertou minha mão e saiu atrás dos outros dois. Queria agradecer ao meu tutor, é claro. Mas não tanto quanto queria lhe perguntar o que mais ele sabia, sobre minha lesão e sobre quem me atacara. Meus irmãos — até mesmo Etéo — tendiam a me tratar como uma garotinha quando algo ruim acontecia. Mas Sófon sempre me falava a verdade. Ele entendia que, quando se crescia como eu havia crescido, não era seguro deixar de saber das coisas, evitar as verdades mais terríveis, porque não podiam ser encaradas. Fica apenas um pavor opressivo e assustador de que aquilo que ninguém lhe contou seja terrível demais para imaginar, e isso o assombrará pelo resto da vida, até que seja descoberto. Porque foi isso que aconteceu da última vez, e é por isso que meus irmãos e eu crescemos em uma casa amaldiçoada, filhos de pais amaldiçoados.

4

Jocasta havia presumido, por tudo o que a mãe e o pai tinham lhe contado, que ela estava se casando com o rei porque ele queria uma esposa. Embora parecesse agora que, de fato, ele não queria uma esposa, ou, se quisesse, que não era Jocasta. Era estranhamente doloroso ser rejeitada por alguém que não conhecia. Teria ele decidido sobre a viagem de caça no momento em que a vira? Ou havia sido antes? Passou as mãos pelo vestido, como se pudesse limpar quaisquer imperfeições que pudesse ter. Porque, se ele não a quisesse, para onde deveria ir? Dificilmente poderia voltar para casa. Para a casa dos pais, corrigiu-se. Eles não poderiam aceitá-la de volta, mesmo que desejassem. Cairia em desgraça: uma mulher casada fugindo do marido. Era algo impensável. E, fosse como fosse, lembrava-se das garras da mãe em seu ombro. Mesmo que o marido morresse (a única maneira respeitável de deixar de ser casada com ele), jamais voltaria para a casa dos pais. Mendigar nas ruas seria preferível.

Mas ela estava colocando o carro diante dos bois. Se não pudesse ir a nenhum outro lugar, poderia pelo menos explorar o palácio e verificar o novo ambiente. Era mais fácil deixar de lado a ideia de lar por enquanto. O palácio era onde ela estava. O garoto que ficara para trás — aquele que a obedecera — a levaria ao mercado mais tarde, na companhia de uma criada, para que sua decência não pudesse ser questionada. Ela tinha certeza de que lhe daria uma sensação maior de pertencimento conhecer os arredores do palácio. Passaria aquela manhã tentando mapear onde ficava o palácio, para não se sentir tão perdida.

Sabia agora, tendo caminhado por eles à luz do dia, que o palácio era composto de três pátios de tamanho decrescente, do portão da frente às muralhas dos fundos. O enorme pátio público foi a primeira praça em que ela entrara no dia anterior. Como o próprio nome indica, era aberto a qualquer tebano que tivesse assuntos a tratar no palácio. Havia altares e um pequeno templo fechado na ala oeste, que — como tinha visto na noite anterior — era o foco religioso da casa real. Sacerdotes vinham ao palácio todos os dias para fazer a manutenção dos recintos sagrados e aceitar oferendas de quaisquer cidadãos que as trouxessem. Os animais eram mantidos em pequenos cercados próximos aos fundos do templo, prontos para serem sacrificados. Na ala leste, ficavam os tesoureiros do rei, que também arbitravam quaisquer disputas que surgissem no mercado. Ao espreitar o espaço movimentado, Jocasta viu dois homens barbados — tão parecidos que deviam ser irmãos, as barbas pretas se espelhando e os cabelos cacheados balançando em harmonia — discutindo diante de um dos tesoureiros, as vozes tão alteradas que podia ouvi-los de onde estava, no segundo pátio, olhando pelos portões que isolavam o público do restante do palácio. Ou a haviam trancado lá dentro? Testou o lado direito e descobriu que estava aberto. Mas não se atreveu a sair sozinha. O rei podia estar ausente, mas supôs que a rainha deveria evitar causar escândalo em sua primeira manhã no palácio. Não podia sair vagando em público sem nenhum acompanhante. Não tinha certeza de quais seriam seus deveres — não havia sinal de um tear em qualquer lugar em seus aposentos, então, pelo menos, ninguém esperava que ela ficasse sentada tecendo o dia todo —, mas sabia que era sua responsabilidade se comportar de maneira respeitosa.

E havia muito mais para ver nos dois pátios disponíveis para ela. A praça do meio era uma cópia menor da do pátio público, com caminhos de pedra branca dividindo cada lado e cruzando-se de uma ponta à outra. Eles se encontravam no centro da praça, em que se evidenciava uma estátua do rei montado em seu cavalo. Jocasta imaginou se Laio já parecera tão alto e musculoso quanto o escultor o retratara. Ela duvidava, mas o escultor tinha sido arguto; havia apenas o suficiente de coloração na estátua para deixar claro que tinha a intenção de representar o rei: os cachos castanhos dos cabelos na nuca, as íris pálidas, destacadas por uma pedra azul-clara. E talvez ele já tivesse sido alto, antes que sua velha espinha houvesse começado a se curvar. Era possível.

Mas aquela praça não estava repleta de santuários ou templos. As colunatas a leste e a oeste eram pontuadas por portas fechadas. Algumas, era óbvio, eram depósitos, mas Jocasta ouviu o som de vozes masculinas atrás de outras. Pelo que pôde deduzir, enquanto espreitava nas colunatas, ali é que o trabalho do rei era realizado em sua ausência. Ou, falando de um modo mais polido, em seu nome, enquanto ele caçava. O corredor que abrigava os portões entre o segundo pátio e o principal também contava com as cozinhas. Pôde sentir o aroma do pão assando, e uma súbita reviravolta no estômago a lembrou de que não comia nada havia mais de um dia. Então, caminhou em direção ao calor e olhou para dentro do recinto escuro, os olhos se demorando um pouco para se ajustarem ao sol brilhante da manhã lá fora.

— Desculpe-me — disse ela a uma menina que lavava a louça, quando viu que havia encontrado a cozinha principal. A garota soltou um gritinho e saiu correndo por outra porta na parede oposta, reaparecendo um momento depois com uma mulher mais velha de rosto rosado. A mulher era baixa, mas robusta, e talvez tivesse uns 40 anos. Mais velha que a mãe de Jocasta, mas não muitos anos, usava os cabelos castanho-acinzentados presos em um coque simples e sem adornos. Seus olhos esquadrinharam seus domínios: Jocasta quase podia ouvi-la contando as falhas à medida que as notava, uma após a outra. A menina da cozinha teria problemas mais tarde, Jocasta tinha certeza.

— Pois não? — disse a mulher, limpando as mãos enfarinhadas no avental, antes de olhar para quem a incomodava.

— Poderia me arrumar alguma coisa para comer? — perguntou Jocasta. A mulher por fim se virou para ver quem lhe pedia algo. As mãos se moveram para ajeitar as mechas soltas atrás das orelhas, um gesto que parecia inapropriadamente infantil aos olhos de Jocasta.

— Claro — disse a mulher. — Perdoe-nos, teríamos levado algo antes, mas ninguém sabia onde a senhora estava.

— Eu estava no meu quarto, acho — falou Jocasta. — Depois vim procurar alguém.

— Ah, a senhora estava em seu quarto? — repetiu a mulher, como se fosse improvável. — Bem, levaremos seu café da manhã ao quarto amanhã. Gostaria de voltar aos seus aposentos, e enviarei alguma coisa em seguida para a senhora?

— Se importaria se eu ficasse aqui? — perguntou Jocasta, o olhar correndo pela cozinha e avistando uma grande mesa de madeira com várias banquetas embaixo dela. Não queria admitir que se sentia solitária naquele lugar estranho e novo. Mas também não queria voltar para o quarto e ficar lá, comendo sozinha. Além disso, seu estômago roncava com o cheiro de comida, e a última coisa que desejava era ir embora antes de comer alguma coisa.

— De jeito nenhum — respondeu a mulher, gesticulando para a garota, que puxou uma banqueta para Jocasta. — Meu nome é Teresa — acrescentou ela. — Sua governanta. E a senhora é Jocasta, e ainda nem fomos apresentadas.

Seu tom soou como se fosse falta de cortesia da parte de Jocasta, embora ela não pudesse ver como a mulher havia chegado a essa conclusão. A governanta devia estar em sua porta naquela manhã, chamada pela menina escrava que devia ter sido enviada para ajudá-la a se vestir. Teresa devia ter se apresentado a sua nova senhora e se oferecido para lhe mostrar o palácio.

Mas Jocasta não queria começar sua nova vida discutindo com os serviçais do rei e seus modos negligentes.

— Sinto muito — disse Jocasta, tomando a mão da mulher, dura e áspera, como se pertencesse a uma estátua de madeira. — Não sabia onde encontrar ninguém esta manhã. Estava tudo tão deserto.

A mulher estalou a língua contra os dentes.

— Não estamos acostumados a receber ninguém aqui quando Laio se ausenta. Mas esquecer que a teríamos aqui, ainda mais que chegou ontem. Deve achar que somos muito desorganizadas — Jocasta fez que não com a cabeça. Sabia que era um teste, mas não era capaz de dizer se havia passado ou sido reprovada.

— Acho que, se tivesse mostrado seu quarto ontem à noite, eu não teria esquecido — disse Teresa. — Quem levou a senhora, se não se importa que eu pergunte?

A filha de outra mulher teria ignorado a sutil mudança de tom, de pedido de desculpas a interrogatório. Jocasta não o fez.

— Um dos guarda-costas do rei mostrou-me meus aposentos — disse ela. — Não perguntei seu nome — não mencionou que o havia visto naquela manhã. Não tinha certeza se tentava evitar problemas para ele ou para ela mesma. Mas sabia que seria sensato não falar mais que o necessário.

— Ah, é o Oran — disse Teresa, a tensão desaparecendo de sua postura. — O rei deixou-o para trás para ficar de olho em todas nós, eu acho — essa afirmação era-lhe tão ridícula que ela sorriu. Jocasta também sorriu, ansiosa para ficar do lado certo, pelo menos por enquanto.

Panelas e frigideiras enegrecidas estavam penduradas em ganchos acima dela, ao redor da mesa. Jocasta imaginou o irmão caçula pulando nas banquetas para fazer todas se moverem e ouvir o barulho que cada uma faria. Depois, apertou os lábios para reprimir aquele pensamento antes que a falta dele a levasse às lágrimas. Teresa entrou apressada no recinto de onde tinha vindo e voltou com dois pães achatados assados, um coberto com pasta de azeitona, o outro com uma camada alta de grão-de-bico temperado.

Jocasta agradeceu e passou a comer. O pão estava quente e fofo por dentro, e a pasta de azeitona era escura e salgada.

— A senhora está com muita fome — disse Teresa, observando-a. Jocasta devia estar comendo rápido demais.

— Não — disse ela, devolvendo o pão ao prato, embora tudo o que quisesse fazer fosse enfiar o restante na boca. — É que está muito bom.

Ela esperava que Teresa fosse suscetível à lisonja.

A governanta sorriu.

— Receio que estivemos tão ocupadas arrumando tudo depois da festa de casamento que a perdemos de vista. Leva muito tempo para resolver tudo quando o rei vai embora, tenho certeza de que a senhora pode imaginar. Mas prometo que compensaremos isso a partir de agora. A senhora deve vir e comer conosco esta noite, a menos que prefira ficar sozinha — ela levantou uma sobrancelha, e Jocasta se lembrou mais uma vez de sua mãe, que também gostava de fazer perguntas que não eram perguntas.

— Não, prefiro encontrar os demais e conhecer todas vocês — respondeu ela.

— Muito bem — continuou Teresa. — Todos nós nos conheceremos melhor quando Laio voltar. Ele ficará encantado.

Jocasta concordou e ouviu Teresa lhe contar mais sobre a equipe do palácio que ela conheceria, tanto escravizados quanto livres. Além de Teresa e Oran, havia várias criadas, jardineiros, faxineiras e cozinheiras. Ela tentou memorizar os nomes enquanto Teresa repassava todos eles, mas não conseguiu. Depois, balançou a cabeça e continuou comendo, imaginando por que a primeira ação de Teresa tinha sido mentir para ela. Era óbvio que a governanta controlava a casa e era inconcebível que pudesse ter esquecido algo tão importante quanto uma nova rainha vindo morar no palácio. Então, por que havia fingido?

✧ ✧ ✧

Era algo que quis perguntar a Oran naquela tarde, quando partiram para o mercado. Mas a presença de uma escrava que acompanhou os dois — pairando atrás dela, segurando uma simples cesta de junco como se nunca tivessem lhe confiado algo tão valioso antes — a deixou cautelosa em iniciar uma conversa sobre qualquer coisa relacionada a Teresa. Em vez disso, perguntou-lhe sobre a praça pública, já que caminhavam por ela.

— A senhora quer dizer a Grande Corte? — perguntou ele.

— É esse o nome?

Ele assentiu com a cabeça.

— É a parte mais antiga do palácio. Estava aqui quando Tebas era apenas uma cidadela. Os outros pátios foram construídos depois. Por isso estamos no topo de uma colina. É o lugar mais fácil de defender em Tebas.

— Você não acredita nisso tudo? — perguntou Jocasta, observando com satisfação enquanto ele corava com o tom dela. — Que a parte mais antiga da cidade foi construída por homens-dragão, sendo consagrada a Ares? E que vivemos aqui porque um antigo herói seguiu uma vaca até que ela se deitou, e ele decidiu então construir sua cidade onde ela indicou ser o local mais propício?

— Claro que acredito — respondeu ele. — No que a senhora acredita?

Ela o olhou com surpresa.

— Perdoe-me, Majestade — acrescentou ele.

— Não estou brava — disse ela. — Não precisa se desculpar. Na verdade, não sei no que acreditar. Só que não parece muito provável que guerreiros tenham saído dos dentes do dragão e construído uma cidade. Nem que uma vaca tenha subido uma colina íngreme por conta própria. Uma cabra, talvez. Mas não uma vaca. Nunca vi nada parecido acontecer. E não finja que já viu algo assim.

— Os plátanos foram plantados faz muitos anos — continuou ele, apontando para os galhos retorcidos que brotavam a intervalos irregulares ao longo das quatro paredes do pátio.

— Por um dragão? — perguntou ela, sorrindo.

— Por um jardineiro, imagino — respondeu ele.

Foram para o portão da frente, e Jocasta pôde ouvir o burburinho do mercado em um dia útil: comerciantes, caçadores de pechinchas, alcoviteiros, açougueiros e vendedores de peixe, coureiros, tintureiros, sapateiros e ferreiros, todos competindo por espaço. As galinhas grasnavam e batiam as asas contra as grades das gaiolas de metal. Coelhos — amontoados em caixas de madeira — pareciam amedrontados, e cachorros latiam como se soubessem que ela era uma forasteira.

Sentiu-se como se estivesse escondida em um quarto dos fundos, esperando o início de um festival. O cheiro de bolinhos de lentilha fritos há pouco a atraiu para um lado, mas o som de uma flauta sendo tocada em outra direção a fez querer ir para lá. Uma barraca repleta de caixotes de madeira continha romãs de um rosa tão forte, que quase conseguia sentir o gosto das sementes. Em outra barraca, seus olhos foram atraídos por pilhas de roupas de todas as cores: vestidos brilhantes que ela desejava tocar, todos os tons de vermelho entre laranja e rosa, todos os tons de amarelo entre açafrão e limões não maduros. Entrou em um corredor lotado e estendeu a mão para sentir o tecido de um azul profundo de um vestido sem mangas. Tinha uma cor vívida, era novo e possuía o comprimento certo, sem precisar de ajustes.

— Uma boa cor para a senhora — disse a proprietária, mal olhando-a. — Fará um grande negócio.

Jocasta sorriu e assentiu com a cabeça.

— Voltarei depois — falou ela.

— Volte sim — tornou a mulher, o interesse mudando de imediato para outro provável cliente. Jocasta desejou ter levado algo para negociar, embora não tivesse certeza de qual seria o valor de suas posses. Havia entrado no palácio com um dote, mas, em termos práticos, o ouro era de seu marido agora.

— A senhora quer o vestido? — perguntou Oran.

— Sim — disse ela. — É uma cor bonita e ficaria bem em mim.

Ele balançou a cabeça para a escrava, que correu até a vendedora de roupas e falou algumas palavras. O vestido foi dobrado e entregue, e a menina o colocou com cuidado em sua cesta. A vendedora de roupas balançou a cabeça para Jocasta enquanto ela se afastava.

— Estamos aqui todos os dias, senhora. Podemos fazer qualquer peça que nos pedir. Qualquer cor, mesmo o púrpura mais escuro. Volte sempre que quiser. Temos os tecidos da mais alta qualidade da cidade. Estaremos aqui, sempre.

Neste momento, Jocasta sentiu as bochechas corarem. Que tolice pensar qual de seus pertences patéticos ela poderia trocar por um vestido novo. Havia se casado com o rei. E, assim que os locais a reconhecessem, poderia ter o que desejasse.

✧ ✧ ✧

Jocasta estava no palácio fazia nove dias e ainda não havia sequer um sinal do rei. Teresa nunca o mencionava, a não ser para responder a uma pergunta específica. Era algo peculiar, pensava Jocasta. Devia ser um tremendo esforço não mencionar o homem em cujo palácio todos moravam e para quem todos trabalhavam, menos Jocasta. Ele era o centro do mundo deles, mas todos fingiam que não era estranho que sempre se ausentasse. E talvez, para eles, não fosse mesmo. Jocasta tinha vagas lembranças do pai reclamando que o rei estava se esquivando de seu dever (falado baixinho na privacidade de casa, quando nenhum escravo estava por perto para ouvir, claro). Mas por que isso acontecia? Jocasta tentou trazer a lembrança à mente, mas nunca conseguia compreendê-la.

Oran não era tão discreto quanto Teresa. Se Jocasta lhe perguntasse sobre o palácio quando ninguém mais pudesse ouvir, às vezes ela obtinha mais coisas. Naquela noite, Jocasta entrou no pátio da família — como os escravos o chamavam, embora a única pessoa que dormisse em qualquer um dos aposentos fosse Jocasta — e pensou em ficar sentada ali por um tempo na noite que caía. Disse à escrava que já se apressava para preparar seus aposentos que poderia ir até lá sem ela. A moça saiu correndo e, momentos depois, Oran apareceu.

— A senhora está bem, Basileia? — perguntou ele. Ela revirou os olhos.

— Quantas vezes preciso lhe dizer?

— Desculpe, senhora — disse ele. — Precisa de alguma coisa? Água? Vinho?

— Não, obrigada — respondeu Jocasta. — Tenho tudo de que preciso — ela puxou uma nova estola, fiada com a lã mais fina que já havia tocado, em um vermelho-arroxeado escuro, em volta dos ombros.

— A senhora está com frio — afirmou Oran.

Ela fez que não com a cabeça.

— Só gosto de usá-la.

— Fica bem na senhora — disse ele.

— Sim — concordou. — Por que não se senta? — ela deu um tapinha no banco de madeira que havia escolhido. Oran caminhou até a extremidade do banco e se sentou lá. Ela virou-se e levantou os pés, de modo que as costas repousassem em uma almofada que apoiou contra o braço de madeira, ficando de frente para ele e curvando os dedos dos pés contra a madeira quente e lisa.

— Não é nada do que eu imaginava — falou ela. — Achei que seria mais movimentado. Pessoas em todos os lugares, correndo por aí, governando a cidade. Em vez disso, é quase deserto.

— Os anciãos mantêm tudo em ordem — disse o garoto. — Sempre fazem assim. Não é preciso ter tanta pressa.

— O rei fica muito ausente, pelo que entendi — falou ela. Ele assentiu com a cabeça. — Não parece nem um pouco estranho para você? — continuou ela. — Partir na manhã seguinte ao próprio casamento?

— Bem, não, claro que não — respondeu ele.

Os olhos dela brilharam à meia-luz.

— Por que é claro para você, quando parece tão turvo para mim?

— Deixe-me pegar um pouco de vinho para a senhora — disse ele.

— Por favor, não seja tão rude a ponto de me ignorar quando lhe fizer uma pergunta — repreendeu ela. — Ou achar que sou tão estúpida que esquecerei minhas perguntas no momento em que você voltar com um daqueles belos jarros de terracota cheios de... o que será hoje? Cavalos? Guarda-rios? E, no momento em que me pedir que admire os intrincados desenhos e me contar sobre o artesão em um canto escuro de Tebas que os pinta, e como ele os vende ao vinhateiro em troca de todo o vinho que é capaz de beber, de forma que sua esposa precise trabalhar para levar comida aos filhos e sugerir que visitemos sua loja um dia, na rua atrás da colina até o mercado, nossa conversa original terá desaparecido com a cauda da carruagem de Hélio.[1]

— Eu poderia buscar outra tocha — falou ele. — Se estiver preocupada com a escuridão.

— Não estou preocupada com a escuridão. E, como você bem sabe, se pegar uma tocha, logo estaremos cercados por insetos. E aí você poderá me dizer que está preocupado que eu seja picada e sugerir que eu entre para ficar fora do alcance deles.

— Só perguntei — disse ele.

— Você evitou minha pergunta. Por que está claro para você, mas não para mim, que o rei deixou o palácio na manhã seguinte ao casamento? Está tentando me humilhar? É óbvio que ele partiria, porque é isso que os reis fazem, e todos aqui sabem disso, menos eu, porque sou uma jovem tola do outro lado da cidade? É óbvio que ele abandonaria o palácio porque sou muito feia para ser sua esposa? O que, precisamente, está claro para você?

Oran olhava com atenção para o solo que escurecia.

— É óbvio, senhora, porque o rei não se interessa por garotas. Por mulheres. Pensei que soubesse.

— Não se interessa? Não entendo.

— Ele prefere homens jovens — respondeu Oran.

---

[1] Personificação do Sol na mitologia grega. (N. do T.)

— Não, entendo o que está dizendo — insistiu ela. — Talvez não tenha sido clara. Se o rei não se sente atraído por mulheres, tenho certeza de que pode entender por que estou perplexa em estar aqui. Homens que não gostam de mulheres não querem esposas. Pelo menos, sempre entendi dessa maneira.

— Os homens querem herdeiros — disse Oran. — Todos eles precisam de herdeiros. Ou quem cuidará deles quando envelhecerem?

— Laio tem um palácio... com quê? Cinquenta escravos: cozinheiros, criadas, governantas e administradores, guardas e cavalariços, e só os deuses sabem quem mais — respondeu Jocasta. — Tenho certeza de que alguém cuidará dele quando estiver velho. Ele está velho agora, e vocês ainda estão aqui.

— Mas ele precisa de um filho — falou Oran. Os mosquitinhos noturnos já desciam sobre eles enquanto a escuridão caía. — Alguém para proteger sua memória depois que ele morrer. Ninguém pode ser imortal se seus descendentes decidirem que não. Ou se ele não tiver nenhum descendente. Ele precisa de alguém que erga uma estátua em sua homenagem e cante suas realizações como rei.

— Bem, estou certa de que, se alguém lhe desse um cinzel, você tentaria — disparou ela.

— Sou leal a meu rei — concordou ele.

— Então, talvez possa me explicar outra coisa. Se Laio quer tanto um herdeiro a ponto de se casar, acredito que ele entenda que terá de passar pelo menos algum tempo no mesmo quarto, na mesma cama, que sua esposa. Não comece a corar de novo. Você não é uma criança.

— Isso não é necessariamente verdade — disse Oran. — Ele quer um herdeiro. Não precisa ser filho dele.

Jocasta tentou não deixar transparecer seu choque. O homem criaria o filho de outro?

— O que está me dizendo? — perguntou ela. — Que ele espera que eu...?

— Sim — falou Oran. — Ele está esperando que a senhora engravide. Para ele, seria melhor se isso acontecesse logo. Então, ele alegaria que a criança foi concebida em sua noite de núpcias.

— E com quem exatamente ele imagina que estou me divertindo? — sibilou ela. Desejou agora ter deixado Oran buscar uma tocha. Ao menos teria certeza de que ninguém ouvia a conversa. Mas, do jeito que estava, as colunatas encontravam-se em quase total escuridão, e qualquer um poderia ouvi-la, contanto que ficasse quieto. Oran não disse nada.

— Com você? — perguntou ela. — Por isso ele deixou você para trás.

— A senhora me pediu para ficar — respondeu Oran. — Eu disse a ele, e ele adorou a ideia. Prefere que a senhora dê à luz o filho de alguém por quem a senhora tenha demonstrado preferência.

— Prefere? — perguntou Jocasta.

— Não faça isso — disse ele. — Por favor, não. Jurei para ele. Ele é meu rei. E é seu rei também.

— Difícil — respondeu ela. — Mal nos conhecemos. E se eu me recusar?

O silêncio foi tão amplo e longo quanto a noite.

— A senhora não vai, não é mesmo?

— Importaria se eu me recusasse?

— Importaria para mim.

— Mas ainda assim obedeceria às suas ordens?

— São ordens — disse ele. — Sirvo ao rei. Não teria escolha.

5

Senti a dor de novo embaixo das costelas quando me levantei da cama: mais branda agora do que antes. Quando pousei os dedos com delicadeza no curativo que Sófon havia feito, senti o calor do ferimento. Mas não o calor diferente e mais intenso de uma infecção. Quando retirasse as bandagens um ou dois dias depois, sabia que a pele estaria brilhante e vermelha, não inchada naquele tom rosa quase azulado que caracterizava uma ferida infectada. Ele havia recomendado que eu ficasse na cama por mais um ou dois dias, mas ninguém tinha vindo me visitar desde a tarde do dia anterior, e havia acordado muito cedo naquela manhã, quando virei de lado e a dor me acordou com um sobressalto. Porém, se dissesse isso a Sófon esperando simpatia, ele sorriria e diria que, se meu eu adormecido tivesse esquecido que eu estava ferida, meu eu desperto faria o mesmo em um ou dois dias.

Preferia correr o risco de estourar meus pontos a passar mais uma hora sozinha. Fui até um baú de madeira e encontrei um velho vestido da cor de creme fresco. Os escravos haviam aproveitado que eu estava de cama para lavar e remendar todas as minhas roupas: mal reconheci aquele vestido como meu. Tinha um corte largo o suficiente para levantá-lo apenas um pouco acima da cabeça. Torci o pescoço para deslizar para dentro dele sem usar os músculos feridos mais que o necessário.

Joguei água no rosto para me convencer de que era de manhã: minha mente ainda estava confusa por ter acordado tão cedo. Não conseguia me abaixar para calçar minhas sandálias de couro macio, então caminhei descalça até a porta, desfrutando das pedras frescas. Consegui ouvir um leve murmúrio do lado de fora e tive certeza de que era Ani. Quando abri a porta para a colunata ao lado do pátio da família, eu a vi sentada perto da fonte, cujas laterais eram decoradas com golfinhos saltitantes, de mãos dadas com nosso primo Hêmon.

Minha mãe costumava dizer que aquela era sua parte favorita do palácio. Não gostava muito de contar histórias, era uma coisa que ela preferia deixar para o nosso pai. Mas, às vezes, era possível convencê-la a falar sobre sua vida antes de se casar com ele, antes de nós. Quando vinha me colocar na cama à noite, eu pedia que ela nos contasse uma história sobre como era o palácio. Ela protestava, dizendo que era hora de dormir ou que estava cansada. Mas, às vezes, cedia. Este pátio — ela diria — estava vazio e triste quando o viu pela primeira vez. Quase nenhuma planta viva no solo, nenhuma água na fonte. Os afrescos nas paredes estavam desbotados e pedaços de gesso haviam caído. Alguns deles ainda estavam no chão, como pedaços de carne mastigados. Sequer pensava em quanto ele parecia dilapidado, dizia ela. Até que conheceu meu pai, que passara muito tempo fora dos muros da cidade. Ele crescera amando as flores e as árvores, explicava. Ela diria: Peça a ele que lhe diga o nome de todas as plantas do jardim. Seu pai conhece todas elas. Quando um dia ela o viu olhando para o pátio triste e morto, percebeu que queria oferecer a ele um jardim apropriado. Encontrou um jardineiro para encher os canteiros e consertar a fonte. Levou outros três homens, e eles vieram à noite, para que fosse uma surpresa.

Assim, certa manhã, ela e meu pai acordaram com o barulho de água vertendo nas laterais da pedra ornamental ressecada. Valeu a pena o esforço, dizia ela, só para ver a cara do meu pai quando percebeu que os jardins estavam cheios de ervas, arbustos e novas árvores frutíferas. Se alguém perguntasse a meu pai sobre o mesmo dia, ele falaria de um detalhe que minha mãe sempre omitiu: na primeira manhã em que olhou para o tomilho e o alecrim recém-brotados do novo solo escuro abaixo deles, ele alegou ter avistado a primeira borboleta no palácio de Tebas em centenas de anos. Sempre acreditei nele. Demorou anos para que as amendoeiras produzissem frutos, ou as figueiras. Meus pais não sobreviveram para comê-los.

Minha irmã parecia-se muito com nossa mãe: o mesmo cabelo escuro trançado nas laterais da cabeça e amarrado atrás, a mesma pele pálida. E a mesma tendência para gestos dramáticos: cada vez que minha irmã pousava a mão sobre o coração, eu me perguntava se ela imitava nossa mãe de propósito. Mas nunca pareceu o tipo de pergunta que eu pudesse fazer. Ela adorava sentar-se perto da fonte porque sabia que era o lugar perfeito para conversas particulares. Ninguém poderia se aproximar de qualquer lado do pátio sem ser visto. Ninguém nas colunatas poderia ouvir o que estava sendo dito no centro, porque o som da água mascarava as palavras.

Hêmon notou minha presença antes dela e afastou sua mão. Apenas um pouco, a pequena distância, apenas para que não pudessem dizer que estavam de mãos dadas. Ele sabia — mesmo que minha irmã fingisse não saber — que eu queria mais que tudo estar sentada onde ela estava. Os cabelos dele eram de um dourado escuro, mais claro quando os deixava crescer e se encaracolar na altura do pescoço. E, embora já se passassem muitos anos desde que brincávamos juntos nesta praça — ele me carregando nas costas, fingindo ser um cavalo, enquanto eu gritava de alegria —, ainda me lembrava com exatidão do cheiro de seu cabelo: limpo e de algum modo quente, como vinho temperado no inverno. Mas é claro que ele só se importava com Ani. E, agora que não éramos mais crianças, ele mal me enxergava.

Acenei para os dois enquanto caminhava ao longo da colunata. Queria alguém para conversar, mas estava com vergonha de parar e falar com eles naquele momento. Minha irmã acenou em resposta e sorriu.

— Já está voltando para as aulas? — gritou ela.

Fiz que sim com a cabeça e continuei andando. Com certeza, poderia chegar ao gabinete de Sófon.

Eu era a única que ainda visitava nosso tutor. Polin havia finalizado as aulas ao completar 15 anos, Etéo e Hêmon no ano seguinte, quando tinham atingido a mesma idade, ambos ressentidos daquele último ano, quando Polin já passava seus dias com homens, pois ainda eram deixados para trás e sentiam-se crianças. Ani nunca havia se interessado pela sala de aula, a menos que meu primo estivesse nela. Ela dizia que Sófon era um velho severo e que não tinha nada para lhe ensinar. Mas, quando estávamos só ele e eu, Sófon começava a falar sobre ideias mais interessantes — história, filosofia —, quase como se estivesse esperando que os outros fossem embora. Nunca ousei perguntar se ele os entediava de propósito para que se retirassem de suas aulas, um por um. Ele era quase a única pessoa que falava de meus pais (todos preferiam fingir que eles nunca haviam existido, mesmo meu tio) e me perguntava se ele queria que alguém se lembrasse deles, tanto quanto queria ouvir que eram lembrados. Sófon tinha quase 70 anos de idade e vivera durante o Acerto de Contas quando menino, depois durante o reinado de minha mãe e, até o momento — ele diria —, havia sobrevivido a meus irmãos. Gostava de dizer que planejava aguentar até que eu me tornasse rainha e depois morreria feliz. Eu ria, sabendo que significava uma promessa de vida eterna: como os poetas cantariam sobre mim, sou a caçula de quatro irmãos, filha maldita de pais amaldiçoados. Meus irmãos vão se casar porque são reis. Minha irmã por certo se casará com Hêmon. Mas não posso esperar tal futuro para mim, e Tebas nunca vai me querer como sua rainha.

Bati à porta de Sófon e o encontrei sentado à luz fraca do início da manhã em uma velha cadeira surrada perto do fogo. Fazia frio nos pátios no início do dia. O sol demorava a clarear as montanhas atrás do palácio e, até invadir as praças abertas, nunca fazia muito calor, mesmo durante o verão. Os pelos dos meus braços estavam arrepiados: deveria ter perguntado a Ani se poderia me emprestar um manto ou um xale. Meu manto havia desaparecido. Perguntei a uma das criadas sobre ele, e ela me disse que o tinham esfregado muito, mas não haviam conseguido limpar o sangue. Fiquei aliviada ao ver que Sófon também sentia frio. Ele costumava dizer que o calor se extinguira dele quando tinha 30 anos, por isso passara os últimos 40 acendendo a lareira.

Seus aposentos eram minha parte favorita do palácio. As paredes eram forradas de prateleiras repletas de papiros enrolados com cuidado. Não havia nada que não fosse possível encontrar ali, caso se tivesse tempo e predisposição. Sófon não tinha preferidos entre os manuscritos que adquirira ao longo dos anos: astrologia e astronomia estavam lado a lado, história e biografia, agricultura e economia doméstica, além de — as mais numerosas e minhas favoritas — histórias sobre grandes heróis do passado.

A lareira ficava na parede oposta, cercada pelas prateleiras. A escrivaninha de Sófon ficava embaixo das janelas altas, mas ele preferia sentar-se mais perto do calor. Tinha cabelos brancos, com o topo da cabeça calvo. Possuía uma barba branca bem aparada, e nunca o vi usar nada que não fosse em tom castanho. Perguntei-lhe uma vez por que ele gostava tanto dessa cor, e ele disse que era mais fácil. Muito tempo atrás, antes do Acerto de Contas, ele era médico e morava no templo de Asclépio, filho de Apolo, no centro da cidade. As pessoas viajavam de todas as partes de Tebas e também de outras terras para serem tratadas por ele. Mas ele havia se mudado para uma casa perto do palácio quando conheceu minha mãe e ela pediu que ele fosse tutor de Polin. Ela disse que não conseguia pensar em ninguém melhor.

— Isi, você parece estar com frio. Venha e sente-se aqui — Sófon apontou para a cadeira oposta à dele, e me apressei para me sentar, tentando não estremecer. — Não sei bem se já devia ter se levantado. Devia? — perguntou ele, e apontou para o espaldar da cadeira, onde havia um cobertor de lã. Puxei-o e me enrolei nele.

— Acordei tão cedo — disse a ele. — Fiquei entediada.

— Queria alguma coisa para ler, imagino — falou Sófon. — Este aqui pode ser o que está procurando — levantou-se com um gemido reprimido e caminhou até suas prateleiras. Ele era uma cacofonia de ossos: uma das articulações estalava ou rangia a cada passo. Estendeu a mão sem nenhum momento de hesitação e pegou um papiro novo das pilhas abarrotadas. Entregou-me o rolo, e vi que era uma cópia substituta da que estava lendo antes. Aquele que havia coberto com meu sangue.

— Sinto muito por tê-lo estragado — falei.

— Isi, não importa — respondeu ele, embora seus olhos estivessem turvos, como se importasse muito. — E o escriba ficou feliz com o trabalho.

— Obrigada.

— Alguma notícia do agressor? — perguntou Sófon enquanto se sentava. Olhei para ele. Sua cadeira ficava diante da janela, de modo que estava muito claro atrás dele para que eu visse mais que a silhueta do seu rosto.

— Não sei. Etéo está procurando por ele. O que o senhor ouviu?

— Ouvi dizer que seu irmão vai encontrá-lo — disse ele, baixinho.

— Não entendi.

— Acredito que seu agressor será encontrado em breve. Já se passaram vários dias, tempo suficiente para dar a impressão de que está sendo difícil rastreá-lo.

— Não está dizendo que Etéo...

— Acho que não, Isi, mas não tenho certeza absoluta. Acho que outra pessoa é responsável, mas, até onde sei, Etéo é alvo deles tanto quanto você foi — o medo deve ter se estampado em meu rosto, porque ele se corrigiu. — Não o alvo de um assassino. O alvo de uma trama, pois alguém está tentando desestabilizar a realeza. Matar você teria sido uma maneira extremamente eficaz de fazê-lo. O rei não pode ser responsável por manter sua cidade em segurança quando não consegue fazer o mesmo sequer para a própria família. Entende?

— Mas Etéo só será rei por mais um mês — comentei. — Depois, será o ano de Polin — meus irmãos se revezam no governo. Em outras cidades, Polin teria se tornado rei, por ser o mais velho. Mas a diferença de idade entre meus irmãos é muito pequena: pouco mais de um ano. E meu tio decidiu que dividir a realeza seria uma solução melhor para nossa cidade. Ele acredita em profecias e foi persuadido por uma vidente a que, caso contrário, nossa cidade poderia sucumbir com facilidade a uma guerra civil. Creonte acredita que o rei de Tebas, seja ele quem for, está amaldiçoado. Muitos tebanos acreditam nisso. Assim, dividindo o poder, ele esperava dividir a maldição. E meia maldição não pode ser tão ruim quanto uma inteira. Um dia, gostaria de perguntar a ele se acredita mesmo nisso ou se apenas crê que deve mostrar ao público que presta atenção nessas coisas. Meu tio não é um homem fácil de se interpretar.

— Sim, esse é o aspecto mais confuso das coisas — disse Sófon. — Apenas um mês...

— O que espera que aconteça agora? — perguntei.

— Acho que encontrarão alguém que vai parecer ser o culpado. Mas, se ele for o perpetrador, o que duvido que seja, será apenas o elemento mais visível. A trama real ainda estará oculta. Você deve ter cautela.

— Eu tive cautela antes — falei, embora soubesse que não era verdade. Não esperava que um homem mascarado se infiltrasse em minha casa. Temos guardas em todos os lugares. Pensei que estivesse em segurança e me comportei de acordo.

— Não estou culpando você, Isi. Estou tentando protegê-la.

Concordei com a cabeça. Tinha visitado Sófon para tentar me sentir melhor e agora me sentia pior. Queria voltar para o meu quarto, mas a lateral do meu corpo latejava demais para eu ficar em pé.

— O senhor tem algum pergaminho velho? — perguntei a ele. — Que não esteja usando?

— Sim, acho que sim — ele respondeu. — Você já está velha demais para as tabuletas de cera? Suas palavras precisam de certa permanência? — ele sorriu. — Com quantos anos está hoje?

— Quinze — eu o lembrei. Ele sabia perfeitamente bem quando eu havia nascido.

— Parece que um ou dois anos atrás você era um bebê — disse ele. — É só porque cresceu demais que acredito quando diz sua idade.

Ele abriu a porta do armário ao lado da mesa e tirou dois pequenos rolos de pergaminho.

— Aqui está — disse ele. — Será que é o suficiente por ora?

— Sim. O senhor tem tinta?

— Naquele armário perto da porta tem tinta e tudo o mais que precisar — disse ele. — Pode pegá-los antes de voltar ao seu quarto. Vai me poupar a caminhada até lá — ele fez o caminho de volta até sua cadeira e voltou a se sentar.

Pensei em uma coisa que Etéo havia dito, sobre Sófon ter corrido para me ajudar quando fui esfaqueada. O homem que caminhava pela sala apoiando-se na mobília não podia realmente ter corrido, podia? Nem mesmo que houvesse um incêndio atrás dele. Mas meu irmão nunca foi de exageros: assim como eu, prefere deixar isso para Ani.

— Para que pretende usá-lo? — perguntou Sófon.

— Quero manter um registro — falei. — Do que está acontecendo. Quando conversamos antes, sobre história, o senhor disse que devo sempre ter em mente quem a compõe. E pensei muito nisso quando estava na cama. Pensei em como minha história nunca seria contada se eu não a contasse.

Sófon não disse uma palavra sequer.

— A história oficial de Tebas mencionaria meus irmãos e meu tio. Talvez até mencione Ani, porque ela vai acabar se casando com Hêmon.

Sófon assentiu.

— Sim, acho que vai.

— Mas ninguém vai se lembrar de mim, a filha mais nova. Mas eu tenho importância, ou não?

Qualquer outra pessoa teria me dito que eu era muito importante para ela. Sófon suspirou.

— Não, Isi. Temo que não.

— Então, tenho que compor minha própria história, certo? Ou ela se perderá para sempre.

— Sim — concordou ele. — Você precisa.

— É melhor começar do início? — questionei. — Ou começar do agora e escrever de trás para a frente?

Ele pensou por um longo momento.

— Você deve tentar montar na cabeça primeiro — sugeriu. — Então saberá como começar quando escrever. Acho que talvez deva começar do agora e depois tentar entender o que vai acontecer à luz do que ocorreu até o momento. Entende?

— Tudo o que está por vir foi decidido pelo que já ocorreu? O senhor fala como Creonte: os deuses decidem tudo, e nós somos suas marionetes.

— Não os deuses, Isi. Os deuses fazem o que querem. Duvido de que tenham muito tempo para nós: por que teriam? Eles não têm coisas mais importantes em mente do que o destino de alguns mortais?

— Claro que têm. Sabe que penso como você. Por isso não entendo o que está dizendo.

— Porque os eventos são decididos por outros eventos. Não são? Se alguém entrasse correndo pela porta agora e gritasse que uma matilha de cães selvagens estava invadindo o pátio principal, o que aconteceria?

— Fecharíamos a porta e a trancaríamos. Poderíamos empurrar alguns dos móveis contra ela também. Depois, se as trancas não os segurassem, as cadeiras poderiam mantê-los afastados.

— E, se nenhum mensageiro chegar, o que acontecerá com a mobília?

— Deixamos onde está.

— Portanto, o destino da cadeira hoje é firmado pela decisão de uma matilha de cães que, neste momento, nunca a viu. Quem não poderia começar a entender que ela sequer existe. Está me entendendo?

— Sim. Eu acho.

— Ninguém acreditaria que os deuses não têm nada a ver com o que acontece conosco, Isi, mas com certeza não podemos acreditar que interfeririam na existência de uma simples cadeira, ou mesmo de um cachorro.

— E a vida humana é mais complicada que a vida de uma cadeira — disse eu, desejando ter pensado nisso sozinha.

— Claro. Você pode ao menos começar a contar as inúmeras maneiras pelas quais sua vida pode ser afetada pelas escolhas que outras pessoas, pessoas que nunca conheceu, cuja existência está inteiramente oculta de você, estão fazendo todos os dias?

— Então, como posso escrever minha história, quando há tanto que não sei e que pode causar uma mudança profunda nas coisas que penso saber?

— Bem, essa é a dificuldade de escrevê-la — respondeu ele. — A tinta está perto da porta. Já lhe disse, não foi?

Ele fechou os olhos. Típico de nossas conversas. Ao fim delas, sei mais do que quando começaram. Mas, de alguma maneira, tenho menos certeza das coisas.

6

Jocasta já estava no palácio havia quase um mês, e o rei ainda não retornara. Muitas vezes ela acordava à noite, às vezes perturbada por ruídos aleatórios de uma grande casa, mas com mais frequência pela sensação de que alguém estava por perto, desejando-lhe mal. Ela não tinha nenhuma prova de que isso acontecia, mas sabia que era verdade. A porta do quarto dela tinha fechadura, mas nenhuma chave. Ou, se havia uma, ela não a possuía. Tantas portas do palácio estavam trancadas para ela, mas nem mesmo dormindo ela podia se trancar no caso de alguém querer entrar. Havia perguntado a Teresa sobre a chave ausente, mas Teresa piscara devagar e dissera não ter certeza de que já a tinha visto. Foi nesse momento, quando Jocasta pensou que estenderia a mão e daria um tapa no rosto da mulher, que imaginou se poderia estar grávida. Não sabia o que a fazia pensar nisso.

Oran ainda a visitava todas as noites. Ele levava seu dever a sério. E, embora ela soubesse que Oran não precisava fazer isso, ele tentava deixá-la feliz. Dizia-lhe que ela era bonita e que gostava da maneira como o cabelo dela — solto das tranças diárias — esvoaçava sobre os travesseiros, como algas marinhas à beira do lago. Tentava nunca machucá-la e, se ela expressasse algum tipo de dor, ele parava. Mas ela ainda ficava com o olhar perdido na escuridão quando queria adormecer: aquele era o garoto que ela acreditava ser seu único amigo e aliado no palácio e, ao mesmo tempo, ele também escolhera obedecer aos caprichos perversos do rei.

Os dias eram menos terríveis que as noites, embora a insônia a deixasse atordoada e exausta. Ela gostava de passear pela ágora com sua escrava e olhar todas as barracas e pessoas que vinham comprar. Se tivesse se casado com qualquer outro homem, aquela teria sido sua tarefa diária: carregar um cesto para enchê-lo com cebolas e alfaces frescas, queijos e pão. Mas ela não tinha essa responsabilidade. O palácio era administrado inteiramente por Teresa, e sua alimentação, pelas cozinheiras. Então, Jocasta vagava pelo mercado sem rumo, parando para olhar o que quisesse. Escolhia vestidos de cores claras, sabendo que nunca teria de se preocupar em mantê-los sem manchas: quem estava encarregada da lavanderia era alguém que nunca conheceria. E, se um vestido estivesse danificado, podia escolher outro em um tom diferente, talvez desta vez com linhas serrilhadas de bordados contrastantes ao redor do decote e dos ombros. Os feirantes logo a reconheceram e guardavam para ela suas melhores roupas. Embora gostasse do mercado, desejava que o palácio não ficasse tão alto na cidade. Significava que só havia uma estrada pela qual podia seguir, e ela passava pelas ruas movimentadas, quando, às vezes, preferia ir a um lugar tranquilo. Silêncio incontido, indomado: aquilo ela já tinha de sobra no palácio. Mas gostaria de visitar o lago ou passear pelo cemitério da cidade nas encostas, ouvindo cabras e ovelhas balindo enquanto pastavam. Teria gostado de caminhar ao redor da colina sob a parte de trás do palácio, mas ainda não havia encontrado uma saída dele para o deserto fora dos muros da cidade. Imaginava o que aconteceria se ela anunciasse a Teresa que queria visitar o marido nas montanhas. Mas não imaginou isso por muito tempo.

Certa manhã, planejou ir ao mercado como de costume, mas, quando acordou, se sentia febril. Seu quarto estava fresco, mas os cabelos encontravam-se úmidos no couro cabeludo, e os lençóis, grudados em suas costas. Enxugou o suor da testa e percebeu que também estava enjoada. Recusou o café da manhã, na esperança de que a náusea passasse. Sentou-se por um tempo à sombra, desconfortável demais para ficar sob o sol forte. Comeu apenas uma maçã no almoço e notou o prazer de Teresa com seu mal-estar. Claro que Teresa sabia sobre Oran. Jocasta não teve dúvidas de que tudo tinha sido ideia da maliciosa governanta.

No fim das contas, decidiu que sairia, apesar do tremor que emanava da barriga, chegando aos pés. Embora fosse o período mais quente do dia, convocou a escrava e insistiu para que fossem ao mercado naquela hora. A moça não disse nada; pegou sua cesta e seguiu sua senhora pelos pátios. A cada passo, Jocasta se dava conta de que cometera um erro terrível. O mal-estar ameaçou dominá-la. Mas não podia perder a compostura na frente daquela garota, na frente do palácio. Pôs um pé débil na frente do outro, desejando ter uma sombrinha, e decidiu que procuraria uma entre as barracas.

Não se lembrava de ter visto sombrinhas no mercado antes, mas também não havia procurado nenhuma, e, às vezes, essas coisas passavam despercebidas a olhos desinteressados. Talvez tivesse uma vaga lembrança de um vendedor de chapéus curvos, feitos de palha tecida de modo elaborado. Poderia servir. Tomou um caminho diferente pela praça, esperando vê-los de novo. Mas, embora quisesse dar toda a sua atenção às barracas, logo percebeu que precisava se concentrar nos pés, chutando a poeira arenosa embaixo das sandálias. Sentiu uma pedrinha se encaixar entre o pé e as sandálias, e a dor foi intensa, como se alguém tivesse enfiado uma lâmina de metal afiada em seu calcanhar. Levou a mão ao pé e caiu de joelhos de uma vez. A escrava parou atrás dela, uma presença inútil.

Um homem de cabelos escuros e grisalhos nas têmporas saiu correndo de trás de pilhas de papiros e estendeu a mão para ajudá-la a se levantar.

— Traga-me meu banquinho — gritou ele, e outro dono de barraca trouxe o banquinho dobrável de madeira do homem para o corredor atrás dela.

— Aqui — disse o homem, colocando-a no banquinho. — Tente respirar fundo. Você... — vociferou para a escrava. — Traga água, agora.

A garota sumiu.

— Não há esperança para ela? — perguntou ele a Jocasta. — Ou ela consegue fazer o que lhe pedem?

Jocasta pensou por um momento.

— Geralmente ela faz o que lhe pedem — respondeu. — Embora ela pudesse agir com mais rapidez se tivéssemos lhe dito onde conseguir água.

O homem franziu os lábios e olhou para a vendedora — uma mulher de meia-idade com finos braços castanhos ––, lançando-lhe uma questão muda. Ela mostrou um cantil e despejou água em um copinho de madeira, que estendeu ao velho. Este o pegou e levou aos lábios de Jocasta. Despejou o conteúdo cuidadosamente em sua boca, e ela sentiu o frescor invadi-la.

— Obrigada — disse ela, a ele e à mulher que lhe dera água.

Ele olhou para ela com os lábios ainda franzidos.

— Você vai ficar bem logo — falou. — Mas precisa descansar. Quanto caminhou até chegar aqui?

— Vim de lá — ela acenou para o palácio atrás deles.

— Hum! — disse ele. — Levo você de volta em alguns minutos.

Ela se sentou, observando-o estupidamente enquanto ele encarregava a mulher da barraca ao lado de ficar de olho em seus papiros e pergaminhos. Pegou uma velha bolsa de couro, que colocou sobre os ombros, e ofereceu-lhe o braço. Ela sorriu com a gentileza, apesar do suor que sentia escorrer pelo couro cabeludo.

— Obrigada.

Ela tomou o braço dele, e voltaram devagar ao palácio. Estavam entrando pelos portões da frente quando quase esbarraram na escrava, que carregava um pequeno cílice de água, do qual a maior parte dela já havia se derramado.

Teresa avistou-os quando Jocasta entrou no terceiro pátio. Ela apressou-se, franzindo a testa.

— O que está acontecendo? — apontou para o dono da barraca. — Quem é este?

— A senhora é a mãe dela? — perguntou o homem.

— Eu não — Jocasta percebeu que Teresa não estava acostumada a ser questionada. E por certo não por alguém que não tivesse medo dela.

— Ela precisa descansar. Não deveria estar de pé, em especial neste calor da tarde. Onde ela pode se deitar?

Teresa estava dividida entre dizer para ele ir embora e querer sua ajuda para levar Jocasta até o quarto. A necessidade venceu, e ela tomou o braço direito de Jocasta, enquanto o homem continuava a apoiá-la pelo esquerdo. Juntos, caminharam até o quarto dela e a levaram para a cama. O vendedor de papiros estendeu a mão atrás dela, organizando os travesseiros com mão eficiente.

— Tire os sapatos dela — disse a Teresa, que lhe obedeceu em silêncio.

Ele ajudou Jocasta a sentar-se na cama e encaixou mais almofadas embaixo de suas pernas.

— Amanhã virei ver como está — disse o livreiro, assim que ficou satisfeito. — Até lá, não vá mais longe que o necessário.

— Obrigada — falou Jocasta.

— Está confortável? — perguntou ele. Ela concordou com um gesto de cabeça. — Ótimo. Até amanhã, então.

Ele se afastou a passos largos, andando muito mais rápido agora. Teresa lançou um olhar sinistro para Jocasta e correu atrás dele.

Quando o rei ouviu essa história, ao regressar das montanhas, Jocasta não teve dúvidas de que havia sido ideia de Teresa arranjar um médico para vigiá-la. À medida que sua gravidez ficava mais visível, o rei também se mostrou mais. Mas ela nunca o via sozinho, e ele mal falava com ela, mesmo quando outras pessoas estavam presentes. Todos os homens do palácio brindaram a ela e a Laio, desejando saúde ao herdeiro.

— Um filho! — Jocasta se cansou de ouvir. Em segredo, desejava uma menina, apenas para lhe dar uma lição. O rei não parecia mais entusiasmado com a perspectiva de um filho do que ela, embora nunca falasse sobre o assunto com a esposa.

— Desde que a criança tenha saúde — anunciava a quem perguntasse, tentando afastar o mau-olhado —, não me importaria nem um pouco em ser pai de uma menina.

Ela quase preferia quando ele a ignorava ou voltava para as montanhas, porque a alternativa provocava os olhos pretos e irados de Teresa, que se ressentia de qualquer momento que ele passava com a esposa. Jocasta tentou decifrar aquela situação, mas não conseguiu: se a governanta era tão devotada a Laio, que não tinha nenhum interesse por Jocasta, por que Teresa não se casara ela mesma com ele? Poderia ter tido filhos no passado: ninguém nasce velho. Então, por que não o fizera, em vez de envolver Jocasta em todo aquele engodo odioso?

Pelo menos Jocasta havia encontrado Sófon, o homem da barraca de papiros. Ele havia sido médico por vários anos antes de decidir se entregar ao prazer primordial da leitura e de lidar com manuscritos. Mas ficara feliz por ter mais uma paciente: passara a visitar Jocasta, fazer as verificações necessárias, tirar suas dúvidas sobre as vertigens e o enjoo. Ele levava ervas que reprimiam o último e aconselhava repouso para combater as primeiras. À medida que as semanas se arrastavam e seu corpo ficava mais instável a cada dia, ela imaginou se ele estaria lá quando ela desse à luz.

— Claro que estarei por perto — respondeu ele. — Mas você sabe que será uma parteira que a ajudará no parto. Precisa de alguém que já tenha passado por isso.

Jocasta perguntou a Teresa se ela encontraria alguém, e a governanta assentiu com a cabeça.

— Claro que sim — disse ela. — Está tudo sob controle.

✧ ✧ ✧

Depois de sete meses de náuseas persistentes, às vezes paralisantes, Jocasta estava desesperada para se livrar daquela criança parasita que a maltratava de dentro para fora. Não tinha certeza de quando a havia concebido, mas sabia que o parto deveria acontecer nas próximas semanas. Sentia-se apavorada com o que estava por vir. Mal tinha 16 anos, era franzina e temia que seu corpo logo fosse partido em dois por uma criança que não se importava em machucá-la, e cuja única determinação era vir ao mundo. Queria fazer a Sófon a única pergunta que não podia fazer: era racional odiar uma parte do próprio corpo? E se essa parte a quisesse morta? Pela última vez na vida, imaginou se era tarde demais para enviar uma mensagem à mãe. Mas não foi capaz de fazê-lo. A notícia de sua gravidez já devia ter se espalhado por Tebas, e, ainda assim, ela não ouvira uma palavra sequer de sua família. Estava deitada na cama, apoiada em almofadas, desejando que tudo aquilo acabasse. E então, claro, acabou.

A dor foi indescritível, e mais de uma vez ela se viu prometendo todas as oferendas possíveis à divina Ilítia, deusa dos partos e das gestantes, se ela a amenizasse. Quando entendeu que a dor não pararia até que o bebê saísse ou ela morresse, gritou para o nada indiferente que daria qualquer coisa, tudo o que tinha, se a deusa aliviasse sua dor. Ela refletiu, entre as piores dores das contrações, que aquela deusa em particular — filha de uma mãe vingativa — devia ser sua aliada, mais que todas as outras. Ainda assim, a filha de Hera não veio em seu auxílio.

Perguntou várias vezes por Sófon, mas ninguém conseguia encontrá-lo ou mesmo imaginar aonde ele poderia ter ido. Jocasta ficou tão abalada que um dos guardas do palácio levou a mulher que cuidava da barraca ao lado da de Sófon. Ela disse que ele havia recebido uma mensagem de casa no dia anterior que exigia uma resposta imediata, e ainda não havia retornado. Olhando para Jocasta — que estava com o rosto vermelho e ofegante, as mãos agarrando os lençóis sobre os quais estava deitada —, ela perguntou se estava dispensada e saiu correndo do quarto. Uma mãe morta era um mau presságio. Por fim, ficaram apenas Jocasta e Teresa, como sempre fora o desejo da governanta.

Teresa era solícita, afastando os cabelos de Jocasta dos olhos e ajeitando-os atrás das orelhas da moça, murmurando que tudo ficaria bem. Jocasta logo perdeu a noção do tempo: não sabia se estava lutando havia horas ou dias, e Teresa não lhe informava. As cortinas foram fechadas diante das janelas, e ela se viu cochilando à meia-luz e acordando angustiada e confusa. Em todo o terrível processo, nunca lhe ocorreu que algo poderia ser pior que aquela dor. Por fim, depois que o tempo reduziu sua velocidade ou talvez tenha parado, depois que ela empurrou, lutou, ofegou e chorou, fez um último esforço impossível e ouviu Teresa exalar alto enquanto a dor diminuía um pouco.

— É um menino? — perguntou Jocasta. Em um único instante, descobriu que não odiava mais o parasita que estava tentando matá-la. Era seu bebê, e não queria mais nada além de segurá-lo nos braços e protegê-lo. Ela havia sobrevivido ao parto. Vivera para ser mãe.

Teresa respondeu que sim, era mesmo um menino, e Jocasta ficou tão feliz que não notou a expressão de Teresa nem ouviu o tom de alarme em sua voz. Jocasta sabia que Teresa não gostava muito dela, mas nunca tinha visto um olhar de compaixão no rosto da mulher até aquele momento.

— Dê-me meu filho — implorou Jocasta. Havia algo arroxeado nas mãos da mulher, como vísceras em um sacrifício. Onde estaria seu filho? E por que não emitia nenhum som? Bebês choravam, não choravam?

Teresa afastou-se dela e saiu do quarto.

— Dê-me meu filho — repetiu ela aos gritos, embora seus pulmões doessem e a garganta estivesse em carne viva. Tentou se levantar e seguir Teresa, pegar seu bebê e segurá-lo com força. Mas as pernas não lhe obedeceriam, e ela apenas ficou deitada ali pelo que pareceu uma eternidade. Quando Teresa voltou, não segurava mais nada. Olhou para Jocasta e balançou a cabeça.

— Ele não teria deixado você ficar com um menino, mesmo que a criança tivesse sobrevivido. Você me entende?

Jocasta balançou a cabeça, emudecida.

— O rei não pode ter um filho, apenas uma filha. Há uma profecia que diz que ele seria morto por um filho. Ele não vai permitir que isso aconteça. Então, eu também não poderia permitir que isso acontecesse.

Jocasta pensou que devia estar tendo alucinações devido à exaustão. Uma profecia? Teresa havia enlouquecido? Uma coisa era prestar reverência aos deuses que controlavam os assuntos dos homens, mas outra era acreditar que transmitiam mensagens do futuro. Para seus sacerdotes e seguidores mais devotos, talvez, mas para homens comuns? Mesmo para reis? Era quase uma blasfêmia sugerir esse absurdo.

A parte racional de sua mente, se pudesse acessá-la, sabia que, depois do Acerto de Contas, muitas pessoas tinham buscado um significado nas mensagens dos deuses. Prefeririam ver isso não como um desastre, mas como um aviso ou algo vaticinado. As pessoas queriam sacerdotes e adivinhos, leitores de entranhas e videntes para provar que tinham previsto o que acontecera. Acima de tudo, os sobreviventes queriam acreditar que tinham sido salvos de alguma coisa, ou talvez por alguma coisa. O acaso cego era assustador demais para qualquer um; quem conseguia se sentir em segurança se sua sobrevivência dependesse apenas da sorte? E como poderiam lamentar as perdas esmagadoras que haviam sofrido, se nada disso tivesse algum significado?

— O rei acredita em profecias? — ela se ateve ao bom senso.

— Com devoção — Teresa assentiu com a cabeça. — Por anos, ele se recusou a ter um filho. No fim das contas, foi persuadido de que poderia ter uma filha, porque a profecia dizia que ele seria morto por um filho homem. Esperava que você tivesse uma menina, sabe? Porque eu só consegui ter filhos e não poderia deixar um terceiro para morrer na encosta da montanha.

Jocasta encarou-a, imaginando se ouvira corretamente as palavras em tom abafado da governanta. Teria Teresa dado à luz filhos saudáveis e depois os abandonado na montanha para evitar uma profecia? A mulher devia ser bem louca.

— Quero ver meu bebê — disse Jocasta.

— Ele não sobreviveu — Teresa abaixou a cabeça. — Era pequeno demais, e o cordão estava enrolado em seu pescoço. Ficou muito tempo sem ar. Acontece bastante.

— Preciso vê-lo.

— Não adiantaria — disse Teresa com tranquilidade. — Seu médico estará de volta amanhã ou depois de amanhã. Vai dizer a mesma coisa. Não há nada a ganhar segurando um bebê morto e desejando instilar vida nele. Acredite em mim.

E, com isso, ela saiu. Jocasta estava ensanguentada e exausta demais até mesmo para chorar.

7

Sentia desconforto agora quando precisava estender a mão para cima, e ainda não conseguia virar o tronco: se alguém chamasse meu nome, sentiria rigidez embaixo das costelas ao tentar me virar. Mesmo mover meu pescoço trazia ecos da dor que ainda restava lá embaixo. Mas os pontos haviam caído, deixando-me com um triângulo vermelho e enrugado abaixo da caixa torácica. Postei-me à luz do sol embaixo das altas janelas dos meus aposentos e levantei os braços até a altura dos ombros. Ani correu os dedos pela cicatriz e disse, em dúvida, que provavelmente ela desapareceria com o tempo e que ninguém além de mim jamais a veria. Não disse à minha irmã que tinha gostado da cicatriz: fui atraída por sua simetria e pela maneira como me marcava como alguém que não havia morrido quando deveria. Era como as tatuagens de uma guerreira amazona, a marca de uma vencedora. Mas somente eu a percebia dessa forma. Só quando todos os pontos caíram é que pararam de se comportar como se eu fosse um objeto frágil. Via-me como bronze, enquanto minha família me via como uma delicada peça de terracota que já havia quebrado uma vez e sido colado com cuidado de novo. Era difícil que voltasse a me sentir eu mesma até que todos parassem de me tratar como outra pessoa.

Comecei a pensar em escrever minha história e decidi que seria melhor começá-la com o que estava acontecendo naquele momento. Em poucos dias, Etéo estaria passando a realeza para Polin. Todos os anos essa era uma grande ocasião, quando Tebas agradecia à sua família governante por oferecer à cidade não um, mas dois reis. Tebas, Sófon diz, é uma cidade ansiosa: sempre teme por seu futuro. É o único lugar onde já morei, por isso não sei se em outras cidades as coisas são diferentes. E me parecia razoável temer pelo futuro de Tebas, mas isso porque seus reis também eram meus irmãos; desse modo, meu destino estava entrelaçado ao bem-estar da cidade.

A dupla realeza fazia parte da minha história, assim como meu futuro. Minha mãe fora rainha de Tebas por muitos anos. Quando teve dois filhos, e depois duas filhas, todos sempre disseram que a cidade soltara um suspiro de alívio. A família governante estava no trono havia mais de uma geração. Apenas quando comecei a pensar nisso para minha história foi que percebi como era estranho o fato de Polin ainda não ter se casado. Tinha quase 20 anos, já estava mais do que na hora. Ele e meu tio deviam estar considerando as noivas. Talvez estivessem esperando até que Polin fosse rei de novo para dar à cidade o casamento real que ela apreciaria: uma cerimônia formal com um grande sacrifício, um banquete e canções durante a noite e no dia seguinte. Então, Etéo se casaria um ano depois e nunca mais ficaria aqui, salpicando água da fonte comigo nas tardes quentes de verão. Estaria com outra pessoa, uma estranha de quem eu talvez nem gostasse. E, depois, haveria outras consequências por termos reis duplos: o filho de quem teria precedência? Polin, porque era o mais velho? Ou o de Etéo, que seria rei quando seu filho nascesse?

Tinha me proposto a escrever sobre o passado, mas parecia ser capaz apenas de pensar no futuro.

✧ ✧ ✧

Etéo tinha pedido a todos nós que ficássemos dentro do palácio até que meu agressor fosse capturado. Polin zombou da ideia de que deveria modificar seu comportamento fosse qual fosse o motivo. Ani ia aonde quer que Hêmon estivesse, onde quer que pudessem ficar a sós. Portanto, embora devêssemos ficar todos no mesmo lugar, os aposentos familiares estavam desertos, exceto pelo aumento do número de guardas e escravos. Entendia por que Etéo estava preocupado, mas sentia-me entediada de ficar ali presa, sozinha. Flagrei-me espreitando as frestas das paredes exteriores, tentando me imaginar na encosta, sentada à sombra dos pinheiros que salpicavam as elevações mais baixas. Ou, olhando para o outro lado, podia divisar as extremidades do lago Hylike na muralha leste. Pude ver crianças mergulhando, os corpos musculosos como golfinhos contra a água cintilante.

Como as invejei. Mas não podia escapar para me juntar a elas, mesmo que não tivesse feito a promessa ao meu irmão de ficar no palácio. Sófon nunca me perdoaria se eu nadasse com uma ferida ainda em cicatrização. E, embora ele estivesse certo em me dizer que precisava mantê-la seca e limpa, queria sentir as ervas daninhas embaixo dos pés e a água fria na pele. Fazia tanto calor no palácio que mergulhar os pés na fonte fazia pouca diferença. A água era rasa demais e logo esquentava durante a tarde. Além disso, queria ver os guarda-rios e as rãs, ouvir os insetos zumbindo ao meu redor. Queria observar os mosquitinhos dançando na superfície enquanto tentavam escapar de meus braços que se agitavam na água.

E, além do tédio, havia a estranha atmosfera do palácio. Normalmente, marcávamos a mudança dos reis com comemorações. Os preparativos levavam várias semanas, pois a praça pública era decorada e sacrificava-se um bezerro todos os dias nos templos. Os sacerdotes queimavam incenso aos deuses, e toda a cidade participava. Mas desta vez havia algo diferente. Em vez de uma sensação de entusiasmo pela renovação, Tebas parecia uma cobra se desfazendo da velha pele cedo demais e rastejava — ainda tenra e vulnerável — para a luz. Estávamos temerosos em vez de exuberantes. Nada inspirava segurança.

Até meu tio, que costumava ser tão calmo, estava inquieto. No dia anterior, ele havia mandado entregar uma estátua em seus aposentos, que ficavam do lado oposto do pátio em relação aos nossos. Havia decidido redecorar os aposentos como parte das comemorações do Ano-Novo. Era a segunda entrega dessa imagem dele, porque, quando a primeira chegou, era uma representação bastante indefinida do meu tio: simplória, quase austera. Até a pedra parecia ser de qualidade inferior à de outras estátuas do palácio. O mármore era repleto de veios e tinha uma estranha cor rosada. Creonte ficou decepcionado com a peça, ainda mais quando Hêmon bufou diante da imagem.

Meu tio, é óbvio, esperava algo mais impressionante. Assim, um escultor foi contratado para melhorar a original antes de trazê-la de volta. O homem pintou detalhes nas roupas e no cabelo — aplicando um belo padrão de quadrados azuis entrelaçados ao redor da bainha e da gola da túnica avermelhada —, o que deixou o rosto estranhamente vazio em comparação. Creonte ainda sentia que a estátua não fazia jus a sua posição, tampouco a sua aparência. Por isso, o escultor concordou em fazer alguns aprimoramentos no local, em vez de levar de novo a estátua à oficina. Decidiu substituir os olhos ligeiramente pintados por outros, feitos de lápis-lazúli, que é bastante valorizado em nossa cidade e em toda a Hélade. Com certeza, deve ter acreditado que meu tio não teria nada do que reclamar.

O escultor não conseguiu encontrar duas peças da pedra azul brilhante que fossem grandes o suficiente para serem usadas em sua totalidade, então, quebrou várias pedras menores em um palato coberto com pasta adesiva para criar um azul brilhante que pudesse colocar sobre as íris. Subiu em uma escada — a estátua era um pouco maior que o modelo real — e cobriu os olhos de pedra crua da imagem de meu tio com uma camada de pó azul brilhante. Quando desceu da escada e olhou para o trabalho, não ficou muito satisfeito com a simetria do resultado. Voltou a subir e tirou um cinzel do cinto para retocar o olho direito, que o incomodava. Nesse exato momento, Creonte veio do pátio e viu o escultor enfiar uma haste de metal no olho da estátua. Meu tio — que nunca demonstra fraqueza ou medo — deu um grito horrível e saiu correndo, afastando-se de seus aposentos e indo para fora do pátio. Os guardas do palácio vieram às pressas da segunda praça quando ouviram o som terrível e expulsaram o artesão ofensor.

A estátua foi removida, mas ninguém sabia para onde. Sófon perguntou pelas redondezas, mas nem ele pôde descobrir o que havia acontecido com o escultor.

✧ ✧ ✧

E, então, um dia, eles encontraram meu assassino. Meu pretenso assassino. Quando todos o chamaram de assassino, pareciam ter esquecido que não morri. Era um dos novos recrutas da guarda do palácio, com 16 anos, a mesma idade de Ani. Os recrutas vivem em dormitórios, com vinte rapazes em cada quarto, nos alojamentos que ficam lá embaixo, na colina da praça do mercado, em frente ao palácio. Os campos de treinamento deles e o ginásio fazem parte do mesmo complexo. Aprendem ali a defender o rei, sua família e uns aos outros, nessa ordem. Passam muitos dias fazendo exercícios e praticando com suas armas. Começam com espadas de madeira, assim como meus irmãos fizeram quando aprenderam a lutar. Somente quando fica comprovado que não vão se machucar, nem aos companheiros, é que recebem as pesadas espadas de bronze que merecem. É uma fonte de enorme orgulho ser o primeiro garoto a passar da arma de treino para uma verdadeira e uma vergonha correspondente ser o último.

A prova foi encontrada com facilidade: esse garoto ainda não havia sido promovido para a espada de bronze. Ainda praticava todos os dias com bastões de madeira. No entanto, tinha uma faca, de verdade, escondida embaixo do cobertor, que tinha dobrado para usar como travesseiro extra em seu catre. O sangue — meu sangue — ainda era visível na lâmina, uma camada escurecida de cor ferrugem que ele deveria ter limpado.

O rapaz foi levado até a colina para se apresentar diante do rei e se explicar. O boato correu pelo palácio mais rápido do que os guardas conseguiram arrastá-lo até a praça principal, onde os casos de traição são julgados.

Os comerciantes de Tebas trabalhavam arduamente na ágora diante do palácio, motivo pelo qual os guardas perderam tempo dando a volta pelo lado de fora. Do contrário, eu não teria tido tempo para abrir caminho entre a multidão que se formou quando meu irmão e seus conselheiros entraram na praça principal para se sentar como juízes. Eu sabia que, se Etéo me visse, ficaria zangado por ter ignorado seu pedido de ficar na parte isolada do palácio. Mas, com certeza, ele entenderia que eu precisava ver o homem que havia tentado me matar. Se não o fizesse, seria atormentada para sempre pela visão do pesadelo de um homem mascarado. Precisava ver o rosto que tinha usado aquela máscara.

A multidão zombava e gritava tão alto que eu mal conseguia ouvir o que estava sendo dito. O rapaz acusado teve a mesma dificuldade. Estava com muito medo de falar, até que levou socos fortes, uma vez nas costelas e outra na lateral da cabeça, por um de seus ex-treinadores. Etéo sentou-se à sua frente — seus conselheiros, um a cada lado do acusado, e meu tio no lugar de maior prestígio, à sua esquerda — e pediu ao garoto que se explicasse. O rapaz não conseguia. Nunca tinha visto aquela faca antes, não a havia colocado lá e não sabia quem o tinha feito. Ela não estava lá na noite anterior ou na manhã seguinte, ele nunca tinha estado no palácio e jamais machucaria um membro da família real. Ele chorou ao dar as respostas. Talvez o rapaz fosse mais jovem que Ani.

Meu tio inclinou-se para aconselhar meu irmão, e os homens se juntaram por um momento. Etéo assentiu com a cabeça e voltou-se para o rapaz. A multidão ficou em silêncio.

— Tebas considera-o culpado — disse meu irmão com uma voz estranha. — A sentença é a morte.

Ouviu-se um grito, mas não veio do rapaz. Veio de uma mulher na multidão. Acredito que era de sua mãe. Os gritos dela foram logo abafados por quem estava ao redor.

Não vi o rosto do rapaz até que os guardas se viraram para levá-lo embora. Abri caminho pela lateral da multidão para avistá-lo e soube, apenas olhando de relance, que haviam pegado o homem errado. Não era, nem de longe, alto o suficiente; devia ser um palmo mais baixo que eu. O homem que havia me atacado era da minha altura, e seus olhos eram acinzentados. Aquele menino tinha olhos castanhos, como os de um bezerro prestes a ser abatido por um sacerdote.

Abri caminho até a frente e gritei para Etéo.

— Preciso falar com você! — exclamei.

Aborrecimento e preocupação brilharam em seu rosto, primeiro uma coisa, depois a outra. Mas ele sabia por que eu estava ali.

— Não estou feliz em ver você aqui, Isi — disse ele, descendo da plataforma de madeira para poder me ouvir. — Gostaria que ficasse dentro de casa, onde estará em segurança.

Eu o observei enquanto se dava conta do contrassenso das próprias palavras. O palácio tinha sido o lugar onde estivera menos segura.

— Não é ele — garanti. — Não é ele.

Etéo olhou-me com tanta tristeza que tive vontade de estender a mão e abraçá-lo.

— Eu sei, Isi. Mas não há nada que eu possa fazer.

— Você não está entendendo. Ele é inocente. Está mandando um rapaz inocente para a morte.

— É ele ou eu, Isi. Não apenas eu, nós.

— O homem que fez isso ainda está à solta. Por aí — acenei com o braço para a multidão que se dispersava. Já haviam visto execuções antes, mas muitos deles ainda se encaminhavam para fora do pátio, rumo ao quartel onde o rapaz seria morto: estrangulado, provavelmente, ou espancado pelos ex-companheiros.

— Eu sei — disse meu irmão. — Fique ao meu lado até chegarmos ao segundo pátio. Os guardas nos escoltarão de volta para dentro. Tem que confiar em mim. Será melhor assim.

8

Um ano após a morte de seu bebê, Jocasta olhou para seus cabelos no espelho enegrecido e esburacado e se perguntou quando começara a parecer tão abatida. Num dia havia encontrado a maturidade, a barriga esticada e firme como um pêssego em volta do caroço. Depois disso, ignorara seu reflexo enquanto os dias se transformavam em meses: não desejava ver o couro cabeludo ferido nem as roupas rasgadas de jeito nenhum. E, naquele momento, depois de um ano, de alguma maneira percebeu que não era mais jovem. Embora isso parecesse uma perda ínfima depois de tudo, sentiu a dor de uma ferida recente subindo do estômago até a garganta e abriu a boca para soltar um grito.

◆ ◆ ◆

Dois anos depois, Jocasta imaginou se Teresa trocaria aquele espelho que (odiando-o desde que se lembrava) ela enfim quebrara contra o chão de pedra do quarto. A governanta, muitas vezes de temperamento explosivo, sequer gritou ao ver o chão coberto de estilhaços escurecidos. Escravos vieram correndo de todos os cantos do pátio do palácio; até Jocasta se assustou com o barulho que ele fez quando os pedaços se soltaram do seu suporte. Ela riu ao observar os pedaços brilhantes em torno dos pés. Foi apenas mais tarde, quando Sófon retirou os estilhaços de vidro de suas pernas com uma pequena pinça de prata, que ela percebeu ter se ferido.

✧ ✧ ✧

No ano seguinte, Jocasta passou todos os dias ajoelhada diante do pequeno santuário que Teresa mandara construir no pátio. Laio recusara quando a esposa lhe pedira, mas a governanta acabara por persuadi-lo de que Jocasta ficaria mais calma se ele cedesse. Laio era um homem devoto e fazia suas oferendas nos templos do pátio principal do palácio. Mas sua esposa não podia mais andar entre o povo de Tebas para prestar suas devoções: o olhar de estranhos lhe era nocivo, e logo ela se debulhava em lágrimas. Até as mulheres tinham se afastado dela, com medo de que a má sorte pudesse ser contagiosa e afligisse seus futuros filhos. Certa vez, viu uma mulher fazer um sinal que afastava mau-olhado. Ela podia jurar que não havia malignidade alguma em si, mas, ao mesmo tempo, sabia que devia ter ofendido um deus poderoso; por qual outro motivo teria sido punida com tamanha crueldade?

✧ ✧ ✧

Depois de mais três anos, Jocasta não confiava mais em que um dia veria a lápide de seu filho. Havia dedicado anos de sua longa vida a suplicar para Teresa, mas a mulher era obstinada. Insistiu que não havia sepultura, nenhuma pedra para sinalizar o lugar onde Jocasta poderia levar uma mecha de cabelo para seu lindo filho e derramar vinho em um prato largo e brilhante para ele. Jocasta não acreditava nela: como podia apenas ter se livrado do menino, como se ele não fosse nada além de lixo, como repolhos apodrecidos sendo descartados de uma cozinha abafada demais?

Exigiu ver o marido e fazer-lhe as mesmas perguntas. Mas Laio, que muito tempo atrás tinha desistido de falar com a esposa e agora evitava o palácio quase por completo — preferindo viver nas montanhas, exceto em casos de um clima mais severo, a ficar ao alcance da voz de Jocasta —, não lhe dera nenhum conforto. Ele não sabia ou não se importava com o que havia acontecido ao bebê. Contanto que estivesse morto, estava satisfeito. O oposto era verdadeiro para a esposa, que nunca mais ficaria satisfeita.

✧ ✧ ✧

No décimo primeiro ano após a morte do filho, Jocasta começou a enviar mensageiros ao Oráculo. Embora Delfos estivesse a várias centenas de estádios[1] de distância, atravessando um território que dificilmente seria seguro, ela concluiu que as sacerdotisas pítias lhe ofereciam o único consolo que poderia encontrar. Fazer oferendas a Apolo em sua casa não era mais suficiente. Vinho fora derramado, entranhas tinham sido queimadas, mas ela não estava nem um pouco mais perto da felicidade. Medo e repulsa ainda a assolavam sempre que pensava em seu corpo quase se partindo em dois. A mera visão de uma mulher grávida deixava-a ofegante. Ansiava pelo filho desaparecido, mas não era capaz de se imaginar tendo outro. Até Teresa havia parado de sugerir a ideia. A dor causada havia sido perturbadora demais para todo o palácio.

O Oráculo tinha respondido aos interesses de Jocasta com expressões aforísticas, mas apenas de modo ocasional. Não havia certeza de que o mensageiro sobreviveria à jornada de ida e volta: bandidos, ladrões e leões da montanha, todos se alimentavam dos escravos dela de tempos em tempos. E aqueles que retornavam traziam mensagens cujo significado fugia a Jocasta, como cobras de suas mãos. Ela recebia a mensagem com alegria e, quando a

---

[1] Unidade de medida de comprimento usada na Grécia antiga; historiadores estimam que media entre 150 e 210 metros. (N. do T.)

ouvia pela primeira vez, sentia-se melhor, mais leve de alguma maneira. O Oráculo era benevolente, oferecia conselhos sábios.

Então, por um ou dois dias, ela refletiria sobre os significados ocultos e as possíveis intenções do Oráculo. Como podia realmente saber o que significavam quando era tudo tão vago? Ele estava mesmo dizendo que seu filho encontrava-se vivo quando se referia a ele como "amaldiçoado"? Ou a morte dele havia sido a própria maldição? Não tinha dúvidas de que também fora amaldiçoada. Quase mais cruel do que a perda do filho era a terrível e sufocante incerteza. Depois de vários dias, ela exigia que outro mensageiro fosse enviado para solicitar esclarecimentos, mas a explicação, quando e se surgia, não era menos vaga que a mensagem anterior.

✧ ✧ ✧

Por volta do décimo quinto ano, ela ganhou um espelho novo e ficou chocada ao ver que havia envelhecido. Tinha linhas de expressão finas ao redor dos olhos que nunca tinha visto antes. Sua mãe havia falecido naquela primavera. Quando seu irmão chegou com a notícia, estava hesitante e não desejava acrescentar mais dor a uma irmã assolada pelo peso do que já havia suportado. Mas, ao menos, Jocasta ficou aliviada. Tinha atravessado Tebas de carruagem para assistir ao enterro da mãe: teria sido impossível fazer qualquer outra coisa. E, enquanto lançava a terra úmida sobre o túmulo da mãe, murmurando as palavras rituais para garantir sua passagem segura para o Hades, não sentiu dor nenhuma. Disse mais uma vez as palavras, baixinho, para o filho morto, e jogou um punhado extra de terra sobre seu corpo imaginário.

✧ ✧ ✧

No inverno seguinte, o pai de Jocasta seguiu a mãe no barco de Caronte e atravessou o rio Lete. Uma vez mais, espalhou terra e deixou oferendas para sua sombra. Embora conduzisse os rituais como era adequado, rasgou as vestes e arrancou cabelos porque o costume e os deuses assim o exigiam, e não porque sentisse qualquer tipo de dor naquele momento. Em sua mente, havia ficado órfã quinze anos antes, quando a tinham entregado ao rei. E, então, voltara a ficar órfã quando seu bebê havia morrido. Por que existia uma palavra para descrever o filho de pais mortos, mas nenhuma para descrever a mãe de uma criança morta? A questão atormentava-a havia anos: deveria existir uma palavra para o que tinha acontecido com ela. Mas não existia.

✧ ✧ ✧

Fazia dezesseis anos que seu filho havia morrido, e apenas Creonte existia como ponte entre a vida passada dela e sua existência atual. Jocasta achava as visitas do irmão reconfortantes e também difíceis. Em primeiro lugar, havia o problema de ele ter crescido. O rapaz tinha 21 anos agora, e ela achava desconcertante quando ele chegava como um estranho: mais alto, mais moreno, o rosto se alongando e endurecendo conforme deixava a infância para trás. Apenas a voz permanecera a mesma: calma, profunda, comedida. Sua voz e os pálidos olhos azuis.

Jocasta desejava que o irmão se mudasse para o palácio e lhe fizesse companhia o tempo todo, assim ela teria alguém com quem conversar, alguém que fizesse alusão a uma época de sua vida em que as coisas eram mais fáceis, mais felizes. Mas ele não concordava com isso: em sua última visita, havia mencionado uma moça com quem esperava se casar. Talvez, depois de casados, pudessem pensar em se mudar para mais perto do palácio e do centro da cidade. Jocasta achou que ele devia se apressar: Creonte não era mais um menino. Começava a parecer estranho se um homem ficava solteiro por muito tempo.

Pensou em enviar um mensageiro para pedir-lhe que a visitasse, mas os únicos escravos confiáveis estavam todos em Delfos. Não conseguia se lembrar de quando havia recebido um oráculo pela última vez. Talvez um deles estivesse de volta naquele dia. Ou talvez ele tivesse voltado no dia anterior, ou no dia antes desse, e ela havia perdido outro homem para os perigos das Terras Ermas. A ansiedade aumentou dentro dela: se seus mensageiros continuassem morrendo, logo não teria mais ninguém em quem confiar. E então, o que faria? Como poderia encontrar outra pessoa que não estivesse nas mãos de Teresa, contando a Jocasta não as verdades que emanavam do deus, mas sim histórias que vinham da velha governanta? Como poderia ter certeza de que os escravos que ela já havia enviado eram leais a ela e não a Teresa? Não poderia.

Seus cabelos estavam ralos e sem vida. Pendiam atrás das orelhas, quando no passado — disso ela tinha certeza — se encaracolavam sobre elas. Percebendo que os odiava, abriu uma cômoda após a outra até encontrar aquilo de que precisava. Enrolou os cabelos no punho esquerdo e cortou-os com uma lâmina que deveria ter sido mais afiada. Depois, colocou a madeixa ofensiva sobre a mesa, desejando de imediato que alguém a levasse embora, para que não pudesse mais vê-la. Uma vez que não faziam mais parte dela, ficou revoltada com os fios cortados.

✦ ✦ ✦

Dois dias depois, quando um mensageiro estrangeiro chegou e pediu para ver a rainha, os funcionários do palácio ficaram perplexos. Devia haver algum engano. Ele queria ver Teresa? Ela estava em algum lugar da ágora e, sem dúvida, voltaria antes do anoitecer. Não havia deixado instruções sobre o que deveriam fazer se alguém perguntasse por Jocasta. Ninguém jamais a tinha procurado, exceto seu irmão, Creonte, e todos o conheciam. Mas o homem — estava mais para um rapaz — manteve-se determinado: devia falar com a rainha imediatamente.

Havia algo em seus modos, a sua urgência, que incitava os outros a tomar atitudes que não desejavam. Duas escravas — que em geral serviam como criadas de Jocasta — o conduziram com ansiedade pelos pátios, ambas notando que o mensageiro havia claramente viajado com pressa: suas botas estavam sujas de lama, o manto tinha um pequeno rasgo na parte inferior das costas, como se tivesse se enroscado em um galho e depois se desvencilhado. Então, entraram no pátio privado e encontraram Jocasta ajoelhada diante do santuário, como costumava ficar naqueles dias. Ela murmurava algo para si mesma, uma oração ao deus que a atormentava.

— Perdoe-me — disse uma das escravas. Ela teve a sagacidade de perceber que Teresa provavelmente mandaria açoitar as duas se descobrisse que haviam permitido que um estranho ficasse na companhia da rainha. Olhando para sua companheira escrava, apontou as cozinhas com um aceno de cabeça. Deveriam desaparecer nas entranhas do palácio e então, mais tarde, poderiam negar seu envolvimento. — Desculpe-me, mas este visitante precisa falar com a senhora.

Jocasta virou-se. Seus olhos voejaram para o estranho, e ela notou sua aparência desgrenhada. Estendeu a mão sobre o altar para se apoiar enquanto se levantava. Depois, curvou-se e bateu a poeira do vestido.

— Do que se trata, senhor? — perguntou ela.

— É o rei — ele respondeu. — Sinto muito mesmo, senhora. Ele está morto.

— Morto? — perguntou Jocasta. O mensageiro assentiu com a cabeça, seu rosto uma máscara muda de compaixão. — Bom... — disse ela —, e o que acontece agora?

9

Era a manhã da coroação de Polin e, ao me vestir em meus aposentos, pude ouvir os preparativos que aconteciam em todo o palácio. As barracas do mercado haviam sido removidas da ágora diante dos portões do palácio, e a areia, varrida para uma pista de corrida. Assim que terminasse a cerimônia na sala do trono, cinquenta jovens — conhecidos como *áristoi*, os melhores entre os rapazes de Tebas — competiriam nos jogos comemorativos. Eram todos da idade de Polin ou perto disso. Muitos eram seus amigos há anos. Eram filhos das principais famílias de Tebas, e Polin, Etéo e Hêmon competiriam ao lado deles: Polin e Hêmon na luta, Etéo na corrida. Era uma chance de meus irmãos e meu primo se exibirem, e Tebas ficaria decepcionada se ninguém da casa real ganhasse um evento.

Eu fazia meus preparativos sozinha. Minha irmã e eu usaríamos vestidos amarelo-açafrão: a cor usada pelas moças em cerimônias tebanas. Era uma cor que Ani dizia combinar comigo, realçando os tons dourados do meu cabelo quase todo castanho-acinzentado. Minha irmã estava muito menos feliz em usá-la, dizendo que o amarelo a fazia parecer pálida e sem graça. Ela queria usar um lindo vestido azul-esverdeado — a cor do lago que nunca mais visitamos —, que havia recém-adquirido (um presente de Hêmon, imaginei), mas não foi capaz de convencer nem meu tio nem meus irmãos a desconsiderar a cor tradicional e deixá-la usar o que escolheu.

Ela ficou tão zangada que — para acalmá-la — sugeri que mandasse os escravos ajudarem-na a ficar apresentável (ela não permitiria mais do que isso em um vestido tão horrível). Para os demais, minha irmã sempre foi bonita. O intrincado penteado que planejava exigia pelo menos duas mulheres para trançar e enrolar. Garanti a elas que eu poderia me vestir sem ajuda — como fazia na maioria dos dias —, e Ani me abraçou com gratidão. Ela sabia que meu cabelo permaneceria o mesmo, não importava quantas pessoas tentassem atacá-lo com pentes e grampos. Mas não foi por isso que preferi me vestir sozinha. Não suportava ouvir os fuxicos das escravas. O palácio fervilhava com detalhes daqueles que tinham visto o rapaz — meu suposto assassino — morrer. Todos, exceto Etéo, tinham pensado que eu gostaria de saber o que havia acontecido. Era para me tranquilizar: não havia mais perigo, agora o homem que tinha me atacado se fora. Em vez disso, ouvi-los era como fazer parte de uma conspiração. Os soldados o espancaram até a morte antes de carregar seu corpo ferido até um poste de madeira em frente aos portões do palácio e amarrá-lo como aviso para outros criminosos. Mesmo ficando longe do pátio principal, fora impossível evitá-lo: o cheiro, adocicado e rançoso, impregnava o palácio. Imaginei quanto tempo o deixariam lá, atraindo corvos e cães selvagens para destroçá-lo por completo.

Quando me recusei a ir até lá para olhar o rapaz espancado, Polin riu e disse que eu era muito escrupulosa. Mas não suportaria ver outra pessoa morta. Meus pais haviam morrido com poucas horas de diferença, anos atrás. Eu tinha 5 anos, Ani, quase 7, Etéo, quase 9, e Polin, 10. E a única coisa que me conforta, quando penso naquele dia terrível, é a certeza de que meus pais se amavam de um modo que a maioria dos casais não se ama. Se um deles tivesse que morrer, era melhor que os dois tivessem o mesmo fim, pois nenhum deles teria conseguido sobreviver sem o outro.

Nenhuma mulher jamais olhou para o marido com o ardor que tomava o semblante de minha mãe sempre que ela olhava para meu pai. Quando ele ia para algum lugar, mesmo que fosse apenas por um breve período, todo o corpo dela esmorecia, como se sua alma fosse com ele, e ela não pudesse fazer nada além de se sentar e esperar até que ele voltasse. Poderia ter sido lamentável caso ele não a tivesse amado com igual fervor. Se ele tivesse que ir a algum lugar sem ela, podia-se vê-lo quase correndo pelos pátios em seu retorno, apenas para ficar com ela por mais um instante. Quando os *áristoi* participassem da corrida naquele dia, cada um competindo pela glória da vitória sobre seus iguais, nenhum deles teria tanto empenho quanto meu pai ao correr pelo palácio ao voltar para minha mãe. Ela costumava esperar por ele como um cachorro faria, levantando a cabeça toda vez que ouvia passos que pudessem ser dele retornando para casa. Aquilo nunca me pareceu estranho porque era tudo o que eu conhecia. Se pensasse sobre isso, apenas acreditaria que os pais de todos eram assim: ansiosos quando não estavam juntos. Contanto que minha mãe pudesse nos ouvir brincando, ela estava contente. O som de seus filhos era suficiente para saber que estávamos em segurança. Mas com meu pai era diferente: ela precisava vê-lo, tocá-lo, como se só assim pudesse se convencer de que ele realmente existia.

Então, quando ela morreu, a ideia de que ele pudesse viver sem ela era impensável. As pessoas diziam que o coração dele se partiu no mesmo instante, e ele simplesmente desistiu da vida e morreu. Quando criança, aquilo não me parecia apenas plausível, mas também necessário. Mas agora não consigo mais resistir à informação de que as pessoas raramente morrem de um coração partido, exceto nas histórias que os poetas cantam.

Tenho apenas as lembranças mais fragmentadas do dia em que morreram: o restante eu sei pelos meus irmãos. Meus pais foram enterrados perto das muralhas da cidade, um pouco abaixo da colina do palácio. Lembro-me do funeral porque muitas pessoas choravam e rasgavam suas roupas. Não entendi por que meu tio chorava e segurava Hêmon com tanta força nos braços. Meus irmãos tentaram me explicar que nossos pais haviam partido e nunca mais voltariam, mas eu ainda achava que eles entrariam em nossos aposentos a qualquer momento, abraçados e rindo. Assim que ficou claro que ninguém pensava dessa maneira exceto eu, nem mesmo Ani, entregava-me a essa crença apenas quando estava sozinha em minha cama. Chorei quando meu tio berrou para mim que eles estavam mortos para sempre, e então Ani também chorou, porque odiava me ver chorar, e nós duas odiávamos ouvir o que ele dizia. Então, sozinha, em minha cabeça, na escuridão, imaginava o retorno deles: como ouviríamos dois pares de sandálias estalando nas pedras do pátio, como o jato da água que jorrava seria interrompido quando meu pai passasse as mãos por ele e a jogasse no rosto para se refrescar. Como bloqueariam a luz por um instante quando parassem à minha porta e sorrissem para mim. Eu sabia exatamente como seria, mas nunca aconteceu.

Ainda me lembro do cheiro do terreno do templo onde as oferendas foram feitas após o funeral: o incenso pungente — fazendo meus olhos arderem com sua fumaça adocicada e sufocante — que os sacerdotes queimavam em homenagem a eles. Havia bezerros de um branco brilhante com filetes amarrados na cabeça que haviam sido sacrificados às sombras. Os pequenos cascos limpos batiam contra o chão de paralelepípedos enquanto a lâmina cortava a garganta indefesa. Lembro-me disso também.

Mas muita coisa se perdeu para mim. Sempre senti que, se fosse um pouco mais velha, eu saberia mais. Ninguém nunca falou sobre minha mãe depois que ela morreu. Talvez acreditassem que a esqueceríamos se ninguém a mencionasse. Na verdade, aconteceu o contrário. Ela parece mais real para mim agora do que nunca, como se eu pudesse entrar pela porta de seu quarto e vê-la sentada com travesseiros ao redor, dando tapinhas neles para que eu pulasse ali e a beijasse, embora agora eu fosse mais alta que ela. Ainda acordo às vezes pensando que posso ouvi-la fechando a porta com o máximo de silêncio possível, depois de verificar se estou dormindo em segurança.

Há mais uma lembrança que tenho daquele dia, da qual tenho certeza. É algo que não consigo esquecer. Minha mãe foi carregada pelo palácio em uma padiola por dois homens, um muito mais alto que o outro. Colocaram um lençol sobre ela, em sinal de respeito. Mas, enquanto se apressavam pela praça, a disparidade da altura deles resultava na inclinação de minha mãe para baixo. O tecido movia-se enquanto eles seguiam, e o que estava na frente não conseguia ver: ele estava virado para o outro lado. Por isso não percebeu quando o lençol descobriu parte do rosto dela.

Ani e eu estávamos na colunata, tentando entender o que acontecia: muitas pessoas — escravos, guardas, nosso tio, Sófon — entravam e saíam correndo do quarto de nossa mãe. Sabíamos que algo estava errado, mas não imaginávamos algo tão terrível. E, mesmo quando vimos a padiola, não pensamos que poderia ser ela; por que nossa mãe estaria deitada em uma padiola com o rosto coberto? Não era assim que ela se comportava. Mesmo quando vi o que agora sei que deve ter sido o rosto dela, não percebi que era nossa mãe, porque não era: a pessoa que vi estava roxa, inchada e alquebrada, quase não era mais um ser humano. Então, nosso pai saiu para o pátio e a viu. O som que ele fez — um uivo mudo de angústia — foi algo que ainda poderia ouvir agora se me permitisse fazê-lo. Ele correu e se jogou sobre a padiola, despencando com ela no chão. Em instantes, meu tio interveio, e meu pai foi levado para longe.

Tentei várias vezes lembrar o que aconteceu em seguida, mas não consigo. No entanto, tenho quase certeza de que esse momento foi a última vez que vi meu pai. Como poderia escrever minha própria história sem incluir essa parte sobre ela? Sou filha de um rei e de uma rainha, irmã de dois reis, mas continuarei solteira e envelhecerei sozinha. Que família tebana se aliaria a uma família tão amaldiçoada quanto a minha, a menos que verdadeiro poder e riqueza estivessem em jogo?

Talvez eu devesse sair daqui um dia e morar em outra cidade, onde a maldição não seja de conhecimento de ninguém. Mas duvido de que até mesmo Etéo concordaria com sua irmã perambulando pela Hélade como uma errante. Meus pais caíram em desgraça e morreram em bem pouco tempo. Eu era a mesma criança de um ano para o outro (ou as mudanças que sofri foram pequenas: um pouco mais alta, meu cabelo um pouco mais comprido), mas me metamorfoseei de princesa em fardo na cessação de um batimento cardíaco. Não é à toa que os filósofos dizem que um rio está sempre em fluxo, nunca permanecendo o mesmo. Portanto, uma pessoa não pode entrar na mesma água duas vezes.

10

O mensageiro olhou para a rainha e depois para a escrava que o acompanhara pelo palácio, mas a mulher não disse nada, os olhos fixos no chão diante dos pés. Ele se virou para a rainha mais uma vez.

— Temo não ter sido claro, Alteza — disse ele. — Estava tentando transmitir à senhora que o rei de Tebas está morto.

— Você foi perfeitamente claro — tornou ela. — Não consigo imaginar como poderia ter sido mais claro. Laio está morto. Já entendi. Minha pergunta, que talvez tenha ouvido mal em sua busca por clareza, foi: o que acontece agora?

— O que acontece agora? — o mensageiro ficou confuso. — Bem, o corpo do rei será trazido de volta ao palácio, eu acho, e depois...

— Perdoe-me — Jocasta abriu um sorriso brilhante para ele. — Você parece estar tendo dificuldades para compreender o que estou dizendo. O que quero dizer é: estou no comando agora?

— Hum... sim, imagino que sim — respondeu o mensageiro, tentando dissipar a dúvida de sua voz. — Sim.

— Obrigada — disse ela. — Meu marido tinha consultores financeiros, não tinha? E políticos? Onde estão? Não morreram todos também, suponho? — a voz dela era quase melancólica, e o mensageiro parecia mais perplexo do que nunca.

— Não. Suponho que não — falou ele. — Se foram os homens que viajaram com o rei, agora o estão acompanhando de volta à cidade. Ele viaja com grande pompa, é claro.

— Não faz a menor diferença para ele agora se viaja com grande pompa ou não — disse Jocasta. — Por ele, você poderia amarrá-lo com o rosto para baixo nas costas de uma mula.

— Senhora?

— A menos que ele não esteja morto! Tem certeza de que está morto?

— Senhora, lamento dizer que tenho certeza absoluta. Ele foi esfaqueado pela Esfinge, e então… — sua voz sumiu quando viu que Jocasta não lhe dava mais a devida atenção.

— Pela Esfinge? — perguntou ela. — Nunca consigo lembrar de quem se trata.

— Ora, eles são…

— Não, não precisa me contar — disse ela. — Já tenho muito com que me preocupar sem pensar em coisas que não podem ser mudadas e não me afetam em nada. Você ficará aqui no palácio, espero. Coloque-o no alojamento dos guardas — disse ela à escrava. — E, quando os conselheiros do falecido rei chegarem, o que acontecerá amanhã? No dia seguinte? Teremos que ver com quanta ansiedade desejarão me encontrar, não é? Quando chegarem, por favor, apresente-os para mim… — ela voltou-se para a serva de novo: — Qual dessas salas no segundo pátio teria o tamanho adequado? Desculpe, não sei seu nome.

— Phylla — respondeu a mulher.

— Qual sala o rei usava para suas reuniões mais importantes? Uma das maiores do segundo pátio?

— Sim, senhora. A sala azul, na ala leste.

— Então, você os encaminhará à sala azul quando chegarem, por favor. Depois, vai buscar este cavalheiro e trazê-lo para me encontrar no pátio privado. Ele me escoltará até eles. Entenda que não aceitarei desculpas se não fizer exatamente o que estou pedindo.

A garota fez que sim com a cabeça. Teresa não poderia puni-la por obedecer a instruções explícitas de sua senhora. Jocasta voltou ao mensageiro.

— Será meu aliado nesta reunião, entendeu?

— Sim, senhora — disse o mensageiro, a confusão ainda estampada em seu rosto.

— Para cada dia que demorarem a chegar — continuou Jocasta —, darei a você um anel de ouro simples.

O mensageiro corou, a ganância impregnando suas bochechas com o rubor.

— Obrigado, senhora.

— Sabe por quê? — perguntou ela, e ele negou com a cabeça. Não estava confiante sobre nada do que a rainha dizia. — Porque, quanto mais demorarem, mais ficará provado que você estava tentando me encontrar o mais rápido possível. Ficará provado que se apressou para chegar aqui e me tornar a governante desta cidade, enquanto eles se arrastavam atrás de você, escondendo a indiferença para comigo por trás do devido respeito pelo defunto.

O mensageiro pensou por um momento e decidiu que seria melhor para ele, pelo menos economicamente, concordar.

— Sim, senhora — disse ele.

Jocasta virou-se para se encaminhar a seus aposentos. Parecia mais alta do que o normal, pensou Phylla, quando ergueu a cabeça. Talvez o estranho corte de cabelo tivesse aumentado sua altura, com as pontas espetadas em todos os ângulos.

— Perdoe-me — falou o mensageiro atrás dela. — Por favor, não se vá. Não me apresentei, senhora. E contei apenas parte da história.

Jocasta esmoreceu um pouco. Aquele tinha sido o tempo mais longo que havia passado falando com um homem que não fosse seu irmão desde... não era capaz de se lembrar. Oran? Mas ela não gostava de pensar nele. Estava ficando cansada e irritada e desejou poder arranhar os antebraços com as unhas, porque começavam a coçar de um modo insuportável. No entanto, virou-se para encarar o estranho e ergueu as sobrancelhas.

— Na sua língua, meu nome é Édipo, senhora — disse ele, e ela o olhou de verdade pela primeira vez. O rapaz era jovem, com lindos cabelos longos e escuros e olhos castanhos brilhantes. A boca se desenhava em uma linha séria, mas não pôde deter o pensamento de que ele devia rir com frequência. Era alto, esguio e, embora as roupas estivessem rasgadas, a pele era dourada pelo sol, e não amarronzada devido à poeira. Ele a fazia se lembrar de damascos maduros.

— Trabalha para meu marido faz muito tempo? — perguntou ela.

— Não trabalho para seu marido — disse ele. — Não sou de Tebas, senhora. Venho de outra cidade.

Phylla teve um pequeno engasgo e cobriu o rosto com um tecido solto da parte de cima da túnica.

— Não seja ridícula — disse Jocasta, brandindo os braços no ar. — Não houve um surto em mais de vinte anos, por centenas de estádios, em qualquer direção. Nenhum. E qualquer um pode ver que este homem não está doente. Olhe para ele.

Phylla obedeceu, mas não tirou o pano da boca.

— Vá embora, então — gritou Jocasta —, se está com tanto medo. Eu mesma o levarei ao alojamento. Ou talvez o convide para ficar em nosso quarto de hóspedes.

Phylla saiu correndo.

— Venha e sente-se, senhor — disse Jocasta, apontando para um banco. Ela se sentou ao lado dele e alisou o cabelo com um gesto ansioso. De repente, se viu desejando não ter cortado tudo dois dias antes. — Desculpe-me — acrescentou. — Achei que você fosse um dos rapazes de Laio. Você se parece com eles.

— Não, sinto muito — respondeu Édipo. — Devia ter sido mais claro desde o início. Encontrei seu marido e os homens dele nas montanhas. Eles foram detidos pela Esfinge... é assim que a chamam?

— Acho que sim — na verdade, nunca soubera muito sobre as terras de fora da cidade. Só o bastante para não acreditar que todas as outras cidades da Hélade estavam sendo afetadas pelo Acerto de Contas, menos a deles. Balançou a cabeça na direção de onde a criada havia partido. — Acham que Tebas é especial. Abençoada. Não entendem que é o contrário.

— A senhora viveu aqui toda a sua vida? — perguntou Édipo, fazendo um gesto que abrangia o entorno deles.

— Em Tebas? Sim. No palácio? Não. Estou aqui faz quase dezessete anos. Mas antes eu morava do outro lado da cidade. Meu pai era comerciante; fui criada para não temer as Terras Ermas.

— Então nunca esteve nas montanhas? Que pena. Ficam lindas no verão.

— Ficam? — jamais ocorrera a Jocasta que as montanhas eram belas em qualquer época do ano. Quando criança, pensava nelas como uma muralha verde intransponível atrás da cidade. Quando adulta, as via como território do marido. Nunca tinha pensado nelas como um lugar real, com características próprias.

— De onde está vindo? — questionou ela.

— De Corinto — disse ele. As feições dela denunciaram sua ignorância. — Uma cidade comercial do outro lado das montanhas.

— É mesmo? O que você vende?

— Todo tipo de coisa. Minerais, metais, azeite, grãos: o que a senhora precisar. Negociamos com todo mundo. Estamos bem localizados, no istmo.

Ela assentiu com a cabeça, mas percebeu que não fazia a menor ideia do que ele falava.

— Estamos à beira-mar — explicou. — Por isso, todos vêm até nós.

— E você é comerciante? — perguntou ela.

— Não exatamente — ele sorriu para ela. — Meu pai é um homem importante. Queria que eu ficasse em Corinto e aprendesse o ofício. Mas eu quis conhecer um pouco de Hélade primeiro. E dizem que as montanhas são menos perigosas no início do ano, por isso resolvi tentar a sorte. Meus pais sabem que consigo me virar sozinho.

— E estão certos, porque eis você aqui — disse Jocasta. Levou um momento para se lembrar de que provavelmente ele estava prestes a lhe contar sobre a morte do marido quando tinham se desviado do assunto, falando sobre as montanhas e distantes entrepostos comerciais. Imaginou se ele havia acabado de se dar conta da mesma coisa, pois sua esfuziante confiança diminuiu um pouco, enquanto tentava encontrar as próximas palavras.

— Você encontrou meu marido e seus homens nas montanhas? — ela o lembrou.

— Sim, tomaram um caminho bem ruim — falou ele. — Ficaram presos em um beco sem saída. A montanha é repleta deles, é preciso conhecê-la bem. Não sei como se colocaram em tal posição. Se algum dos batedores tivesse sobrevivido, deveria ser enforcado.

— Você não é muito piedoso — comentou Jocasta.

— Não — ele deu de ombros, sem expressar remorso. — Eles levaram seu marido para uma armadilha. Ou eram incompetentes, ou traiçoeiros. Não há desculpa para nenhum dos casos.

— Mas você tentou ajudar?

— Acho que fiz um pouco melhor do que isso — ele sorriu de novo, a raiva repentina de um segundo atrás desaparecendo. — A Esfinge é muito menos aterrorizante do que as pessoas fazem parecer em suas histórias. Não é uma força de combate mítica; é apenas um bando de homens da montanha. Eles conhecem os caminhos e as rotas secretas pelos picos melhor do que qualquer pessoa. Mas não são um exército, não têm disciplina. Se um deles se machuca, os outros entram em pânico ou se enfurecem. Seja como for, isso os torna mais fracos. As pessoas dizem que são inúmeros, mas duvido de que sejam mais de quarenta no total. Parecem chegar de todos os lados, mas apenas porque conhecem atalhos ignorados pelo viajante comum. E claro que conhecem... nasceram e cresceram nas montanhas, são praticamente cabras.

— E como conhece tão bem as montanhas? — questionou Jocasta.

— Achei que fosse sua primeira viagem a Tebas.

— Não conheço tão bem as montanhas, mas há outras mais próximas de Corinto que não são tão diferentes e que abrigam homens semelhantes. Portanto, tenho o bom senso de me movimentar com cuidado em terreno desconhecido. E não viajo com um grande séquito, fazendo barulho e chamando atenção. Perdoe-me, senhora, mas seu marido estava quase implorando para ser atacado por bandoleiros — ela levantou a mão, mostrando que o pedido de desculpas era desnecessário. — Além disso — admitiu ele —, eu tinha algo mais importante do que o conhecimento a meu lado. Eu tinha a sorte.

— Como assim?

— Acabei encontrando a Esfinge completamente por acaso. A atenção dela estava inteiramente voltada ao rei. Ninguém vigiava a retaguarda desses homens, porque estavam envolvidos em uma escaramuça à frente. Os homens de seu marido os superavam em número, embora não estivessem bem preparados para um embate. Portanto, os homens da montanha estavam ocupados, lutando. Foi fácil derrubar alguns deles, um por um.

— Mas as pessoas dizem que a Esfinge não pode ser morta — falou ela.

— As pessoas dizem todo tipo de bobagem — retrucou ele. — Já disse à senhora, são apenas homens.

— Então, se matou a Esfinge, o que aconteceu com meu marido?

Ele enrubesceu.

— Isso é mais difícil de explicar, senhora.

— Talvez possa tentar — disse ela.

— Foi um acidente — respondeu ele. — Seu marido estava distraído com a carnificina ao redor. Viu um homem após outro tombar. E ele mesmo foi ferido. Havia sofrido um ferimento de faca no ombro direito. A senhora não pode nem imaginar como deve ser. O braço inteiro dele deve ter ficado dormente.

— Você sabe muito, para alguém tão jovem — falou ela.

— Minha cidade não é tão civilizada quanto a sua, Basileia.

— Não me chame assim — retorquiu ela. — E minha cidade é muito menos civilizada do que pode lhe parecer.

— Me desculpe — disse ele. — Mas acho que seu marido estava desorientado. Atacava qualquer um que se aproximasse dele com uma faca. O suor escorria de seus olhos; duvido de que pudesse enxergar muita coisa.

— E depois, o que aconteceu? — perguntou ela de novo.

— Eu me aproximei dele para lhe dizer que a ameaça havia acabado, que muitos dos homens da montanha estavam mortos e o restante havia fugido. Ele atacou com a faca — o rapaz ergueu a mão esquerda, e ela viu um longo corte na proteção de couro que usava no antebraço, a pele nua sob ela de um vermelho brilhante. — Sorte que me movo mais rápido que seu marido, ou estaria sangrando nas montanhas em vez de estar falando com a senhora agora.

— Ele tentou matá-lo.

— Sim.

— Então, você o matou.

— Não intencionalmente — afirmou Édipo. — Gritei para que parasse, mas ele não ouvia. Afastou-se de mim para se preparar para um segundo ataque. E, em seguida, perdeu o equilíbrio.

— Ele caiu?

— Não muito longe, mas foi um tombo horrível. Como disse, ele não conseguia enxergar. Quebrou o pescoço… foi muito rápido — finalizou o rapaz.

— E você veio até aqui para me dizer que é o responsável pela morte do meu marido? — questionou Jocasta.

— Colocado desse modo, sim — disse ele. — Vi seus homens recolherem o corpo e decidirem levá-lo para casa. Foi assim que descobri que era o rei: estava observando das rochas acima. Se ele tivesse ficado com o grupo principal, ainda estaria vivo, Basileia, eu juro.

— Já disse para não me chamar assim — falou ela. — Não achou que era arriscado? Vir até aqui, uma cidade estranha, para me dizer que matou o rei? E se eu decidir que você será executado?

— Pelo que ouvi, senhora, os homens de seu marido não pareciam acreditar que a senhora ficaria muito triste com a morte dele. Pareciam pensar que a senhora poderia ser retirada do palácio com bastante facilidade.

Ela concordou com a cabeça. Nunca fora popular entre os homens do marido. Claro que iriam querer substituí-la.

— Então, acho que arrisquei. Seu marido merecia morrer, senhora. Era tolo e vaidoso. Devia ter sido mais cuidadoso, ter contratado batedores melhores e tratado as montanhas com mais respeito. Mas não achei que a senhora tivesse feito algo errado. Pensei em cavalgar na frente deles e contar o que havia acontecido. Para que a senhora pudesse se preparar.

— Foi muito gentil de sua parte — disse ela. Estendeu a mão, tocando o braço dele.

— E, então, quando disse que ele estava morto, a senhora me falou que eu seria seu aliado.

— Pensei que fosse um dos rapazes dele — repetiu ela.

— Não importa — o rapaz respondeu. — Só que, quando a senhora disse isso, concluí que era verdade.

— Normalmente, meu cabelo não é assim — disse Jocasta, desejando não o ter cortado com uma lâmina cega dois dias antes.

— Tenho certeza de que não — tornou ele. — Mas combina com a senhora.

11

As flautas tocavam uma música alta e clara, magnífica e imperiosa. Tinham ensaiado por dias a fio para se preparar para a coroação. Não havia mais como ignorar: abri a porta e quase tropecei em minha irmã, que tinha achado um jeito de usar um amarelo que não a fizesse parecer tão pálida. Seu vestido era mais claro que o açafrão, mais próximo do tom dos limões maduros. Apenas a faixa era da cor açafrão do meu próprio vestido, e fiquei me perguntando como ela tinha chegado àquela mudança. Seu cabelo estava trançado em espiral ao redor da cabeça, e ela havia esfregado óleo perfumado nas pernas e nos braços para que brilhassem em alvura, como uma estátua de alabastro. Ela me olhou de cima a baixo.

— É um lindo vestido — disse. — Você está linda, Isi. Vai atrair muitos olhares, principalmente se mantiver o corpo ereto e parar de se curvar — ela notou um dos guardas do meu tio andando pelo pátio atrás dela. — Não que deseje isso — acrescentou, seguindo-o com os olhos. — Seu único desejo é ser um adorno para seus irmãos e a casa real — e, enquanto falava, piscou para mim. — Meu tio está muito ocupado hoje para ouvir as histórias de um guarda bisbilhoteiro.

Enganchei meu braço no dela, e caminhamos para o segundo pátio, que estava repleto de vários conselheiros e aliados de nossos irmãos, todos apressados, tentando parecer importantes enquanto andavam pelo palácio. Pairava um ar de ansiedade sobre esses homens a cada verão, quando a realeza mudava de mãos. Metade deles temia perder a influência que haviam cultivado no reinado de Etéo quando Polin assumisse. A outra metade esperava que isso fosse verdade e que pudessem abrir caminho para uma posição de mais autoridade. Era essa dinâmica de desconforto constante que atraía meu tio: se o rei fosse permanente, Creonte tinha certeza de que os administradores se tornariam preguiçosos e complacentes.

Atravessamos os portões do outro lado da praça. O pátio principal era um escândalo de ruídos e cores: todos os cidadãos de Tebas deviam estar lá. Os guardas nos portões sorriram e se afastaram para que passássemos. Seguravam lanças com pontas de prata, tendo trocado as armas habituais por outras, cerimoniais, em homenagem à ocasião. Uma espessa nuvem de perfume nos envolveu: estava sendo derramado em oferendas ao redor da praça. Tebas gostava de homenagear todos os deuses no dia da coroação para que nenhum deles se sentisse menosprezado e voltasse sua ira imortal contra a cidade.

Ani e eu chegamos bem na hora. As portas da sala do trono — um pequeno canto dourado da praça pública, que era mantido trancado, exceto neste dia, todos os anos — estavam abertas. A sala brilhava como uma estátua do próprio Zeus, enquanto o sol refletia seu adorno criselefantino. Meus irmãos, os dois suando em suas vestes cerimoniais — vermelhas brilhantes e enfeitadas com tantos bordados dourados que estavam rígidos, como manequins de madeira —, esperavam por nós. Meu tio e Hêmon, vestidos da mesma maneira, embora com um pouco menos de pompa, já estavam sentados à direita do trono. Ani e eu subimos os degraus e nos sentamos no lado oposto do altar, que ficava bem à frente e abaixo do trono. Por fim, as flautas atingiram sua nota mais alta e foram silenciadas. A cerimônia poderia começar.

Sacerdotes sussurrantes nos circundavam: meu tio adorava uma cerimônia religiosa. Não bastavam a festa e a entrega cerimonial da coroa; ele queria votos a Zeus e Apolo, seguidos de múltiplos sacrifícios e oferendas de vinho. Gostava de se sentar sob o calor sufocante, ouvindo as orações e assentindo com suas promessas solenes de guiar o novo rei, como havia guiado o antigo. Pude ver que Ani concentrava a maior parte de sua atenção em Hêmon, que tentava com toda a cautela não olhar para ela. Devia estar torcendo para que seu pai não tivesse percebido a crescente proximidade deles, embora isso parecesse improvável. Meu tio podia ser piedoso, mas não era cego.

Ouvia os sacerdotes de forma desatenta. Já havíamos feito isso dez vezes antes: sabíamos quando deveríamos nos curvar diante da majestade de Zeus e quando poderíamos voltar a nos levantar. Podíamos ter concluído aquela cerimônia quase adormecidos, o que seria uma sorte, devido ao calor. Fiquei feliz por usar um vestido de linho simples — a cinta mais folgada, permitindo que um pouco de ar passasse por minha pele úmida — em vez do traje formal que os homens usavam.

Por fim, o zumbido terminou, e o sacerdote enfiou a mão direita no bolso de sua túnica branca. Estava quase terminando. A multidão assistia, agora entediada com a religiosidade excessiva. Eles queriam mais música, queriam que a carne começasse a ser assada e o vinho, a ser servido, não só para os deuses, mas para eles também. E, acima de tudo, queriam que os jogos começassem. Embora as corridas de bigas, a corrida de fundo e a luta fossem sagradas para os deuses, haveria muitos homens que desejariam apostar no resultado, com discrição suficiente para evitar a atenção de Creonte e dos sacerdotes. Uma abundância de itens mudaria de mãos antes que o sol se pusesse. Garrafas de azeite, estatuetas de terracota, armas e joias: ninguém poderia ter certeza de quem levaria tesouros para casa naquela noite.

O sacerdote tirou a mão do bolso e a ergueu, enquanto um acólito trazia o bezerro — dócil demais para aquela ocasião ruidosa, como se tivesse sido narcotizado com as folhas que os sacerdotes sempre mastigavam — para o espaço em frente à sala do trono. Talvez o tivessem atordoado com um golpe rápido na cabeça antes de trazê-lo para fora. Eles negariam — acreditava-se que as oferendas sacrificiais deviam estar despertas quando iam ter com os deuses —, mas religiosos nem sempre são honestos. O sacerdote pegou o bezerro com ternura, segurando sua cabeça pelos chifres incipientes. Quando levou a mão ao pescoço, a luz do sol se refletiu em sua brilhante lâmina de prata. Então, tudo ficou incrivelmente barulhento, como se cada palavra e cada passo arrastado estivessem acontecendo ao mesmo tempo, perto dos meus ouvidos.

Em seguida, minha irmã me segurou pelo punho, apertando-o com força. Suas unhas se cravaram no meu braço, arrancando-me do ruído e me trazendo de volta à pele.

— Vamos tirar você do sol em um momento, Isi. Essas orações e oferendas intermináveis. É demais, quase uma blasfêmia — disse ela.

Queria dizer a ela que não era o calor que fazia o suor escorrer pelas minhas costas, nem a tontura que ameaçava me derrubar ao chão. Eram a faca e todo o sangue. Em algum lugar dessa enorme reunião estava o homem que havia me esfaqueado. Podia sentir seus olhos no sacerdote, avaliando a eficiência de sua lâmina e a elegância com que ele a deslizou pelo pescoço do animal, cujos olhos enormes não davam sinal do horror que jorrava embaixo deles, embora as patas pisoteassem o chão freneticamente. Lá fora, em meio à multidão, havia um homem que tinha olhado para mim da mesma forma que olhávamos para o bezerro moribundo. Um sacrifício por um bem maior.

Era por isso que eu tremia sob o sol forte.

A cerimônia enfim acabou. Polin jurou proteger Tebas durante o ano seguinte, e Creonte tirou a coroa da cabeça de Etéo e a pousou na de Polin. A multidão aplaudiu como louca, mais porque aquele era o fim da cerimônia formal do que porque preferia meu irmão mais velho ao outro. O aglomerado de pessoas espalhou-se pela praça do mercado, que hoje estava irreconhecível. Todas as barracas haviam sido desmontadas e colocadas em fileiras compactas perto dos muros da cidade. A areia fresca havia sido varrida para uma pista de corrida marcada com pedras brancas redondas. Havia bancos de madeira ao longo de todo o trajeto, para os espectadores alcançá-los com rapidez. Os guardas do palácio postavam-se nas extremidades de uma plataforma elevada, com assentos individuais de madeira organizados em uma fileira sobre ela. Era ali que Creonte, Ani e eu ficaríamos sentados. Do outro lado da praça, os trabalhadores tinham erguido uma *palaestra*[1] temporária, onde aconteceria a luta no final do dia.

Os *áristoi* já se preparavam na *palaestra*. Tinham se despido e se cobriam com óleo e o pó vermelho que evita que a pele se queime sob a forte luz do sol. A corrida de fundo seria a primeira prova do dia, e Etéo correria, como sempre. A multidão cantarolava de emoção. Os sacerdotes ainda acompanhavam o restante do sacrifício no pátio do palácio, e os espectadores aproveitavam a ausência deles para fazer suas apostas. No momento em que os oito competidores se alinharam na corda de largada, as pessoas passaram a se empurrar, para ter melhor visão da linha de chegada.

No momento crucial, os dois escravos que seguravam a corda de largada a jogaram ao chão. Os jovens a saltaram e correram pela pista para perfazer um circuito completo. A poeira subiu tanto que era impossível dizer quem era quem: todos os rapazes tinham cabelos escuros por causa do óleo que haviam espalhado sobre o corpo, antes de passar as mãos nos fios, para manter as mechas longe dos olhos. Todos tinham a pele avermelhada. Só quando dobraram a curva mais distante e começaram a correr de volta em nossa direção é que pude ver Etéo à frente dos outros, correndo com toda a força. Ele dava passos largos e rápidos, que não pareciam precisar de esforço. Vi com quanto vigor ele movia os braços: estava muito determinado a vencer. Havia um rapaz em seu encalço, mas meu irmão corria com muita facilidade; ele esmagaria os rivais. O segundo garoto tentava de modo frenético acompanhá-lo, braços e pernas lançando-se em todas as direções, como se afugentasse os pássaros das plantações antes da colheita.

Os outros rapazes agruparam-se atrás deles, correndo como um bando. O que estava à frente do grupo era amigo de Polin, pensei. Costumava correr

---

[1] Arena montada para as lutas. (N. do T.)

mais rápido do que estava fazendo: ele e Etéo competiam na corrida de fundo desde crianças. Talvez estivesse reservando fôlego para a reta final, esperando que Etéo e seu rival se cansassem e ele pudesse ultrapassá-los e ganhar a coroa. Etéo havia feito exatamente isso com aquele rapaz no ano passado, e por certo ele esperava se vingar agora. Mas tinha avaliado mal a corrida, e isso lhe custaria a vitória: Etéo aumentou a vantagem e não dava sinais de desacelerar, nem mesmo de estar se esforçando para manter o ritmo. O jovem logo atrás dele, à sua esquerda, parecia prestes a ficar para trás. Seu rosto estava quase tão vermelho quanto os membros cobertos de poeira.

Mas, de repente, ao dobrarem a última curva, o rapaz que estava em segundo lugar tropeçou e caiu para a frente, os braços se enroscando nas pernas de Etéo por tempo suficiente para desequilibrar meu irmão. Etéo era um atleta gracioso demais para cair, mas perdeu o impulso ao ser forçado a estender os braços para se manter de pé.

— Achei que teríamos de esperar a corrida de bigas para ver esse tipo de coisa — gritou um homem, rindo. Os aurigas muitas vezes caíam das bigas quando os cavalos batiam uns nos outros na curva fechada da pista de corrida.

Etéo viu que sua chance chegara ao fim, pois a perda de velocidade permitira que o rival passasse em disparada em busca da vitória. O jovem estava tão confiante em sua vitória que fez uma rota quase cômica, em zigue-zague, até a linha de chegada, rindo e tirando aplausos dos espectadores. Enquanto isso, Etéo parou para estender a mão ao companheiro. A multidão aplaudiu essa gentileza quase tão alto quanto aplaudiu o vencedor. O príncipe real cruzaria a linha de chegada em último lugar, mas sua honra estaria intacta. Meu irmão, inteligente e gentil.

A princípio, o rapaz não conseguiu se levantar: o braço de Etéo estava muito escorregadio devido ao óleo para que conseguisse se apoiar nele. Ao vê-lo se esforçar, meu irmão estendeu as duas mãos e ergueu o rapaz. Mas, quando ele se levantou, a perna esquerda cedeu de imediato. Ele agarrou-a, gritando de dor. Misturando-se à areia alaranjada embaixo dos pés e à poeira avermelhada em seu corpo estava o inconfundível sangue carmesim, pingando do pé do rapaz na areia abaixo dele. Etéo abaixou-se e pegou uma ponta afiada de ferro, que devia estar escondido embaixo da areia. Todos os jovens corriam descalços, e quem o colocara ali sabia que machucaria um deles.

Houve um suspiro entre os espectadores, seguido de um gemido, quando meu tio declarou que o resultado da corrida não seria válido. Ninguém receberia a coroa de folhas de oliveira. O vencedor fez menção de protestar, mas, vendo a raiva da multidão quando suas apostas foram anuladas, decidiu, com sensatez, aceitar a situação sem fazer mais alarde. Os escravos que haviam montado a pista foram chamados à presença de meu tio, que ordenou que se posicionassem em fila, tirassem os sapatos e percorressem cada palmo do percurso.

O menino que estava mancando recebeu ajuda de Etéo para sair da pista, e Creonte sinalizou aos aurigas que eles competiriam assim que o trajeto fosse verificado. A atmosfera melhorou quando os espectadores perceberam que seu deleite fora apenas adiado em vez de cancelado. Os aurigas verificaram os cascos dos cavalos e se prepararam para competir, cada um amarrando-se ao carro com tiras de couro. Mas era difícil se concentrar nos preparativos quando o rapaz machucado tentava limpar o ferimento do pé e fazer uma atadura nele. O corte era enorme, bem na sola, e se abria de novo sempre que dava um passo. Etéo chamou um dos guardas e lhe deu uma ordem: pouco tempo depois, voltou com uma bengala que o rapaz poderia usar como muleta. Mas as bandagens ainda se tingiam de vermelho com o passar do dia.

A multidão estava tão envolvida em sua próxima série de apostas que já havia perdido o interesse na lesão e em como ela poderia ter ocorrido. Será que um dos rapazes tinha preparado uma armadilha para seus rivais? Fora uma tentativa para ferir Etéo? Todos sabiam que ele era rápido: provavelmente estaria na frente do grupo de corrida. Tentei afastar a ideia de sabotagem.

Mas o que mais poderia ter sido? Os escravos encontraram mais quatro pontas afiadas de ferro cravadas na areia em diferentes pontos do percurso. Foi pura sorte nenhum dos outros rapazes ter se ferido. Ou talvez aquele que vencera a corrida soubesse quais partes da pista evitar. Talvez todos eles soubessem.

12

Jocasta nunca gostou tanto de estar casada com o marido quanto no enterro dele. Amava tudo nessa situação. Ela ordenou que fosse feito um vestido em um tom escuro roxo-avermelhado — a tinta mais cara que poderia ter escolhido —, sabendo que, se alguém sugerisse que não demonstrava respeito suficiente pelos mortos, poderia simplesmente lembrá-los de que se casara com Laio vestindo carmesim. Não havia homenagem mais adequada do que usar uma nuance mais lisonjeira do mesmo tom em seu funeral. Ela estava com o cabelo arrumado em um estilo simples, que a fazia parecer mais jovem. Usava fitas trançadas nele, de modo que dava a impressão de estar mais ornamentado para o funeral. E — depois que os escravos o poliram até ele recuperar seu brilho – colocou o diadema de casamento no topo do penteado, para que ninguém se esquecesse de quem ela era.

No entanto, a beleza de seu vestido e cabelo era apenas uma pequena parte de seu encanto. Ela irradiava satisfação por ter se livrado dos amigos do marido e evitado a tentativa de depô-la. Sem perceber que Édipo havia chegado na frente deles e contado tudo para ela, os homens não se apressaram em voltar para Tebas. Estavam três dias inteiros atrás de Édipo e mesmo — esse foi o erro crucial deles — um dia atrás dos guardas de Laio. O comandante da guarda ficou feliz em jurar lealdade a Jocasta, assim como seus homens. Ela subornou todos eles com pepitas de prata — extraídas das Terras Ermas muitos anos antes — que havia encontrado em um dos depósitos ao lado da casa do tesouro, em frente às salas de recepção formal no segundo pátio. Talvez já soubesse que estavam lá e tivesse apenas se esquecido. Não conseguia lembrar naquele momento. Muito dos últimos dezessete anos pareciam ter voltado, como se tivessem sido escritos em um papiro que de repente voltara a se enrolar, com as partes individuais do texto se perdendo no todo. Mas a presença de Édipo, tão determinado a ajudá-la a lutar contra as ameaças que ouvira nas montanhas, fez sua atenção se concentrar em questões importantes.

Assim — nos três dias entre a chegada de Édipo e o retorno do corpo do marido —, ela vasculhou os aposentos do pátio real, na maioria dos quais nunca havia entrado. Jocasta não esperou que Teresa lhe dissesse o que fazer e não esperou que a mensagem viesse do Oráculo. Pela primeira vez desde que podia se recordar, ela deu pouca atenção ao que o Oráculo lhe aconselhava. Afinal, ele não a havia avisado sobre a morte de Laio ou a chegada de Édipo. Talvez fosse menos poderoso do que pensava.

No quarto de Laio, encontrou uma pequena caixa de madeira repleta de chaves, todas separadas em compartimentos. Descobriu que aquelas chaves eram tudo de que precisava para abrir o tesouro e uma série de outras salas que até então lhe haviam sido proibidas. Ela tinha realmente vivido em uma parte tão pequena do palácio por tanto tempo, indo de seu quarto ao santuário, e ocasionalmente às cozinhas? Parecia ridículo para ela que as chaves estivessem ali o tempo todo — é provável que Laio sempre as houvesse deixado no palácio — e ela nunca tivesse saído para procurá-las. Mas o que teria feito com elas antes que o rei morresse? Teresa nunca a teria deixado entrar nos aposentos de Laio enquanto estivesse vivo. Porém, o anúncio da morte do rei (tão bem-vinda para sua esposa) deixou a governanta arrasada. Teresa retirou-se para seus aposentos por dois dias quando Phylla lhe deu a notícia. Se ela soubesse que o mensageiro tinha vindo do exterior e agora estava com a rainha sob as regras helenísticas de amizade com convidados, Teresa poderia ter adiado seu luto. Uma coisa era oferecer comida e uma cama quente a um estranho por algumas noites, como os deuses exigiam, outra era permitir que ele ficasse no pátio da família, em um quarto que só era ocupado pelo irmão da rainha por alguns dias a cada ano. Mas Phylla nunca pensou em mencionar o que considerava detalhes de menos importância, e, quando Teresa reapareceu no palácio, sua posição antes inatacável estava prejudicada demais para ser reparada. O estrangeiro havia conquistado a confiança da rainha.

Jocasta sorriu para si enquanto o corpo do marido — bem embrulhado em linho branco, como se considerava respeitoso — era carregado pelos três pátios do palácio, em uma longa e lenta procissão. Enquanto ia à frente — cabeça abaixada como era apropriado, a coroa cintilando à luz do amanhecer —, lembrou-se da presunção insuportável dos amigos e conselheiros mais próximos do marido, cada qual voltando a Tebas determinado a ser o homem que substituiria Laio como rei. Talvez, se todos tivessem sido menos ambiciosos e chegado a um acordo antes de retornar, teriam representado mais perigo. Mas, por mais que não gostassem da rainha, nenhum deles queria ver seus rivais promovidos. E não tinham disciplina a ponto de deixar de lado o ganho pessoal para o bem de suas facções.

Quando chegaram, ela os recebeu com frieza, depois instruiu os guardas de Laio a levarem seu corpo ao palácio, onde seria velado por apenas um dia, não por falta de respeito, mas porque a demora em trazê-lo de volta à cidade significava que ele agora precisava ser enterrado o mais rápido possível. Ela assumiu de imediato a posição de autoridade religiosa: quem era o responsável pelo atraso, senão esses homens que haviam feito tão lento progresso até a cidade? Os deuses não perdoariam Tebas se o rei permanecesse insepulto por dias a fio. Ele precisava ir para baixo da terra, e as oferendas deveriam ser derramadas. Enquanto se demoravam nas partes mais baixas das montanhas, a sombra do marido ficara encalhada nas margens do rio Lete, incapaz de pagar a Caronte para atravessá-lo. Os homens moviam-se de modo desajeitado, os olhos fixos em qualquer lugar, menos em sua rainha. Não podiam fazer nenhuma defesa contra a acusação de impropriedade religiosa.

E, depois, Jocasta mandou que fossem embora. Cercada pela guarda armada, que apareceu em trajes cerimoniais completos para prestar homenagem a seu falecido marido, a rainha não era a mulher de quem haviam falado com tanto desdém perto do corpo ainda quente do marido. Ela pensou que poderia entrevistar um ou dois deles em alguns dias e verificar se seriam capazes de receber instrução. Afinal, ela mesma poderia precisar de conselheiros.

Em meio a tudo isso, o rapaz Édipo permaneceu com ela. Ela lhe deu, como prometido, três pequenos anéis de ouro pela chegada com três dias de antecedência em relação à dos homens de seu marido. Mas, embora Édipo tivesse ganhado sua recompensa, parecia não ter pressa em partir. Na verdade, parecia até gostar do novo entorno. Seus olhos brilharam quando Jocasta encontrou as chaves da casa do tesouro, repleta de fileiras cerradas de ouro e prata, bronze e joias, tapeçarias e óleos perfumados. Édipo ofereceu-se para ajudá-la a entender o que ela possuía e do que precisava. Ele só a deixou para ir ao mercado na parte externa do palácio, de onde voltou pouco tempo depois trazendo um fino cordão de couro tingido de um magenta vivo. Colocou-o nas chaves do tesouro — uma para a porta da sala principal, outra para a porta do próprio tesouro —, amarrou-o em um nó e ficou atrás dela para colocá-lo com cuidado sobre sua cabeça tosquiada.

— Para que ninguém possa tirá-las de você — explicou ele, seu hálito quente arrepiando os cabelos da nuca dela ao pronunciar a primeira palavra. Jocasta perguntou-se quando fora a última vez que alguém tinha pensado sobre o que ela queria ou se preocupara com sua segurança.

Teresa sempre tinha sido rápida em agir como intermediária para ela na questão do Oráculo. Mas, agora que pensava nisso, o Oráculo raramente a fazia se sentir melhor sobre qualquer coisa. Não era para isso que ele servia, claro. Ele falava a verdade e via o futuro. Mas Jocasta não conseguia se livrar da sensação de que tinha sido melhor ver seu futuro quando ele ainda era imutável — como tinha sido por tantos anos — do que nos últimos tempos. Sua mente voltou às suas suspeitas: se o Oráculo era onisciente, deveria ter previsto aquela dramática mudança nas circunstâncias. Claro que ela sabia que os oráculos eram enigmas, para serem entendidos apenas por aqueles versados em sua opacidade, como os sacerdotes, ou Teresa. Mas ele não dissera nada sobre a morte do rei, nem mesmo quando Jocasta pensou nas declarações recentes com a clareza de uma visão em retrospecto. Mal conseguia recordar por que queria que o santuário fosse construído. Ou teria sido ideia de Teresa?

Tinha sido construído logo após a morte de seu bebê, até onde podia se lembrar. Em sua imaginação, seu pobre filho morto ainda era lindo. Ela o vira crescer em sua mente: ouvira suas primeiras palavras, vira seus primeiros passos cambaleantes. Ela o ensinara a contar e desenhar, observara-o ir até seu tutor no início da manhã e voltar para casa todas as tardes. Ficava cada vez mais difícil imaginar sua voz vacilante ao entrar na idade adulta, como por certo teria acontecido no ano anterior. No entanto, ela o mantivera vivo nesta existência dupla — um bebê morto que ela nunca vira, e um filho vivo que via todos os dias.

Teresa percebera que Jocasta passava muito tempo sozinha, com o filho. Por que havia proposto o santuário? Alternativa para uma lápide? No início, Jocasta tinha perguntado a Teresa onde seu filho estava enterrado, mas ela se recusara a lhe dar uma resposta. Perdera a paciência com a pergunta: bebês eram abandonados ou enterrados o tempo todo, vivos e mortos. Claro, eram mais as meninas do que os meninos que viam sua nova vida ser roubada, mas isso pouco importava. Outras mulheres tinham aceitado, e Jocasta também. Não era nobre nem razoável fazer um alarde tão extravagante sobre algo que não podia ser evitado ou mudado. Por fim, os uivos e gritos de Jocasta forçaram-na a revelar a verdade: a criança nunca fora enterrada. Tinha sido apenas descartada, junto com o restante do lixo que era retirado do palácio todos os dias. Não havia um túmulo para visitar. Portanto, seu santuário — uma cópia em miniatura do templo onde o Oráculo habitava — era, talvez, uma oferta de paz. Algo que Teresa propôs para dar a Jocasta um lugar onde ela poderia concentrar suas orações e atenção.

E, a princípio, havia ajudado. Projetá-lo e construí-lo levara tempo, e isso dera a Jocasta algo em que pensar. Ela podia vê-lo crescer, mais bem-acabado a cada dia. Então, uma vez construído, Jocasta tivera de aprender quais oferendas deveria fazer, para quais deuses, em que ordem. Se conseguisse fazer tudo com perfeição, pensou Jocasta, as coisas poderiam melhorar. Talvez Teresa de repente confessasse um erro: o bebê não havia morrido; estava sendo criado por uma família, próximo dali. Uma família gentil e amorosa que cuidaria de seu filho até que um dia ele chegasse ao palácio para reclamar seu direito de primogenitura. Ela só descobriria a verdade se fizesse tudo exatamente como os deuses exigiam.

Mas esse dia nunca chegou, não importava quanto ela orasse nem com quanta cautela fizesse suas oferendas. Nunca fora boa o bastante para receber a verdade que queria ouvir. Às vezes, Teresa dizia a ela que o deus Arqueiro a olhava com bons olhos e que aquele era o momento apropriado para embarcar em um novo projeto (Teresa sempre tivera o cuidado de não dizer "gravidez"). Jocasta recusava até mesmo a sugestão com tantos gritos e com tamanho horror, que ninguém tentava forçá-la. Nos meses e anos que se seguiram ao seu pesadelo, muitas vezes se sentiu perto de enlouquecer, mas manteve sanidade suficiente para saber que não poderia passar por todo aquele processo tenebroso de novo. Não poderia.

Além disso, não queria outro filho, queria o filho dela, aquele que já tinha dado à luz. Jocasta não podia simplesmente substituí-lo por outro bebê. Então, para que faria isso? Ela saberia desde o início que seria um impostor. Por isso, em vez de acreditar que o deus — respondendo às suas orações no santuário com as mensagens enigmáticas do Oráculo — a conduzia a algo melhor, Jocasta sentiu que estava sendo castigada não uma, mas duas vezes, por erros que nunca havia cometido. Por que seu filho nunca tinha chegado ao palácio, se estivera vivo durante esse tempo todo? Havia apenas duas explicações, uma das quais ela não era capaz de tolerar.

O que significava que a única razão possível era que ela estava de alguma forma sendo considerada insatisfatória pelo mesmo Oráculo que persuadira o marido de que um filho o mataria e, portanto, não poderia viver. O Oráculo a estava punindo? E, se estivesse, por quê? Mas, claro, a ignorância não era desculpa. Não era assim que o Oráculo julgava as coisas. Ela sabia disso, porque (quaisquer que fossem as razões) havia tirado seu filho dela sem que pudesse ao menos tocá-lo.

— Obrigada — disse ela a Édipo, enquanto colocava as chaves embaixo das roupas. — Perfeito.

— Não as tire daí — disse ele. — Mesmo durante a noite.

Ela sentiu o metal arder contra sua pele enquanto Édipo falava.

— Não vou tirar — respondeu. — Você ainda estará aqui quando eu voltar do funeral? — a multidão se reunia diante do palácio, e ela sabia que precisava partir.

— Claro — ele sorriu. — Eu iria com você, se não achasse que causaria um escândalo.

Jocasta sentiu uma pontada de prazer.

— Você deveria vir — disse ela. — Quanto mais pessoas de luto assistem ao rei morto, maior é o respeito que mostramos a ele. Ninguém poderá contestar. Além disso, quero que venha.

Édipo deu de ombros, levantou-se e ofereceu-lhe o braço.

— Senhora! — disse ele. — Seria um privilégio.

✧ ✧ ✧

Se algum dos amigos de Laio achou estranho que sua viúva estivesse agora acompanhada de um jovem que nenhum deles jamais vira antes, não ousaram fazer perguntas. Os guardas de Laio, agora também guardas de Jocasta, estavam atrás dela, armados e silenciosos. Jocasta viu sobrancelhas se erguerem, enquanto um homem olhava para o outro, todos fazendo a mesma pergunta não dita e recebendo a mesma resposta sem palavras. Ninguém sabia quem ele era ou de onde tinha vindo. Não se parecia muito com um tebano: a pele era mais pálida, o porte, menos robusto, e o cabelo, mais claro que o da maioria de seus cidadãos. Édipo caminhou ao lado dela até chegarem ao túmulo, a uma curta distância nas cercanias da cidade. Ajudou-a a vencer o terreno irregular, onde o caminho era marcado por raízes de árvores. E deu um passo para trás, em perfeita compostura, quando chegou o momento do enterro. Jocasta ficou por um instante com a cabeça baixa, depois espalhou terra sobre o falecido rei. A cidade pareceu soltar um suspiro coletivo: o rei estava devidamente enterrado. Os deuses ficariam satisfeitos com o fato de Tebas ter se comportado bem.

E, então, ela liderou a procissão fúnebre de volta aos portões da cidade. Jocasta seguiu para o mercado fora do palácio, que havia suspendido os negócios naquele dia em um gesto de luto. Ali, muitos tebanos se reuniram, preferindo não sair dos muros da cidade, mesmo que fosse para um funeral. Jocasta caminhou até os portões do palácio, depois se virou para a multidão.

— Tebanos — gritou ela. — Meu marido está morto, e agora sou sua rainha — um rugido emergiu do povo. Jocasta não conseguia julgar se era positivo ou negativo: endossavam sua posição ou a questionavam? — Gostaria de agradecer o apoio que prestaram a mim neste momento tão difícil — continuou ela. — Os jogos fúnebres do meu marido serão realizados no pátio principal em uma hora. Todos estão convidados a participar.

Ouviu-se outro grito, este mais alto e mais firme que o primeiro. Os jogos fúnebres eram um marco digno de respeito.

Jocasta voltou-se para Édipo, que a escoltou pelos portões.

— Ótimo discurso — murmurou ele.

— Obrigada! — respondeu ela. — É preciso dar alguma coisa ao povo, era o que Laio sempre dizia quando dava uma festa.

— Ele precisava ter razão sobre alguma coisa — falou Édipo.

Jocasta apertou seu braço.

— Xiu... — disse ela. — Não posso ser vista rindo. Não hoje.

— Perdoe-me — tornou ele. — Agora, vou lá dizer à sua governanta que você acabou de convidar trezentas pessoas para o palácio.

Jocasta olhou adiante e balançou a cabeça.

— Isso já foi feito — ela apontou para um menino que corria em direção à cozinha o mais rápido que suas pernas curtas e sujas permitiam. — Ele é o ajudante de cozinha e o espiãozinho dela — explicou Jocasta. — Ela vai odiar abrir as jarras de vinho de novo, mas não vai reclamar. E nem pode. Afinal, é para o falecido rei. E Teresa era... — Jocasta fez uma pausa enquanto procurava a palavra certa — ... dedicada a ele.

Quando o céu da noite apagou o último traço avermelhado da tarde, Jocasta considerou os jogos um grande sucesso: a maioria das pessoas se afastava, já que o vinho havia acabado, e partiam sem nenhuma dúvida de que agora ela era a regente daquela cidade. Sentiu os olhos de Édipo sobre ela enquanto falava com uma pessoa após outra. Jocasta nunca havia dito tantas palavras em um único dia, e era a primeira vez, pelo menos que conseguia se lembrar, que não estava com medo de nada. Apenas fez o que precisava ser feito: apertou mãos, tocou em alguns braços, deu tapinhas em ombros, aceitou condolências. Ao que parecia, a maioria das pessoas achou que ela havia cortado o cabelo em um momento de profunda dor pela morte do falecido marido. Todos ficaram comovidos com seu sacrifício, e ela percebeu que aquilo a tornava uma rainha aos olhos deles.

Terminados os jogos, e com as sombras já se alongando no pátio, ela olhou para a praça e viu o irmão se aproximar — alto, com os cabelos escuros ligeiramente ralos, embora ainda não fosse velho —, acompanhado por uma moça pequena e bonita que lhe lembrava um rato medroso. Suas mãozinhas seguravam com firmeza uma bolsinha de couro, como as patas de uma criaturinha envolveriam uma noz. Devia ser a moça que ele tinha mencionado. Jocasta vasculhou o nome na memória: Euli? Euni? Caminhou em direção ao irmão, abrindo um sorriso para a jovem.

— Creonte — disse ela —, obrigada por terem vindo. E que prazer conhecê-la — acrescentou. A moça parecida com um rato devia ter tentado dizer alguma coisa, mas tudo o que Jocasta ouviu foi um gemido.

— Esta é Eurídice — disse Creonte, com uma expressão que Jocasta não conseguiu identificar por um momento, antes de perceber que se tratava de timidez.

Então, tomou o braço da acompanhante do irmão e disse:

— Conte-me tudo sobre você. Vamos buscar um vinho: sei exatamente qual servo tem as melhores uvas, e você merece algo especial. Se meu irmão gosta de você, deve ser maravilhosa.

Ela mal ouviu os protestos da moça, que depois passou a falar sobre como ela e Creonte tinham se conhecido. Ele havia admirado a estola que ela bordava enquanto estava sentada com amigos ao sol da tarde — a estola que ela usava naquele mesmo dia — e lhe perguntara como conseguia fazer pontos tão pequenos e perfeitos. Enquanto balançava a cabeça e sorria diante da tagarelice da moça, Jocasta continuou a emanar um encanto que havia esquecido possuir sobre todos os cortesãos de seu marido que conheceu. No entanto, o tempo todo se viu procurando por Édipo, sempre garantindo que ele não havia ido embora.

Enquanto os escravos do palácio encorajavam os últimos convidados a sair pelo portão, sentiu os olhos do jovem sobre ela. Ele estava encostado na parede do pátio, quase invisível no crepúsculo. Então, Jocasta se virou para Édipo, e ele se afastou da pedra, endireitando-se e sorrindo para ela.

— A senhora agiu bem — disse ele. — Maravilhosamente bem.

Não imaginava por que estava tão satisfeita por ter a aprovação dele. Não tinha desejado a aprovação de ninguém além da do Oráculo desde que podia se lembrar.

— Obrigada — falou ela. — Talvez tudo fique bem agora.

— Será muito melhor do que isso — tornou ele. — Será perfeito. Acha que perceberam que você os estava considerando para um cargo? — ele apontou com a cabeça para os retardatários, um grupo de homens que haviam trabalhado para o marido dela.

— Eu estava? — perguntou ela.

— Claro. Você tranquilizou todos por enquanto. Mas não vai querer que conspirem contra a senhora no futuro, vai? A senhora decidiu que terá de se casar com um deles. Ele lhe deverá sua posição, ficará imensuravelmente grato e provavelmente a cobrirá com todo tipo de presentes.

— Não preciso de presentes — rebateu ela. — Tenho as chaves do tesouro da cidade penduradas no pescoço. Agora que meu falecido marido não está por perto para gastar tudo em vinho, cavalos e tolas viagens de caça, não conto apenas com poucos recursos.

— Ainda assim, seria melhor se aliar a alguém, não acha? Caso contrário, todos continuarão competindo entre si por sua atenção. É inevitável. E isso causará problemas, mais cedo ou mais tarde.

Jocasta sentiu os ombros penderem com as palavras de Édipo. Queria dizer ao rapaz que ele estava errado, mas sabia que não estava. Os homens haviam sido todos muito leais e solidários com ela hoje, mas não pretendiam continuar assim. Eles tinham sido superados por ela. Por ela e por Édipo, e pela rápida viagem dele pelas montanhas. Assim que a poeira baixasse sobre o túmulo do marido, logo começariam a conspirar de novo. Mas ela já havia passado dezessete anos casada com um homem que não amava e que também não a amava. Por certo poderia passar um pouco de tempo sem o fardo exaustivo de um marido.

— Emitirei um aviso de que não pretendo me casar de novo — disse ela. Ficou se perguntando por quanto tempo poderia se safar. — Pelo menos por um ano?

— Boa ideia — respondeu Édipo. — Isso dará a eles algo para almejar.

— Você não é nem um pouco empático — reclamou ela. — Sabe que não quero me casar com outro velhote, e não é nada gentil de sua parte ficar rindo disso.

— Mas posso me dar ao luxo de rir — disse ele. — Porque sei que não vai se casar com nenhum deles.

— Você acabou de dizer...

— Que deveria se casar de novo. Sim.

— Bem, então, me explique.

— Não disse que deveria se casar com um deles.

— Disse que eles lutariam se eu não o fizesse. Vão desestabilizar a cidade.

— Acabariam recuando se percebessem que nenhum deles tem chance.

— E como conseguiria isso?

— Casando-se comigo — respondeu ele.

— Essa é a coisa mais ridícula que já ouvi. Com quantos anos está?

— Tenho idade suficiente. Ora, Basileia. Sou muito mais bonito que qualquer outra pessoa que conheça — ele estufou o peito diante dela, e ela riu, apesar de seu aborrecimento.

— O que seus pais pensariam? Você veio para cá ajudar nos negócios do seu pai, não foi?

— Quer melhor ajuda do que me tornar um rei? Todo mundo quer fazer negócios com o pai de um rei.

Ela ouviu o eco inconsciente do raciocínio de seu pai ao casá-la, tantos anos atrás.

— Sua mãe o espera em casa — disse ela, tentando imprimir um tom de finalização em sua voz.

— Vou voltar e contar a ela pessoalmente — falou ele. — A senhora sabe que agora as montanhas estão mais seguras, não sabe? Um bravo viajante matou o pouco que havia restado da Esfinge. No caminho de volta, acabarei com o restante.

— Vai me deixar? — questionou ela.

— Por pouco tempo — respondeu ele. — Ficarei fora por uns quinze dias. Catorze, na verdade. Não é muito tempo. E, quando voltar, terei a bênção de meus pais, e meu nome será cantado em todos os locais de sua cidade, porque serei o homem que tornou as montanhas seguras novamente.

— As mesmas montanhas que tiraram deles o rei anterior — disse ela. Precisava admitir que seria fácil persuadir os comerciantes tebanos comuns de que Édipo seria o rei perfeito. — Quando começou a pensar sobre isso?

— Sobre isso o quê? — indagou ele, o rosto reluzindo de falsa inocência.

— Quando começou a sonhar com esse plano?

Ele estendeu a mão para ela e a beijou na bochecha. Jocasta sabia que sentiria o calor de sua boca pelos próximos catorze dias.

— Isso não importa tanto, não é mesmo? Já tinha pensado nisso, e é uma ideia tão brilhante que nem mesmo a senhora é capaz de encontrar defeitos, e a senhora é uma mulher extremamente inteligente, embora quase ninguém além de mim tenha percebido esse fato — disse ele. — Vejo você em meio mês, Anassa.

E, com isso, ele partiu cidade afora, como se tivesse todo o tempo do mundo.

13

As corridas terminaram, e todos nós atravessamos a praça até a *palaestra*, construída pelos escravos do palácio nos últimos dias. Não era uma estrutura formal, apenas um quadrado de areia com laterais da largura da pista, cercado por uma simples colunata de madeira para os espectadores assistirem à sombra. Havia uma pequena área ao fundo do terreno para os lutadores trocarem de roupa e passarem giz branco nas mãos e nos pés, em preparação para as lutas. Meu irmão Polin era um excelente lutador: tinha uma constituição tão atarracada que era praticamente impossível perder o equilíbrio. Também era astuto, e por isso, quase imbatível (embora Ani uma vez tenha lhe perguntado se sua série de vitórias poderia ter alguma relação com o fato de a maioria dos *áristoi* não desejar desonrar o rei passado e futuro acertando-o nas costas. Ele não falou com ela por dias).

Um velho tinha acabado de puxar um ancinho de dentes largos sobre a areia, traçando linhas perfeitas, os semicírculos onde ele se virava ainda visíveis nas extremidades da arena, para que nos assegurássemos de que os rapazes poderiam lutar com segurança. Como esse processo tinha ocorrido enquanto estávamos todos na pista de corrida, não sabia se objetos pontiagudos haviam sido deixados na areia e sido removidos, ou se a sabotagem ocorrera apenas na pista de corrida. Sussurrei essa informação para Ani enquanto tomávamos nossos lugares nas arquibancadas, mas ela deu de ombros como se não se importasse.

Desejei que Sófon estivesse presente: ele não comparecia mais às coroações. Comentava que as cinco primeiras o tinham encantado o suficiente para toda uma vida. Cerimônias e festas públicas não o interessavam; ele preferia ficar em seu gabinete, protegido do brilho mais intenso do sol, lendo seus manuscritos mais recentes. No dia anterior recebera dois novos tratados sobre agricultura e a forma correta de manter os olivais. Nunca tivera um olival, mas havia dito que gosta de imaginar como cuidaria de árvores que não tem.

— Qual deles vai ler primeiro? — perguntei a ele naquela manhã.

— Qual você acha, Isi? — respondeu Sófon. Sempre fazia isso: respondia a uma pergunta com outra. Ele diz que isso me faz ponderar sobre meu pensamento. Digo que isso faz com que cada conversa demore o dobro do tempo necessário, mas na verdade não me importo muito.

— Acho que deveria ler este — respondi, levantando um dos papiros.

— Parece estar repleto de conselhos sobre como manter um celeiro em bom estado.

Os olhos lacrimejantes brilharam com a ideia, embora também nunca tenha sido dono de um celeiro.

— Ótimo conselho, Isi. Seria ótimo se todos pensássemos nessas coisas. Você pode lê-lo assim que eu acabar.

— Obrigada — agradeci. — Mas prefiro ler sobre pesca.

— Pesca? — ele inclinou-se à frente para garantir que tinha me ouvido corretamente. — Quer ir até o lago e pescar?

Eu e meus irmãos pescávamos quando éramos pequenos: meu pai nos levava. Ele amava o lago Hylike. Havia crescido à beira-mar em Corinto, e era a única coisa de que sentia falta em Tebas, a mais de cem estádios da água. Quase não me lembro das vezes que fui lá com ele; tenho apenas vislumbres de escamas prateadas e barrigas brancas e escorregadias, saltando e ofegando em uma pedra à beira da água. Depois que ele morreu, meus irmãos e eu saíamos juntos todos os anos nos primeiros dias quentes da primavera. Creonte nunca nos permitiu ir no verão: dizia que não era seguro nessa época por causa do Acerto de Contas.

— Não vou à água já faz tempo — respondi. Sófon já sabia por quê. Primeiro, fui ferida, depois estava me curando, depois fui proibida de deixar o palácio e, na sequência, as datas cerimoniais começaram. Estava desesperada para sair da cidade por um dia, deixar para trás a areia, a poeira e o sol forte. Precisava andar pela grama e observar os gafanhotos saltando no meu caminho. Queria ver os guarda-rios de bico turquesa que faziam ninhos na água e as rãs que saltavam da água para as margens, até dez de cada vez, caso se chegasse no momento certo. As árvores à beira do lago ofereciam uma sombra fragmentada mesmo no horário mais quente do dia. Acima de tudo, queria sentir a água na pele.

— Acho que vai preferir nadar como um peixe a pegá-lo — Sófon conseguia ouvir meus pensamentos.

— No dia após a coroação — falei. — Então, eu vou. Etéo estará livre para me acompanhar assim que a cerimônia se encerrar.

— Isso — concordou Sófon. — Acho que o dia seguinte da entrega da coroa é o dia mais longo do ano para seu irmão.

A coroação cai quase duas luas cheias depois da metade do verão, mas não me preocupei em corrigi-lo.

Mesmo que sem dúvida tivesse respondido às minhas perguntas sobre as armadilhas de metal escondidas na pista de corrida com mais perguntas elaboradas por ele mesmo, ainda assim teria preferido os questionamentos de Sófon à indiferença de Ani. Ela parecia não ter percebido a gravidade dos ferimentos que Etéo poderia ter sofrido, e a grande probabilidade de ser ele o alvo pretendido. Apenas meu tio, ordenando aos próprios escravos que examinassem a areia, compartilhava de minha preocupação. Achei que Ani teria agido diferente se fosse Hêmon quem quase tivera o pé dilacerado. Mas, como nosso primo era lutador, como Polin, ela quase não mostrava interesse nas corridas.

As lutas livres eram bastante populares em Tebas. Dezesseis rapazes se enfrentariam na primeira rodada, as duplas escolhidas por sorteio. Os oito vencedores voltariam a se enfrentar, mais uma vez escolhidos por sorteio. Esse processo continuaria até que houvesse um vencedor que pudesse carregar a coroa de ramos de oliveira naquele dia e o título de vencedor durante o ano todo. Polin tinha um monte dessas coroas — as folhas secas e retorcidas, de modo que mal dava para saber de qual planta tinham vindo —, empilhadas umas sobre as outras em seus aposentos. Mas sempre lutava para conseguir outra.

O árbitro (um dos guardas mais velhos do palácio, que provavelmente havia, em algum momento, treinado todos os rapazes da competição) trouxe uma jarra de barro, na qual cada rapaz jogou um pequeno bloco de madeira que havia gravado previamente com um símbolo ou imagem rudimentares. O árbitro balançou a jarra assim que todos os dezesseis blocos estavam dentro dela, sorrindo enquanto os espectadores aplaudiam em ritmo cadenciado. Ele enfiou a mão na jarra e puxou os dois primeiros blocos.

Assim como os corredores antes deles, os rapazes já haviam se besuntado de óleo e poeira vermelha e agora ocupavam seus lugares no centro da *palaestra*. Mantiveram-se a poucos metros de distância: os lutadores não podem ficar tão perto a ponto de se tocarem antes do começo. O árbitro lembrou-os das regras — sem trapaças, sem chutar, sem morder — antes de anunciar o início da luta. Os rapazes lutaram um contra o outro, mas não demorou muito até que o mais alto dos dois caísse de costas três vezes: uma derrota automática.

A luta de Polin era a próxima, mas ele não precisou ir tão longe a ponto de derrubar o oponente três vezes. Empurrou o rapaz e o desequilibrou, derrubando-o em seguida. Assim que o garoto caiu sem fôlego no chão, Polin pulou em suas costas e o agarrou pelo pescoço. O rapaz deu dois tapas no chão em rápida sucessão: ele desistiu, e meu irmão ganhou seus três pontos.

Tentei abafar um bocejo. Fazia calor e o dia já tinha sido longo. Mas os pares tinham sido bem combinados: todos, exceto os dois primeiros, demoraram para terminar. Os apostadores observavam com atenção, tentando avaliar quais lutadores provavelmente seriam uma aposta segura na próxima rodada. Um cheiro tentador de cebola vinha do outro lado do mercado: alguém havia começado a fritar bolinhos de ervas perto da pista de corrida. Virei-me para ver se o dono da barraca tinha uma bandeja que logo levaria aos espectadores, mas um grito súbito chamou minha atenção de volta à *palaestra*. A primeira quarta de final estava sendo disputada, e o rapaz que acabara de ser declarado vencedor o conseguira agarrando o punho do companheiro de combate e forçando seus dedos para trás, até ele gritar de dor. Ouviram-se muitos assobios da plateia, que acreditava ser aquilo uma trapaça. O árbitro deu de ombros e autorizou. No entanto, o rapaz à nossa frente segurava a mão com uma expressão de dor: um dos dedos estava torto em um ângulo horrível; era óbvio que estava quebrado. À medida que seu oponente mais alto avançou sobre ele, o outro recuou e aceitou a derrota.

Havia algo no medo escancarado no olhar do rapaz, além da maneira como o mais alto se movia, que me fez querer me juntar às vaias da multidão. Porém, o vitorioso saiu da areia e tomou socos afetuosos no braço do meu irmão Polin. Eram amigos na época, ele e o trapaceiro. Meu irmão venceu as quartas de final sem essas táticas e passou a se preparar para o próximo adversário: passando giz nas mãos e nos pés, para não perder a aderência nos golpes. Os bolinhos cheiravam tão bem que pude sentir meu estômago roncar. Minha irmã me deu uma cotovelada quando me virei para olhar de novo o vendedor de comida. Devíamos prestar atenção aos jogos, não importava quanto tempo durassem ou quanto parecessem ter o resultado definido em favor de um ou outro.

Polin e seu amigo alto foram os finalistas, e o público aplaudiu com entusiasmo. Muitos dos homens que assistiam teriam apostado em meu irmão como vencedor: a verdadeira surpresa foi terem sido capazes de encontrar alguém para apostar em um resultado diferente. No entanto, o rapaz mais alto era talentoso e talvez fosse mais vigoroso que os oponentes anteriores de Polin. Inclinei-me para perguntar à minha irmã quanto tempo mais eles demorariam.

— Sempre seu estômago em primeiro lugar, Isi. Por que não comeu esta manhã? Sabe como esses dias são longos — ralhou ela. E tinha razão. Eu sabia que os dias da coroação eram longos. Havia me esquecido de todo aquele barulho e aquela confusão.

Nesse momento, Polin estava de frente para nós, e seu amigo estendeu a mão para começar a luta final. Ficaram travados por alguns momentos antes de Polin agarrar a perna do oponente, tentando desequilibrá-lo. Mas seu rival não cairia em um truque tão óbvio. Saltou para longe de Polin e torceu o braço estendido do meu irmão enquanto recuava. Foi o suficiente para deixar meu irmão de joelhos. Mas ele se levantou em um instante: sem perigo de bater na areia de costas e perder um ponto crucial. Aproximaram-se de novo, e, desta vez, meu irmão precisou se defender de um ataque nos tornozelos. Se fosse possível dar um golpe no tornozelo do outro lutador a ponto de lançá-lo ao ar, ele quase sempre despencaria no chão. Era a maneira mais fácil de ganhar um ponto. Mas Polin transferiu seu peso para a outra perna, curvou-se para a frente e deu uma cabeçada nas costas do rapaz. A multidão aplaudiu.

O mais alto estava perdendo a paciência, rodeando Polin, em busca de outra oportunidade. Não tinha notado quanto estavam longe do centro do terreno nesse momento. Então, quando Polin correu até ele e o empurrou com toda a força, o rapaz recuou, surpreso. Era uma tática tola que viria a desequilibrar meu irmão e o deixaria vulnerável a um ataque. O rapaz já avançava para agarrar o pé de Polin e puxá-lo. Porém, o árbitro interveio e declarou meu irmão vencedor. O outro olhou para baixo, horrorizado, ao ver que seu pé que estava atrás havia saído do espaço de luta. Foi uma derrota instantânea.

Polin ergueu os braços em vitória, e seu amigo o encarou com uma expressão entre divertimento e cansaço. Era o melhor lutador, mas meu irmão era mais astuto. Somente quando se virou para ver Polin receber sua coroa de folhas de oliveira é que enfim vimos seu rosto: a luta inteira tinha sido para mostrar o rei a seu povo, por isso, sempre era Polin quem prendia nossa atenção e tinha o lugar de destaque na *palaestra*.

— Boa luta — disse meu irmão, agarrando o braço do rival e erguendo-o para os aplausos da multidão. Polin era muito mais gracioso ao vencer do que ao perder. O rapaz alto concordou com um aceno de cabeça, sorriu e recebeu os aplausos da multidão, os olhos enfim percebendo os espectadores, pois antes estavam focados apenas no oponente. Por um breve momento — não mais do que um piscar de olhos —, seus olhos encontraram os meus, antes de ele se virar para receber aplausos do outro lado da arena.

Foi todo o tempo de que precisei. O homem parado na areia, ao lado do meu irmão — seu amigo e adversário —, era alguém que eu teria reconhecido em qualquer lugar, assim que avistasse aqueles olhos. Eu já os tinha visto antes, uma vez, no pátio do palácio, e várias outras vezes em minha mente, quando acordava com o coração disparado, sabendo que estava em perigo, mas incapaz de fazer qualquer coisa para me manter em segurança.

O amigo do meu irmão era o homem que havia cravado uma faca no meu corpo.

14

Se havia uma coisa que Jocasta sabia fazer melhor do que ninguém era suportar os dias de espera. Quando Édipo partiu, ela desejou sua volta quase de imediato. Que inteligente da parte dele, pensou ela, ter se insinuado em sua vida de maneira tão plena que, depois de apenas alguns dias após conhecê-lo, ela já sentia falta dele. E sentiu sua falta com uma densidade física, como se cuidasse de um ferimento profundo que se agravava.

Fazia pouco mais de um dia que ele se fora quando ela começou a sentir um leve e familiar eco do pânico que tantas vezes a dominara nos anos após a morte do filho. Sua mente saltava de um pensamento intolerável a outro: e se ele nunca mais voltasse? E se fosse morto quando viesse pelas montanhas? Teria que passar por elas duas vezes, indo para Corinto e de novo na volta. Quais eram as chances de um homem viajar pelas montanhas três vezes em menos de um mês e não ser morto? Não conseguia sequer começar a imaginar a probabilidade. Os pensamentos se agitavam em sua mente como pássaros em cativeiro. E se estivesse mentindo para ela? Talvez não tivesse a intenção de voltar. Talvez tudo não passasse de uma piada estranha, cruel. Queria acreditar nele, mas como poderia, naquele momento, quando não estava parado diante dela, permitindo que ela julgasse suas intenções por meio de sua expressão franca e receptiva? Que tipo de pessoa chegava a uma cidade pela primeira vez e dizia à rainha que ela se casaria com ele? Provavelmente era um louco, dava-se conta agora. Embora não parecesse louco quando ela estava com ele. Parecia todo tipo de coisa: impulsivo, apaixonado, impetuoso, temperamental, mas não louco. Ainda assim, considerou que ele devia estar louco: de que outro modo poderia explicar seu comportamento? Olhando os fatos dessa maneira, seria quase uma bênção se ele não voltasse. Uma fuga afortunada, como diria sua mãe.

No quarto dia, Jocasta começou a fazer pactos com os deuses. Se pudesse fazer o sacrifício perfeito de um par de cabritos malhados, Édipo voltaria. Porém, considerou que duas cabras insignificantes eram um tributo insuficiente a Apolo. Então, pintou os altares com sangue de bezerros brancos, mas ainda assim não era o bastante.

No décimo dia, calculou que, nesse período, ele poderia ter retornado à sua cidade e voltado facilmente a Tebas. Dissera meio mês apenas para se permitir um tempo a mais em casa. Mas devia saber que ela ficaria preocupada: como ele podia ser tão cruel a ponto de perder tempo na cidade onde passara toda a sua vida, quando sabia que ela estava ali sozinha, esperando por ele?

No décimo segundo dia, teve certeza de que ele estava morto. A viagem poderia não ter sido feita em dez dias, mas era mais que possível em doze. O único motivo para essa longa ausência devia ser sua morte. Era mais fácil imaginá-lo um homem morto do que cruel. A tristeza a tocou, e ela a envolveu em torno de si.

No décimo quarto dia, Édipo voltou, exatamente como havia prometido. Mas mesmo ele — que viajava com tamanha velocidade por territórios perigosos, como se estivesse passeando pelo mercado — não deu conta de acompanhar os rumores que corriam à sua frente: um homem, esse estranho, havia matado a Esfinge. Quando chegou aos portões do palácio, um pequeno grupo de pessoas se reuniu ao seu redor. Alguns deles eram viajantes que ele buscara do outro lado das montanhas. Ele os havia encorajado a acompanhá-lo pelo terreno arriscado e os havia deslumbrado com sua estratégia para lidar com a Esfinge, que equivalia a pouco mais (explicou a Jocasta quando por fim ficaram sozinhos) do que se mover pelas montanhas em total silêncio — sem animais de carga ou qualquer coisa que os atrasasse ou fizesse barulho, e sempre armados e prontos para combater os bandoleiros que pudessem surgir de qualquer direção, em particular de cima. A Esfinge podia ter sido assustadora no passado, mas, na opinião de Édipo, seus membros tinham ficado preguiçosos. Muitas pessoas facilitavam para eles ao viajar em grandes grupos, o que deixava os retardatários e batedores sozinhos para serem caçados. Anunciavam sua presença com conversas ruidosas ou cascos batendo. Édipo não cometia nenhum desses erros. Quando confrontada com um grupo que estava determinado não apenas a sobreviver a ela, mas também a atacá-la, a Esfinge foi superada com facilidade. Ela já havia perdido homens na primeira viagem de Édipo pelas montanhas. E não demorou muito para que ele planejasse um ataque bem-sucedido contra o restante. Embriagados pela agitação e empolgados pela sede de sangue, os viajantes logo contaram a todos os que encontraram na estrada para Tebas. Tinham acabado com a Esfinge, e tudo havia sido estratégia desse único homem, Édipo.

Até mesmo Jocasta, isolada da maioria dos fuxicos da cidade no palácio, ouviu a notícia de que a Esfinge havia desaparecido, e o responsável por isso estava indo para Tebas para ser recompensado por seu trabalho. Ela sabia que devia ser Édipo, mas se recusou a acreditar até que o visse. Incapaz de esperar mais, saiu para a praça principal a fim de recebê-lo. Quando ele entrou pelos portões do palácio, as roupas manchadas com o sangue dos homens da montanha pela segunda vez, ela sentiu sua respiração tornar-se acelerada e entrecortada. Se ao menos toda aquela gente não estivesse ali.

— Bem-vindo à minha cidade, senhor — disse ela, e os viajantes e tebanos que ele reunira ao longo do caminho começaram a bater palmas com as mãos em conchas. — Ouvi dizer que temos de agradecê-lo por sua notável bravura e astúcia.

— A senhora não precisa me agradecer, Vossa Majestade — ele curvou-se com um sorriso, apreciando o público e a encenação que lhe tinham permitido fazer. — Era o mínimo que eu podia fazer para impressionar a cidade de Tebas, como sabia que deveria.

— Por que precisaria impressionar nossa cidade? — perguntou Jocasta, falando mais alto que os aplausos entusiásticos dos simpatizantes de Édipo. Aqueles não eram os amigos ricos de Laio, a elite de Tebas. Eram homens e mulheres comuns que haviam escutado sobre as façanhas do viajante e tinham vindo ver o que estava acontecendo. Não conheciam as regras de etiqueta do palácio, ao que parecia, por isso aplaudiam sempre que tinham vontade, em vez de esperar para serem instados. Os olhos de Édipo cintilaram quando encontraram os dela. Ninguém jamais se divertira tanto quanto ele naquele momento. Ele fez uma pausa até que o barulho diminuísse, determinado a ser ouvido por todos quando falasse. Para ele, não havia a menor sombra de dúvida, percebeu ela, de que Jocasta concordaria com qualquer coisa que ele propusesse.

— Porque pretendo pedir a mão de sua Basileia em casamento — disse ele.

Jocasta o olhou, um homem muito jovem, mas também muito bonito e — até aquele momento — de palavra. Pensou no tempo que havia passado sozinha no palácio e sentiu a chave do tesouro aninhada no colo, pendurada no cordão que ele lhe comprara.

— Ela aceita — disse ela, virando-se e voltando para o pátio real, deixando Édipo, a própria imagem da confiança, segui-la.

A notícia espalhou-se por Tebas mais rápido que o Acerto de Contas no passado. Pedia-se que as pessoas repetissem, porque não parecia ser possível. A rainha, viúva havia menos de um mês, se casaria de novo? Com um estrangeiro? Ele parecia ter quantos anos? Demorou pouquíssimo tempo para os autodesignados anciãos da cidade — em sua maioria os mesmos homens que haviam retornado das montanhas com o corpo de Laio, esperando depor a rainha com pouca dificuldade — chegarem ao palácio em uma aglomeração suada e desconcertada. Anfião, um homem que sempre irritara Jocasta por causa do ar de superioridade e suas vestes floridas, havia sido escolhido como porta-voz, ou talvez ele mesmo tenha se nomeado. Não podiam ter feito escolha pior: o secretário do Tesouro de Tebas tinha uma notável semelhança com seu falecido pai, e ela o detestava.

Ainda assim, não podia ignorar a confusão frenética dos serviçais, correndo pelos pátios de pedra para lhe dizer que Anfião e seus amigos exigiam uma audiência com a rainha. Ela lhes disse que passassem a mensagem de que a rainha estava envolvida em outros assuntos, mas que os receberia na manhã seguinte. Era hora de ensinar àqueles homens que não eram donos dela e que não podiam esperar que ela simplesmente deixasse tudo de lado para se encontrar com eles.

Na manhã seguinte, estavam esperando por ela na praça pública. Aninharam-se em um grupo, fuxicando como as velhas que penduravam suas roupas quaradas nas ruas íngremes e estreitas do lado de fora das muralhas.

— Senhores — disse ela, surgindo atrás deles. Viu o choque em seus rostos: a pequena e pálida moça de quem haviam rido na companhia do rei não tinha medo deles. E não era mais uma jovenzinha.

— Ouvimos uma história ridícula — balbuciou Anfião, e Jocasta imaginou como um homem podia ser tão presunçoso a ponto de não sentir o menor embaraço com a forma como a saliva borbulhava diante de seus dentes enquanto falava.

— Tenho certeza de que o senhor já ouviu muitas histórias ridículas — retrucou ela. — Provavelmente elas se devem às companhias que o senhor mantém.

O rosto de Anfião se fechou.

— Esta história em particular a senhora precisa refutar. Imediatamente.

Jocasta sorriu.

— Tenho certeza de que o senhor não quer passar a impressão de que está entrando em meu lar e me dando ordens.

— Eu...

— E tenho certeza de que, quando o senhor começou a falar, quis dizer algo como: "Bom dia, Vossa Alteza" — acrescentou ela. — Porque começar a vociferar ordens para sua rainha sem sequer cumprimentá-la e lhe desejar vida longa é... acho que todos podemos concordar... no mínimo, grosseiro.

Ela olhou ao redor para o grupo de velhotes, alguns deles começando a perceber que a influência de Anfião talvez tivesse diminuído. Houve uma sutil mudança de postura à medida que os mais pragmáticos recuaram, percebendo que, afinal, não queriam se aliar tanto ao porta-voz.

— Perdoe-me, Vossa Majestade — disse ele com o sarcasmo escorrendo de cada sílaba. — Achei que tínhamos algo urgente a discutir e que poderíamos dispensar as sutilezas por ora.

— Dispensar é uma palavra estranha para se escolher, não é mesmo? — questionou ela. — Faz parecer que o senhor normalmente fala comigo com o respeito e a cortesia que eu esperaria, considerando minha posição. E, no entanto, não me lembro de ter ouvido o senhor sequer me chamar pelo nome, muito menos pelo título. Embora tenha certeza de que o senhor sabe meu nome e conhece minha posição. Veja bem, eu ouvia o senhor falando sobre mim ocasionalmente... e tenho certeza de que não vai se importar se eu for sincera, já que sei que é uma qualidade que o senhor preza... O senhor não se saiu muito bem nessas ocasiões.

Ele ficou tão corado que ela ponderou se não estaria prestes a se estatelar no chão, levando a mão ao peito.

— Estou tentando tranquilizar o povo de Tebas quanto ao fato de a rainha deles não estar prestes a agir de maneira tola e precipitada — disse ele.

— Só não tenho certeza se isso é verdade — retrucou ela. — Acho que o senhor veio até aqui para me dizer que eu deveria desposar um de vocês, para que se tornasse o rei da cidade, em vez do homem com quem os senhores pensam que pretendo me casar.

Minúsculas gotas de suor juntaram-se nas têmporas do homem, criando pequenos filetes, que agora escorriam pelas laterais de seu rosto.

— A senhora está dizendo a todos nós que não pretende se casar com algum estrangeiro? Fomos mal-informados?

Ele indicou seu entorno com um gesto, para incluir os homens que se afastavam cada vez mais.

— Custa-me imaginar de que forma isso poderia ser da conta de um dos senhores, não é mesmo? — perguntou Jocasta.

— Sou o secretário do Tesouro — vociferou ele.

— Era — disse ela.

— Como?

— Eu disse que o senhor era o secretário do Tesouro. Agora não passa de um velho mal-educado que já foi importante e que agora não é mais, porque não consegue manter fechada essa boca cheia de baba. Guardas — Jocasta gesticulou para seus homens, que se aproximaram de Anfião. — Este senhor gostaria que o escoltassem para fora dos domínios deste palácio — disse ela. — E qualquer um de seus amigos que quiserem sair também. Senhores?

Os anciãos olharam para o chão e balançaram a cabeça. Ela teve uma lembrança repentina de Creonte e seus amigos de escola, de 4 ou 5 anos, flagrados ao roubar figos da árvore de um vizinho. A culpa era muito mais encantadora nas crianças. Os guardas retiraram Anfião com fácil eficiência.

— Alguém mais tem alguma pergunta? — perguntou Jocasta, olhando de um rosto desconcertado para outro.

— Apenas uma, Majestade — disse um homem de cabelos grisalhos e rosto franzido, que ela acreditava se chamar Taron.

— Sim — falou ela.

— Quando poderemos conhecer o novo Basileu? — perguntou ele.

Ela sorriu.

— Rapaz inteligente — disse ela.

O povo de Tebas via Édipo como seu líder. Jocasta nunca havia notado, durante os anos no palácio, que a cidade se dividia em duas metades desiguais. Laio e seus homens não eram muito populares entre os cidadãos comuns: o rei ausentava-se com muita frequência, e a percepção comum era de que ele não se interessava pela cidade e tendia ao esnobismo. Seus conselheiros, por sua vez, eram ainda menos favorecidos. Não era apenas Jocasta que os via como uma aliança de velhos sem nenhum tato. Ela, por outro lado, tinha um apelo romântico. Uma moça linda, casada com um rei cujas tendências sexuais eram fonte de boatos constantes, especulações e mais do que algumas canções criadas em meio à embriaguez. Havia passado tanto tempo no palácio após a morte do filho que era vista como uma figura trágica, presa em uma corte repleta de homens distantes e impopulares. Os tebanos comuns torciam para que ela se casasse de novo, mas com alguém mais jovem e mais parecido com eles. E Édipo atendia a esses dois critérios.

Claro, sua entrada na cidade como salvador — embora a maioria dos tebanos nunca tivesse viajado pelas montanhas — tinha sido a verdadeira razão pela qual o amavam. Todos conheciam alguém que conhecia alguém que havia perecido nas mãos da Esfinge. Era fácil transformar uma ameaça agora desaparecida em algo mais sério do que antes. As pessoas não perguntavam, de fato, até que ponto eram perigosos os homens da Esfinge ou até que ponto tinham sido um impedimento ao comércio. Apenas comemoraram o fato de que a Esfinge havia desaparecido e eram gratos àquele belo visitante por isso. Por fim, alguém havia feito o que o próprio rei não conseguira em muitos anos. E eram verdadeiros os rumores de que ele havia pedido a rainha em casamento no momento em que tinha chegado ao palácio? Era impossível negar que ele tinha charme. Todos concordavam, dizendo que era exatamente do que a rainha precisava. Era jovem demais? Melhor do que outro velho tolo e empedernido.

O casamento foi arranjado às pressas, o que chocou os anciãos e encantou os plebeus. Jocasta ficou viúva por menos de dois meses, casando-se com Édipo no início da primavera, quando as primeiras árvores frutíferas floresciam. Os tebanos viam as flores como auspiciosas, mas Jocasta se recusou a considerar mais auspícios. A única coisa que a preocupava em seu *gamos* era a ausência dos pais de Édipo. Ela não havia decidido ainda se gostaria de conhecê-los ou não. A cada dia que passava, queria mais Édipo, e, mais do que querer, ela o desejava. Ansiava por consumi-lo inteiro e ter a juventude e o vigor dele brilhando em seus poros. Queria envolvê-lo como um manto e nunca deixá-lo partir. E queria saber tudo sobre o passado do rapaz: sua cidade, sua casa, sua família. Mas não podia deixar Tebas sem um governante enquanto viajava com ele até Corinto para conhecer sua família e visitar sua terra natal. Não seria seguro para ela, além de ser algo profundamente impopular entre os cidadãos. Então, tudo o que sabia sobre o novo marido tinha sido o que ele havia trazido com ele à cidade dela. Nas noites anteriores ao casamento, implorou a Édipo que repetisse as histórias, para que pudesse saber os nomes de todos que eram importantes para ele. Claro que ela precisava conhecer os pais do rapaz.

Mas, ao mesmo tempo, sentiu uma pontada de alívio quando ele disse que não poderiam vir. A saúde de sua mãe era ruim: estava confinada a uma cadeira e só podia percorrer curtas distâncias de liteira. Jamais poderia perfazer a longa jornada em terreno irregular necessária para ver o filho em sua nova casa. E seu pai sempre relutava em deixar a mãe por algumas horas, quanto mais por alguns dias: eram, Édipo assegurou a ela, inseparáveis. E era óbvio que ela também gostou de ouvir isso, de saber que ele era filho de um casal tão dedicado um ao outro.

A ideia de sua mãe e sua mãe confinada a uma cadeira trouxe-lhe outro tipo diferente de alívio. Na ausência deles, poderia considerá-los velhos, muito mais velhos que ela. Foi a única pergunta que ela nunca fez a ele: quantos anos seus pais tinham? E se a resposta fosse algo que ela não suportasse ouvir: ora, mais ou menos a sua idade? Então, a imaginação a levava ainda mais longe. E se ele não tivesse mencionado a idade dela para eles? Passou por momentos terríveis imaginando uma cena em que a mãe idosa procurava alguém jovem o suficiente que pudesse ser a noiva do filho, até seu olhar perplexo enfim pousar em Jocasta. Era inconcebível.

— Conte-me de novo — pediu ela, enquanto ele estava deitado em sua cama, as mechas douradas do cabelo brilhando à luz das velas. Ele apoiou-se em um dos braços e passou as mãos sobre a pele dela. Ela estendeu a mão para tocá-lo, mas a visão de sua mão — cada junta com as marcas de todas as vezes que ela havia dobrado cada dedo — ao lado da pele impecável dele a fez recuar, para que pudesse olhá-lo intacta.

— Você já ouviu tudo — ele sorriu. — Deixe-me manter um pouco de mistério para que não fique entediada comigo assim que nos casarmos.

— Existe alguma coisa que queira saber sobre mim? — perguntou ela. O dedo de Édipo traçava uma linha prateada no lado direito da barriga de Jocasta. Ele sabia o que era? Deveria contar a ele? Mais uma vez, viu-se dividida. Queria compartilhar a terrível história de sua perda e sentir o abraço dele enquanto chorava uma última vez pelo filho desaparecido. Porque estava determinada, com este novo casamento, aquele que havia escolhido, a finalmente deixar de lado a dor que a havia assolado nos últimos dezessete anos de vida. Queria recomeçar e o faria. Mas não seria mais fácil se não lhe contasse toda a saga trágica do passado?

— Diga-me o que fez quando Laio a abandonou — pediu ele, baixinho.

Jocasta ficou surpresa. A única coisa que importava para ela sobre o marido morto era a recusa dele em ter um filho. Todo o resto se desvanecera ao longo dos anos. Não tinha certeza se sabia de que cor eram os olhos de Laio, se é que alguma vez os encarara.

— Fiquei aliviada — disse ela. — Era assim porque ele não queria nada comigo, e o sentimento era mútuo.

— Estranho que ele quisesse se casar, não é? Para manter as aparências, suponho.

— Acho que sim — respondeu ela. — Era o que Tebas queria para ele. Ele só não queria isso para si mesmo. Resistiu o máximo que pôde.

— Então, ele se casou com você e se mudou para as encostas mais baixas das montanhas para viver como de fato queria?

— Em essência, foi isso.

— E o que você fez? Teve casos intermináveis?

— Você é tão grosseiro — disse ela, golpeando-o com uma almofada.
— Não, não tive. Levei minha posição a sério.

Ele começou a beijar o pescoço dela, e ela sentiu o estômago se contrair. Qual era o sentido de explicar sobre Oran, o pai do filho perdido, depois de todo esse tempo? Qual era o sentido de se lembrar dele, quando ele partira tanto tempo atrás, enquanto Édipo estava tão presente?

15

Na manhã seguinte à coroação, tentei sair do palácio, mas não havia ninguém disponível para me acompanhar. Perguntei à minha irmã se queria ir até o lago, mas ela deu como desculpa uma dor de cabeça por ter ficado sentada sob o sol escaldante no dia anterior. Tentei lembrá-la dos fragmentos de sombra junto à água, mas ela me dispensou com um gesto, cobrindo a testa com uma compressa úmida de linho. Era mais provável que tivesse planejado encontrar Hêmon em algum canto tranquilo do palácio, só esperando que eu fosse embora para começar a se preparar. Não havia mais ninguém a quem pudesse pedir para vir comigo: Sófon não aceitaria a sugestão de descer pela trilha irregular e cheia de pedras com sua bengala. E não podia perguntar a Etéo, porque ainda não sabia o que dizer a ele. Aquela era uma das razões pelas quais precisava descer até o lago: queria nadar longe do palácio e reorganizar meus pensamentos em algum lugar dentro da água. Os golfinhos pintados que decoravam as laterais da fonte no pátio me provocavam, nadando com alegria em seus baixos-relevos azuis.

Por fim, informei a uma das escravas que ela teria de me acompanhar e, embora ela tivesse suspirado e dito que a governanta poderia sentir sua falta, implorei até que concordasse. Caminhamos juntas pelos pátios: a visão de homens às pressas no segundo pátio para cumprir as ordens de Polin teria me divertido em outro dia — homens tão concentrados na própria importância ao seguir seu caminho, como um exército de formigas em torno de um ninho —, mas hoje me deixou mais temerosa. Não tinha como saber quantos daqueles homens, dos *áristoi*, eram um perigo para mim. Ou se o perigo havia diminuído agora que Polin tinha voltado a ser o governante de Tebas. Sófon acreditava que o ataque havia sido organizado para desacreditar Etéo. Sendo assim, estaria em segurança, agora que Etéo não era mais rei? O medo que havia me paralisado na cerimônia de coroação quando vira a faca do sacerdote tinha diminuído hoje: eu queria sair de lá.

A escrava e eu corremos para a porta que dava para o pátio principal, mas lá descobrimos que os portões estavam fechados e trancados. Olhando além deles, parecia que os portões da frente — os do pátio principal, que davam para a praça do mercado — também estavam trancados, embora os comerciantes estivessem trabalhando naquele momento. Não havia guardas postados nos portões. Só quando bati neles é que apareceu um do outro lado.

— Abra os portões, por favor — ordenei.

Ele balançou a papada de um lado para o outro.

— Hoje não.

— Como assim, hoje não?

— Por ordem do rei — respondeu ele. — Os portões do palácio devem ficar trancados.

— Até quando? — perguntei. O sol ainda estava baixo no céu, e, se abrissem os portões em breve, ainda teria tempo de caminhar até o lago antes que ficasse muito quente. O guarda deu de ombros e se afastou. A criada olhou para mim, aguardando minha decisão.

— Pode voltar para a governanta e dizer a ela que nossos planos mudaram — falei. Ela começou a se afastar. — Espere.

Ela se deteve, e a alcancei. Preferi atravessar o segundo pátio com ela a fazê-lo sozinha. Assim que chegamos ao outro lado, ela desapareceu nas cozinhas, e caminhei de volta, ao longo da colunata, até o pátio da família. A fonte borbulhava no meio da praça, e resolvi sentar-me ao lado dela. Talvez devesse encontrar Sófon e perguntar se ele sabia o que estava acontecendo. Por que Polin havia fechado o palácio? Estava mantendo o restante de Tebas para fora das muralhas ou nos prendendo ali dentro?

Sentei-me à beira da fonte e desamarrei as sandálias: tinha derramado água sobre elas no dia anterior, e agora o couro havia endurecido e feria meus pés quentes. Mergulhei os pés na fonte, enquanto flexionava as tiras de couro para a frente e para trás com as mãos, tentando amolecê-las de novo. Senti o cheiro de madressilva e tomilho do outro lado da praça: meu pai havia plantado os dois, na esperança de atrair abelhas silvestres para o jardim. Seu plano funcionara. Em um verão, quando eu era pequena, elas invadiram o pátio e construíram sua colmeia em uma árvore seca do lado de fora dos muros do palácio. Comemos favo de mel naquele verão, respingando-o no duro pão preto e no queijo de ovelha branco e macio. Minha dificuldade com essas lembranças é que nunca consigo me assegurar de que captei a certa em meio à profusão delas voando dentro da cabeça. Relaciono estes dois eventos — meu pai plantando os arbustos e as abelhas produzindo o mel —, mas não sei se estou certa. Acho que nem sempre me lembro das coisas na ordem em que aconteceram. Lembro-me de momentos individuais: meu pai tirando a terra das mãos e me pegando para que eu pudesse ver as flores na madressilva e as abelhas abrindo caminho dentro das pétalas. Mas essas duas coisas aconteceram no mesmo dia? Ele havia plantado a madressilva antes de florescer, sem dúvida, ou as flores teriam caído quando a planta foi transportada? Quanto ao mel: lembro-me de comê-lo, mais doce do que qualquer coisa que já provei antes, mas não sei quem o respingou nos meus dedos pequenos e roliços. Meus pais ainda estavam vivos ou foi meu tio quem me ofereceu a guloseima?

Fiquei um tempo sentada à beira da fonte, tentando organizar as lembranças na ordem certa, até que a porta de Etéo se abriu e ele entrou no pátio, passando a mão pelos cabelos despenteados. Obviamente, tinha acordado tarde. Acenei, e ele se aproximou para se juntar a mim. Nem precisou tirar as sandálias, pois já estava descalço.

— O que foi? — perguntou ele. — Por que você e Sófon não estão ocupados compondo algum conto épico juntos sobre a glória de minha realeza?

Eu o empurrei.

— Queria ir até o lago — comentei. — Mas os portões estão trancados. Por ordem de Polin, de acordo com o guarda — fiquei preocupada, achando que seria difícil falar com ele naquele dia, mas acabou sendo algo fácil.

— Por quê? — perguntou meu irmão. Fiz um gesto negativo com a cabeça. — Você pode escapulir pelos fundos — disse ele. Etéo e eu somos os únicos que sabemos da porta que dá para o depósito de gelo. Bem, não é verdade. Muitas outras pessoas devem saber que ela existe: a equipe do palácio, para início de conversa. Mas estava trancada havia tanto tempo que ninguém mais pensava nela. Uma porta que não se abre por um tempo começa a se assemelhar a uma parede, disse Sófon certa vez. Tenho certeza de que foi esse tipo de comentário que fez meus irmãos se afastarem de suas aulas. Ainda assim, compreendia o que ele queria dizer. Etéo estava comigo quando encontrei a chave, anos atrás, escondida em um recesso escuro entre um baú de madeira e a base da parede da colunata, na frente de nossos quartos. Só conseguimos vê-la porque eu estava deitada no chão naquele momento, observando um lagarto de um verde brilhante correr pelo chão. Em geral, os lagartos são marrons ou de um verde opaco e empoeirado. Mas aquele brilhava como uma joia. Fiquei hipnotizada com sua cor radiante; Etéo, por ele ser tão brilhante e pela forma como evitou ser capturado por um pássaro de olhar aguçado.

A luz refletiu em alguma coisa atrás do lagarto esmeralda, e estendi a mão atrás do baú para ver o que era. O lagarto fugiu assustado, e eu fiquei com uma chave estranha e ornamentada para me lembrar da ocasião.

Etéo e eu não tínhamos motivos para manter a chave em segredo, mas, mesmo assim, o fizemos, porque ambos adorávamos segredos. Esperamos até que os outros estivessem ocupados em outro lugar e carregamos a chave passando de porta em porta, escondida em um bolso, testando-a furtivamente, até esgotarmos todas as fechaduras do palácio. Deve ter levado um mês. Só depois me lembrei da porta que não era porta, no corredor do depósito de gelo. Esperamos dias até que não houvesse criados por perto e nosso tio não estivesse em seus aposentos, que ficavam perto da entrada daquele corredor. A chave parecia encaixar, mas, a princípio, não conseguimos girá-la, porque a fechadura havia endurecido com o tempo. Então, Etéo pegou uma garrafinha de azeite da cozinha naquela noite e mergulhamos a chave nela, derramando o óleo na fechadura também, para lubrificar o mecanismo.

Depois de tudo isso, quando enfim abrimos a porta, descobrimos que ela não dava em lugar nenhum, um lugar da altura de um homem ou pouco mais acima do solo, que passava por baixo do palácio por causa da colina. Não havia escadas ou mesmo vestígios de que antes havia degraus do lado de fora. Pretendíamos fazer uma escada de corda para termos nossa saída secreta do pátio, mas provavelmente nos distraímos com alguma outra coisa e logo nos esquecemos. Assim que resolvemos o mistério da chave, não nos preocupamos tanto em usá-la. Só queríamos saber para que servia. Além disso, sempre pudemos deixar o palácio, até esse dia.

— Poderia sair escondida dessa maneira — falei. — Mas não parece estranho que tenhamos de fazer isso?

— Você não foi até Polin e perguntou para ele o que está acontecendo?

— Não consegui.

Meu irmão virou-se para me olhar.

— Por que não?

O ruído da fonte encobriu o som quando lhe contei que era porque estava com medo de nosso irmão mais velho e dos amigos que ele havia escolhido.

✧ ✧ ✧

Fazia pelo menos meio mês desde a coroação de Polin, e eu não havia conseguido ainda deixar o palácio, nem mesmo por um dia. **Polin** não passava mais as noites no pátio da família, nos aposentos que recebera quando criança. Eu não sabia onde ele estava dormindo: talvez um dos depósitos do pátio real tivesse sido convertido em aposentos do rei. Queria perguntar aos criados se eles sabiam, mas não suportaria ser desmoralizada na frente deles, ouvindo-os fuxicar sobre o fato de eu não saber onde meu irmão estava. E eu não sabia. Ele estivera ausente tantas vezes que demorei alguns dias para perceber que não o via desde os jogos da coroação. E esta era a questão: ele não marcava presença no pátio da família desde que havia assumido a coroa.

Etéo não saía de seus aposentos desde que descobrira que havia condenado à morte um rapaz inocente. Embora sempre soubesse que o rapaz com a faca era uma vítima involuntária da mesma conspiração que quase havia me tirado a vida, acabou havendo diferença entre saber que algo terrível podia ser verdade e descobrir que era definitivamente verdade. Ele não era capaz de esquecer os gritos da mãe do rapaz quando o filho foi retirado do palácio, condenado à morte pelo rei. Por ele. E, até que saísse de seu isolamento e voltasse para a fonte, não podia lhe falar. Não havia nenhum outro lugar onde me sentisse segura para discutir algo tão perigoso. Em nenhum outro lugar eu teria certeza de que não poderíamos ser ouvidos.

Enquanto isso, minha irmã, que devia estar falando com Polin em nosso nome, já que sempre tinham sido mais próximos — eu e Etéo, ela e Polin —, parecia totalmente despreocupada com a ausência dele e nem a teria notado, a menos que eu perguntasse a ela sobre isso. A não ser que Hêmon mencionasse algo para ela, ou que alguém falasse com ela sobre nosso primo, ela não prestava atenção.

E havia o problema dos portões do palácio. Tinha sido apenas por um dia, o dia seguinte ao da coroação, que os portões da frente haviam sido trancados. Depois disso, o pátio principal fora aberto de novo ao povo de Tebas. Mas os portões internos — do pátio real para o público — permaneciam trancados, e apenas os conselheiros e amigos de Polin pareciam poder entrar e sair quando bem entendessem, com os guardas abrindo caminho para eles com diligência. Podia ter vislumbres dessas situações do pátio da família, porque os portões de lá para o segundo pátio estavam agora fechados e trancados também. Não havia sequer guardas. Não havia necessidade de tê-los. Os portões ficaram fechados por dias, de modo que passaram a se assemelhar, como diria Sófon, a uma parede. Eu também não podia ir até meu tutor em seu gabinete. Não sabia se ele ainda estava sentado lá esperando por mim ou se havia desistido e abandonado o palácio. Nem mesmo se havia sido mandado embora.

Tentei perguntar a meu tio sobre os portões trancados, mas não obtive muita coisa. Disse a ele que queria visitar Sófon e pegar um manuscrito emprestado. Ele respondeu que sem dúvida eu estava velha demais para ter aulas agora e já sabia ler e escrever, cantar, compor e tocar fórminx — a lira de cinco cordas que a geração mais velha de tebanos valorizava acima de todos os outros instrumentos — melhor do que qualquer outra jovem na cidade. Por mais lisonjeiro que fosse, não adiantou muito. Pedi de novo alguma coisa para ler, e ele disse que eu poderia lhe dizer o que gostaria e ele enviaria alguém para buscar no gabinete de Sófon e trazer consigo no final do dia seguinte. Ele e Hêmon ainda podiam ir e vir entre os pátios, embora eu ainda não tivesse visto os portões sendo abertos para eles. Pensei se deveria apenas me sentar ao lado dos portões por um dia inteiro, obrigando, assim, quem entrasse e saísse a explicar por que eu não podia fazer o mesmo. Mas fiquei ali sentada por um tempo e ninguém tentou entrar. Podiam apenas me vencer pelo cansaço. Pensei que, talvez, quando Etéo saísse de seu quarto, poderíamos dividir essa tarefa, e então não exigiria tanta perseverança. Quando perguntei ao meu tio por que ele podia se movimentar pelo palácio, e eu não, ele falou que a segurança da família real era de importância inigualável, por isso precisávamos aceitar essas novas medidas para manter nossa segurança. Ele achava que, depois de tudo o que acontecera, eu entenderia isso. Mas não me sentia segura, apenas aprisionada.

Tentei desvendar esse estado emaranhado de coisas para poder compor versos para a minha história, versos que Polin não gostaria de me ouvir cantar, mas não tive sucesso para desvendar tudo. Precisava resolver as coisas na minha cabeça antes de começar a tentar escrevê-las. Não tinha pergaminhos suficientes para cometer erros e não sabia quando conseguiria mais. Sófon esperaria que eu usasse o raciocínio para entender minha situação, e eu estava tentando. Depois de muito pensar, foi isso que acreditei ser verdade.

Não podia aceitar que meu irmão mais velho me quisesse morta, mas, ao mesmo tempo, era inconcebível que seu amigo tivesse se infiltrado no palácio e me atacado sem que Polin estivesse, pelo menos, ciente disso. Sófon havia sugerido que Polin fazia parte de uma conspiração cuja intenção era interromper o reinado de Etéo, e era verdade que meus irmãos haviam se tornado quase estranhos um para o outro. Ou talvez sempre tenha sido assim. Não era capaz de me lembrar deles sendo amigos, mesmo quando eram muito jovens. Etéo sempre tivera mais em comum com Hêmon do que com Polin. Portanto, eu tinha duas crenças contraditórias: que meu irmão estava envolvido e que, ao mesmo tempo, não poderia ter sido tão insensível. Não poderia manter as duas conclusões. No entanto, sem mais provas, não condenaria meu irmão.

Não sabia que tipo de prova esperava encontrar a seguir. Polin anunciaria que o homem errado havia sido condenado pelo meu ataque? Isso enfraqueceria a posição de Etéo perante o povo de Tebas, com certeza, mas não muito: o rapaz não era de uma das famílias da elite e, fosse como fosse, já estava morto. Além disso, talvez lançasse descrédito sobre Polin. Os tebanos comuns passavam muito menos tempo do que meus irmãos imaginavam pensando em qual deles era rei em qualquer época, pelo menos se o julgamento de Sófon sobre o assunto estivesse correto. Príncipe, rei: com frequência ele observava que a distinção era muito menor por fora do que por dentro. Os dois estavam muito longe de serem mercadores, sapateiros, ferreiros. Assim, embora eu entendesse por que Etéo precisava de um tempo sozinho para contemplar o que havia feito, acreditava que estivesse sendo consumido por um temor infundado: as pessoas não descobririam que ele havia condenado um inocente. Além do mais, se o rapaz fosse inocentado publicamente, Polin precisaria encontrar outro bode expiatório. E seria bem difícil ele colocar a culpa em quem a merecia: seu amigo.

Acreditava que os portões do pátio não estivessem sendo mantidos fechados para nos manter em segurança. O único perigo que me ameaçara tinha sido estar nas mãos do amigo de meu irmão, o *áristoi* com a faca. Se ele estava de volta ao palácio agora — como era provável que estivesse —, só poderia ser a convite do meu irmão. E não era possível acreditar que Polin convidaria alguém perigoso para nossa casa e depois se preocuparia com esse perigo. Ele era o rei: ninguém podia entrar no palácio sem seu conhecimento e sua aprovação. A única outra possibilidade — que eu havia descartado — era que o próprio Polin estivesse sendo forçado a aceitar coisas que não queria, assim como fui forçada a aceitar ser trancafiada no menor pátio do palácio. Mas quem poderia impor sua vontade ao rei? A ideia era absurda.

Então, minha conclusão foi de que eu era prisioneira nesta parte do palácio, fosse lá por qual motivo e por quanto tempo Polin decidisse. Quando Etéo aparecesse — se pudesse deixar de lado sua culpa —, ele me ajudaria a descobrir o que fazer a seguir. Os guardas me ignoravam, e poderia ter batido nos portões o dia todo sem fazer com que nenhum deles viesse falar comigo. Mas eles não ignorariam o homem que era rei até pouco tempo atrás e que seria rei de novo assim que as quatro estações passassem.

O problema com minha teoria era que eu só conseguia pensar em uma razão plausível para Polin se comportar daquela maneira. Havia uma explicação que abrangia todas as informações que eu tinha considerado: Polin não tinha mais a intenção de compartilhar a realeza. Ele havia substituído Etéo para sempre desta vez e não abriria mão do trono de novo.

Era impossível concluir qualquer outra coisa.

16

Jocasta estava deitada, os olhos fechados, em um sofá forrado com almofadas confortáveis no meio do pátio. Conseguia ouvir a voz dos filhos e da filha, enquanto gritavam um para o outro à sombra da colunata leste. Em um instante, os arrulhos e berros de alegria sem dúvida se transformariam em uivos de dor e raiva, mas, por enquanto, as crianças brincavam juntas como ela sempre imaginara que fariam, e se deliciava em ignorá-las. Nunca conseguira explicar a Édipo que, desde que pudesse ouvir as crianças, sentia-se feliz.

Mesmo quando tinha uma dor de cabeça terrível — o que acontecia às vezes, agora que sua barriga estava tão inchada que era quase capaz de ouvir a voz do bebê murmurando em seus ouvidos —, ela gostava de poder ouvir as crianças, de poder ouvir cada uma, individualmente. Tinha sido fácil quando havia apenas Polinices, que gritara a plenos pulmões todos os dias, durante meses. Depois, quando Etéocles chegou, ficou surpresa ao descobrir que podia haver um bebê menor que Polinices. Percebera que seu filho mais velho havia crescido, estava mais pesado e, por fim, mais alto, enquanto ele se sentava olhando para os arredores como se um dia pudesse ter autoridade sobre eles, embora não ainda. Mesmo assim, de alguma maneira, ele continuava a ser um bebê minúsculo na mente de Jocasta até o nascimento de Etéocles, sem dúvida nenhuma menor. A mesma coisa acontecera quando Antígona nascera, mas com a alegria acrescida de agora ter uma menina. Dois filhos e uma filha. Ela podia ouvir a diferença em cada som que faziam: Polinices fazia tudo com alarido, até a respiração era barulhenta. Etéocles era mais quieto e ronronava como um gato. Antígona enfurecia-se à menor provocação e não era capaz de ficar quieta. Mesmo quando tinha apenas alguns meses de idade, observava os irmãos com seus olhos verdes arregalados, determinada a escapar das grades do berço e se juntar a eles em suas aventuras. E a nova bebê, como seria? Jocasta acariciou a barriga endurecida para ver se sentia um chute. Não era nem de longe tão inquieta quanto os outros três. Ela — Jocasta sabia que era uma menina pelo modo como tudo tinha um sabor meio metálico, embora não pudesse explicar isso a Édipo — ficava parada por horas a fio. Assim que Jocasta começava a se preocupar, o bebê lhe dava um safanão reconfortante. Mão tocando mão, com apenas sua pele entre elas.

Conseguia ouvir o marido chutando uma bola de couro macio para Polinices, enquanto Etéocles exigia que o deixassem brincar. Seria ele o primeiro a quebrar a tranquilidade com um grito? Não, como sempre, Antígona de repente se lamentava por alguma injustiça, real ou imaginada. Jocasta ouviu Édipo pegá-la no colo e dizer que poderia jogar no time dele: os dois contra os meninos. Tudo transcorria como deveria ser.

Ela ficou ao sol, quase cochilando, tentando se lembrar do que precisava fazer naquele dia. Mas tinha pouco com que se preocupar: seu irmão estava no controle das coisas. Ele se tornara cada vez mais útil à medida que os filhos dela chegavam, assumindo mais responsabilidades a cada ano. Creonte lhe dissera que queria aliviar o fardo da irmã quando ela engravidara de Polin. Ele sempre corria para colocar um banquinho atrás dela, como se as pernas de Jocasta não pudessem aguentar o peso dela e do bebê ainda não nascido. Ela achou que ele seria um bom pai quando ele e Eurídice tivessem um filho; assim que o tiveram, viu que estava certa. Ele adorava o filhinho, que agora vinha tantas vezes ao palácio quanto o pai.

Eurídice e Creonte haviam se mudado para uma casinha elegante, logo abaixo da colina da praça do mercado, perto dos portões do palácio, três — ou seriam quatro?, Jocasta esforçou-se para se lembrar — anos atrás. O cheiro dos vegetais podres atrás das barracas da mercearia deixava Eurídice enjoada quando estava grávida e por um tempo ela sentiu claramente que a mudança para o outro lado da cidade havia sido um erro. Parou de frequentar o palácio com o marido e só ficava em casa. Mas, assim que Hêmon nasceu, ela viu os benefícios do local. Creonte podia chegar ao palácio em instantes de caminhada, e Eurídice podia ir e vir com o bebê quando quisesse. Se queria mais tempo para si mesma, ela o deixava com a ninhada de Jocasta. Uma criança a mais não fazia diferença no palácio, onde muitas babás estavam sempre disponíveis. Eurídice nunca foi a irmã que Jocasta esperava que fosse, mas fez Creonte feliz, e o filho deles era um encanto.

Jocasta achou que devia perguntar a Creonte se ele e Eurídice planejavam ter outro filho. Ela tinha certeza de que teriam vários deles quando os vira com Hêmon. Mas os primeiros meses e anos se passaram, e ainda não havia um segundo filho.

Levantou-se do divã, deixando cair as almofadas em seu rastro, e acenou para Édipo e as crianças do outro lado da praça.

— Não vou me demorar — gritou ela. Entrou no pátio do meio e desejou ter ficado onde estava. Deitar-se ao sol era bastante agradável, mas caminhar sob ele, mesmo a uma curta distância, deixava-a acalorada e exausta. Podia sentir o suor embaixo da túnica de linho, que grudava em suas costas. Abriu a porta da sala do tesouro e encontrou Creonte sentado na cadeira de madeira ornamentada que fora presente de um embaixador de Atenas em visita a Jocasta.

— Você parece confortável — ela sorriu.

Ele se levantou de uma só vez.

— Perdoe-me, irmã. Eu só estava…

— Não precisa se desculpar — disse ela. — Preciso me sentar — Jocasta deixou-se cair no sofá mais próximo, que tinha um forro duro: era pelo de algum animal? Desejou mais uma vez ter ficado no conforto do divã e chamou Creonte para se sentar a seu lado. Lembrava-se vagamente de que uma das outras crianças a deixara tão cansada quanto aquela, mas não conseguia lembrar qual. — Este bebê está determinado a me fazer passar nove meses deitada — falou, aceitando um pequeno copo de metal com água que Creonte trouxe, cheio de preocupação nos olhos azul-claros.

— Devo pedir um pouco de gelo? — perguntou ele. — Sei que você gosta.

— Não, obrigada. Eu gosto, mas a bebê não. Deve ser muito frio para ela. Faz ela chutar.

— Ah, que pena — disse ele. — Tirando isso, como está se sentindo?

— Intrigada — respondeu Jocasta. — Por que você e Eurídice não têm outro filho? E por que nunca perguntei isso antes? — o rosto dele corou. — Não fique vermelho — acrescentou ela, sorrindo. — Apenas um de nós deveria estar tão corado e suando, e não poderia ser você, porque eu entrei na sala assim.

Ele pensou por um momento.

— Eu queria mais filhos — admitiu. — Teria gostado de ter mais três ou quatro. Mas Euri…

Ele ficou quieto, e ela se forçou a não preencher o silêncio, por mais desconfortável que fosse. Nunca saberia a verdade caso se mostrasse diplomática.

— Euri passou tão mal quando ficou grávida que disse que não aguentaria passar por tudo isso de novo. E fiquei preocupado com ela. Não pode ser seguro para uma mulher passar tão mal.

— Ela passou tão mal assim? — Jocasta sentiu uma pontada de culpa. Sabia que sua cunhada havia sofrido de enjoos matinais o tempo todo, mas não imaginava que tinha sido tão debilitante.

— Ela passou mal o tempo todo — respondeu ele. — Todos os dias. Ficou tão magra nas primeiras semanas... Não se lembra? Ela mal conseguia comer.

— Claro que sim — respondeu Jocasta. Mas estava mentindo. Já tinha Polinices nessa época e esperava Etéocles, que era apenas dois meses mais novo que Hêmon. Sentia pena da cunhada, mas não prestava tanta atenção nela assim. Presumira apenas que Eurídice passava mal às vezes, do mesmo modo que Jocasta e todas as outras mulheres grávidas.

— Euri não quis outro filho tanto assim, a ponto de se prestar a passar tão mal novamente. Para ser sincero, senti-me culpado até por sugerir isso. Era como se eu estivesse pedindo para ela arriscar a própria vida de novo.

— Bem, se ela ficou tão mal assim... — comentou Jocasta. — Vocês têm Hêmon, é isso que importa.

— Eu sei — disse ele. — Sei mesmo. Mas teria gostado de ter uma filha também. Você sabe.

— Desculpe — falou ela. — Gostaria de não ter perguntado. Foi rude de minha parte.

— Não — retrucou ele. — É bom poder dizer isso em voz alta. Eu não diria isso em casa, sabe? Euri acharia que era uma crítica a ela. Ou a expressão de algum tipo de insatisfação com Hêmon, que, claro, é o filho perfeito. Ela me deu um herdeiro: é tudo o que poderia pedir. Mas não tem muito a ver com ele, sabe? Eu querer uma filha. Você me entende.

— Acho que sim — respondeu ela. — Esta vai ser uma menina, tenho certeza. Promete cuidar dela?

— Está planejando abandoná-la na encosta da montanha? — perguntou ele, rindo. Estava olhando para o outro lado da sala, na direção dos cofres que continham o ouro de Jocasta e a nova tapeçaria que ela lhe pedira que adquirisse para ela — vermelho-sangue, salpicada de ouro e tecida com tanto cuidado que as próprias Parcas não poderiam ter feito melhor —, por isso não percebeu o estremecimento que percorreu o corpo da irmã.

Ela engoliu em seco e respondeu com voz suave:

— É claro que não. Édipo adora ter filhas, sabe disso. Prefere Ani a qualquer um dos meninos, embora ela faça bagunça o tempo todo. Só estou preocupada que esta possa passar despercebida. Ela é mais quieta que os outros.

Seu irmão se virou para olhá-la.

— Quieta como? — perguntou ele.

— Não — disse Jocasta. — Ela se movimenta. Só não o faz com a frequência com que estou acostumada. Antígona me dava socos e chutes todos os dias… lembra?

Ele assentiu com a cabeça.

— Deixava você maluca. Mosquitinha, você a chamava, porque lhe dava safanões com muita frequência.

— Nunca faltará atenção a ela — concordou Jocasta. — É por isso que você deve sempre cuidar desta daqui. Ela será a caçula da família e precisará de alguém para garantir que não seja ignorada. Jure.

— Não quer perguntar a Édipo?

— Por quê? Ele acharia uma boa ideia, assim como eu. Sei que sim.

Creonte olhou para o rosto corado da irmã, emoldurado pelos cabelos castanhos e úmidos, agora salpicados de cinza.

— Juro — disse ele. — Não vou deixar que a ignorem, não importa quanto todos os seus outros pirralhos sejam barulhentos.

— Ótimo — falou ela. — Agora, pode trazer a tapeçaria aqui para que eu possa dar uma olhada? É tão bonita quanto nos foi prometido?

— É, sim — respondeu ele.

Quando terminaram, Jocasta ficou aliviada ao aceitar o braço do irmão enquanto ele a levava de volta para sua família.

— Vai ficar para o jantar? — perguntou ela, enquanto observava Hêmon correr por todo o pátio antes de se jogar nos braços do pai. — Poderia enviar alguém para buscar Eurídice?

Os bíceps de Creonte incharam quando ele girou seu alegre filho no ar. Ao mesmo tempo, a tensão em todas as outras partes do corpo pareceu desaparecer.

— Você está ficando muito pesado para eu fazer isso — disse ele, enquanto girava Hêmon mais uma vez antes de deixá-lo no chão. — Quando foi que cresceu tanto?

— Sei lá — falou o menininho.

— Foi esta tarde? — perguntou Creonte.

— Não — respondeu Hêmon.

— Esta manhã, então? Deve ter sido esta manhã.

— Não — o menino soltou um grito animado, correndo para olhar a água da fonte e verificar se o reflexo havia ficado maior.

— Acho melhor voltarmos — disse Creonte a Jocasta. — A esta hora, Euri já deve ter planejado o jantar.

Jocasta suspirou, impaciente.

— Claro. Devia ter pensado nisso antes. Polin! Etéo! Venham cá! — os dois meninos correram, mas pararam com cuidado antes que colidissem com ela. Tinham aprendido a fazer isso quando ela estava esperando Ani. — Querem ir colher ervas e flores para sua tia Euri? Assim, ela vai saber que sentimos sua falta e desejamos vê-la para jantar amanhã — disse Jocasta. — Enquanto seu tio toma água gelada comigo e com papai.

Os meninos assentiram com a cabeça e saíram apressados, envoltos em uma súbita seriedade.

— Não precisa — disse Creonte.

Mas a irmã deu um tapinha em seu braço e voltou para o divã, que ainda estava sob o sol da tarde. Virou as almofadas quentes para poder se deitar em algo fresco. Édipo saiu do pórtico sombreado onde estivera sentado e acenou para Creonte, apontando para uma cadeira simples de madeira que ele poderia usar.

— Não posso ficar muito mais tempo — disse-lhe Creonte, sentando-se. — Minha mulher está nos esperando em casa.

— Pode ficar um pouco mais — Édipo bocejou. — Eles vão começar a brigar antes de fazer o que lhes foi pedido. Nunca leva muito tempo.

— Não são tão ruins assim — interveio Jocasta, no momento em que Etéocles empurrou o irmão para o lado para pegar alecrim. — São só crianças sendo crianças.

Mas Édipo tinha razão. As crianças estavam de novo em pé de guerra e pararam de colher as ervas. Um momento depois, Polinices trouxe um ramo destruído de tomilho, retorcido por ter sido puxado por mãos concorrentes. Hêmon veio dar uma olhada no buquê de desculpas.

— Deixem que eu faço isso — disse ele, e saiu para procurar plantas. Um dos jardineiros trabalhava em um canto mais distante do pátio e, vendo a intensa concentração de Hêmon, apressou-se em ajudá-lo.

— Por que meus filhos não podem se comportar como o seu? — grunhiu Édipo. — Monstrinhos.

Etéocles e depois Polinices, vendo que as coisas avançavam com mais sucesso sem eles, correram para ajudar, em vez de assistir ao primo realizar a importante tarefa sozinho.

— Viu? — comentou Jocasta. — Eles não são tão terríveis.

A conversa entre os três pais terminou, como acontecia com frequência. Jocasta desejou que o irmão e o marido ao menos fingissem a amizade que não conseguiam sentir. Creonte nunca havia gostado de Édipo, embora nunca tivesse proferido uma palavra de crítica sobre o rei. Mas Jocasta se lembrava da expressão no rosto do irmão quando o apresentara ao marido. Era óbvio que fora alertado para se preparar para alguém mais jovem, mas o choque tinha sido vívido e mal disfarçado. Estava acostumado a ser o homem mais jovem na vida de sua irmã: afinal, ela era dez anos mais velha que ele. E, então, conhecera Édipo e tivera de reajustar seu papel de acordo: não poderia ser o irmão caçula se o marido dela fosse seis — ou sete? — anos mais jovem do que ele. E não era mais o único homem em quem Jocasta confiava, uma vez que tinha um marido de verdade, um casamento adequado. Foi um despertar abrupto.

E Édipo era um homem possessivo. Era esse tipo de coisa que Jocasta às vezes se perguntava: se podia ter notado isso antes de se casarem, se as coisas tivessem acontecido com menos velocidade quando se conheceram. Édipo era o oposto de Laio; nunca ficava feliz na companhia dos homens. Preferia ficar sozinho com ela, e essa possessividade também se aplicava em retrospecto. Não gostava da presença de ninguém da vida dela antes de sua chegada. Teresa quase não ficou nem um mês trabalhando no palácio após a morte de Laio. Jocasta tinha certeza de que sua governanta — uma mulher livre — preferiria ir embora. Mas, embora Teresa estivesse chateada com Laio, parecia querer manter sua posição. Ainda assim, não poderia ter deixado mais evidente sua aversão a Édipo, nem sua alegria quando ele partiu de Tebas por alguns dias depois de ter chegado com a notícia da morte do rei: os espiões da governanta deviam ter se distraído, pensou Jocasta, porque ela ficou mais surpresa do que qualquer outra pessoa quando Édipo voltou meio mês depois para pedir a rainha em casamento. A reação de Teresa foi de fúria, e Édipo ordenou que ela saísse do palácio no mesmo dia. Ela voltara-se para Jocasta, esperando que a rainha ignorasse aquele arrivista e lhe dissesse que não devia discutir com Teresa. Mas Jocasta não fizera nada disso. Em vez disso, tomou o braço do marido e disse a Teresa que as coisas estavam mudando no palácio, então talvez fosse hora de ela seguir seu caminho. Teresa passou um dia inteiro enfurnada na cozinha, esperando que a rainha reconsiderasse. Mas, quando uma nova governanta chegou — Édipo mandara avisar que o cargo estava vago, e dezenas de tebanas se apressaram para oferecer seus serviços —, ela foi obrigada a fazer as malas e partir. Jocasta pensava nela de vez em quando e imaginava para onde teria ido naquele dia. Após tantos anos morando no palácio, teria outro lugar para ficar? Mas não importava. Jocasta havia feito sua escolha e escolhera Édipo. Depois de tantas coisas em sua vida terem sido decididas pela ex-governanta, estava determinada a manter suas decisões a partir daquele momento, quando enfim tinha permissão para tomá-las. E logo Édipo estava perguntando por que o pátio não tinha flores e sugerindo que derrubassem o feio santuário de

Teresa e o substituíssem por uma amendoeira. E, alguns anos depois, quando a árvore floresceu pela primeira vez, Jocasta havia esquecido que a praça já parecera diferente do local florido em que se transformara.

Se Jocasta fosse sincera consigo mesma, saberia que, mesmo que Creonte tivesse oferecido boas-vindas ilimitadas a seu segundo marido quando tinham se conhecido, Édipo provavelmente não teria se afeiçoado a ele. Édipo sempre lhe devotara um amor ciumento. Ficava irritado quando tinha que dividir a atenção dela com os filhos — por mais que os amasse — e por certo não amava seu irmão. Sempre achara o mais velho condescendente e excessivamente protetor.

— Onde estava toda essa preocupação quando você tinha um marido que a odiava? — perguntou ele certa vez.

Jocasta deu de ombros e lembrou a ele que Creonte era uma criança quando tinha se casado e pouco soubera de sua vida nos anos seguintes. Não podia culpá-lo. Mas ela também não podia se concentrar demais na comparação com a juventude de Creonte, porque ele era vários anos (ela arredondou para menos o número mentalmente) mais velho que Édipo, que a havia defendido contra o marido antes mesmo de conhecê-la.

Jocasta decidira muito tempo atrás que o melhor curso de ação era se recusar a permitir que houvesse qualquer entrevero entre eles. Aprendera a nunca mostrar afeto demais a Creonte quando Édipo estivesse presente, pois o ciúme só o deixava mais impaciente. Seu marido precisava ser incomparável em sua afeição, e ele era. Ela sempre esperara que um dia eles fossem calorosos um com o outro e as coisas ficassem mais fáceis. Tentara recrutar Eurídice como aliada — incentivando o irmão a se casar com a jovem o mais rápido possível —, mas, mesmo quando estavam apenas os quatro (Creonte e Eurídice morando tão perto), não fizera a menor diferença. Jocasta tendia a ignorar a diferença de *status* em relação a seus pensamentos, mas os outros nunca faziam isso. Creonte arrepiava-se ao ouvir Édipo ser chamado de "rei". E Édipo adorava a falta de uma posição oficial para Creonte, optando por se referir a seu trabalho como uma "ajuda à sua irmã".

Jocasta ouviu as crianças chegarem correndo com as flores e ervas amarradas com uma pequena trança de capim.

— Que lindo — disse ela aos três. — Vai levá-lo com cuidado para sua mãe? — perguntou a Hêmon. Ele assentiu com a cabeça.

— Hora de irmos — chamou Creonte, levantando-se da cadeira. — Vejo você amanhã — disse ele à irmã.

Talvez as flores persuadissem Eurídice a visitá-la, pensou Jocasta, enquanto se despedia do irmão com um aceno preguiçoso. Mas sabia que era a única a querer que os quatro fossem amigos. E era provável que nunca fosse o suficiente.

17

Não penso em meus pais todos os dias, mas a falta que sinto é maior do que a lembrança que tenho deles. Crescer sem meus pais me deixou com uma sensação desconfortável de que fui descuidada com algo frágil e insubstituível: um frasco precioso de perfume, talvez. Não posso voltar ao passado e cuidar melhor deles. Mas o único consolo que sempre tive são meus três irmãos. Há vestígios de meus pais em todos nós. Ani se parece muito com nossa mãe, sempre pareceu: os olhos brilhantes como os de um pássaro, os cabelos grossos e escuros. Ela é pequena, como nossa mãe era, e delicada. Até as mãos dela podiam ser as de nossa mãe: as unhas afiadas que ela crava na superfície macia de um figo maduro. Polin é uma versão compacta de meu pai: tem a mesma rapidez na mudança de expressão, como se tivesse de esperar para você acompanhá-lo. Já Etéo tem a compleição de meu pai, e seu andar de passos longos e alinhados é tão sugestivo que, às vezes, se ele me pega desprevenida, confundo-me por um momento, pensando que é papai.

Mas não é.

Por fim, Etéo saiu de seu quarto. Sempre teve esses períodos sombrios, mesmo quando era um menininho. Não havia como consolá-lo quando estava com raiva ou chateado: era preciso deixá-lo em paz até que estivesse pronto para voltar a conversar. Bati na porta e o chamei baixinho, para o caso de estar dormindo. Fazia isso todos os dias, mas ele não respondia. Então, um dia, ele abriu a porta e saiu, piscando para se acostumar ao sol forte da praça. Seus olhos estavam esbugalhados, inchados como bolhas. Estendi as mãos para abraçá-lo, mas seus braços me apertaram de um jeito indiferente.

— Venha até a fonte, Isi — pediu ele. Não vi motivo para dizer a ele que, até onde sabia, era improvável que fôssemos ouvidos em qualquer lugar, já que éramos as únicas pessoas no pátio. Imaginei que Ani estivesse em algum lugar com Hêmon: não sabia onde. Os escravos haviam chegado cedo naquela manhã com grãos de cevada torrados e coalhada de cabra, mas já tinham ido embora havia muito tempo.

— Onde está todo mundo? — perguntou Etéo, olhando em volta.

— Faz dias que está tudo assim — comentei com ele. — Perguntei ao nosso tio quando abrirão os portões de novo, e ele dá de ombros e diz que estamos mais seguros desse jeito.

— Mais seguros? — meu irmão ergueu uma sobrancelha cansada. — Estaríamos mais seguros lutando com um leão da montanha do que neste lugar. Me desculpe, Isi. Abandonei você. Precisava pensar em algumas coisas.

— Você está aqui agora.

Sentamo-nos perto da fonte, e estendi a mão para mergulhá-la na água.

— O que acontece quando se tenta sair? — perguntou ele.

— Ninguém vem abrir os portões.

— E se você gritar e bater neles? — questionou ele, dando-me um sorriso cansado.

— Nem assim — respondi.

— Mas os escravos estão entrando e saindo? — perguntou ele, apontando a comida que permanecia em uma mesa sob a colunata com um movimento de cabeça, um pano de linho fino estendido sobre ela para manter as moscas afastadas.

— Com menos frequência que antes. Mas sim.

— Pelos portões?

— Acredito que sim.

— Quando eles chegam?

— Antes de eu acordar. Eles voltam todas as noites para levar os pratos e as louças e fazerem a reposição.

— Então, estamos presos aqui — disse ele. Concordei com a cabeça. — Onde está Ani? — perguntou. Dei de ombros.

— Com Hêmon, acho — respondi. — Não sei. Não a vejo há dias. Tenho certeza de que planejam anunciar o noivado em breve.

— Você estava sozinha aqui? — perguntou ele.

— Desde a coroação — falei. — Ani vem aqui às vezes, mas está sempre com Hêmon, então não consigo falar com ela.

— Você não confia em Hêmon — Etéo anuiu com um gesto de cabeça vagaroso. — Ou em Ani?

— Não sei em quem confiar, a não ser em você — confessei.

— Então, tem sorte de eu estar aqui — ele sorriu. — O menino escravo trouxe comida para o meu quarto todas as manhãs. Não queria encarar nenhum deles: Polin, Creonte e os outros. Nem mesmo quando comentou comigo sobre Linceu. Não me ocorreu que estivesse aqui sozinha. Me perdoe.

— Linceu? Esse é o nome dele?

— O amigo de Polin? É.

— Polin também não consegue encarar você — falei. — Nem voltou mais aqui.

— Não acho que ele tenha vergonha do que fez, Isi. Ainda pensa o melhor dele, mesmo quando tem tantas evidências contra?

— Não tenho escolha. A única alternativa é pensar o pior dele. E como isso me ajudaria?

Etéo balançou a cabeça.

— Seja realista.

— Estou começando a ser — disse eu. — No que quer que eu acredite? Que meu irmão concordou em me matar e que só estou viva hoje por conta da boa sorte e da habilidade de um velho? É nisso mesmo que quer que eu pense?

— Não foi minha intenção chateá-la — disse Etéo. — Desculpe. Não vamos mais falar sobre ele.

Etéo se levantou e caminhou até a mesa. Pegou dois figos e jogou um para mim. Errou a pontaria, e me inclinei para trás para pegá-lo. Quase caí de costas, mas consegui manter o equilíbrio e me endireitei de novo. Enfim vi meu irmão sorrir de verdade. O peso das coisas parecia ter se deslocado de sua testa, e seu rosto se abriu, como uma folha se desenrolando.

✦ ✦ ✦

Devia ter adivinhado que ele planejava algo. Etéo sempre foi assim: sempre que está chateado com alguma coisa, se afasta do mundo até que tenha refletido o suficiente. Só depois é que ele entra em ação. Não havia razão para que se comportasse de maneira diferente agora.

Estava mais determinado a deixar o pátio do que eu, o que não me surpreendeu. Eu não podia sair do palácio, ou mesmo ficar em locais públicos, sem escolta. Se um dos escravos ou algum parente meu não me acompanhasse, ninguém me deixaria ir até o pátio principal. Portanto, mesmo que tivesse feito um grande alarido batendo nos portões, só poderia ter alcançado o segundo pátio, e era lá que os amigos de Polin, entre eles Linceu, estariam. Etéo não tinha tais restrições para se deslocar, claro, portanto, tinha muito mais a ganhar.

Uma das coisas estranhas sobre meu irmão é que as pessoas se esquecem de como ele é rápido. Elas o observam todos os anos nas corridas, avançando a todo vapor, e sabem que ele é rápido. Mas, como é alto e tem um jeito preguiçoso e sinuoso de andar, ninguém se lembra disso quando ele está fora da pista de corrida. Talvez também tivessem esquecido que ele não ficaria em seus aposentos para sempre, embora, era óbvio, fosse mais conveniente para eles.

No dia seguinte, muito antes do amanhecer, um escravo entrou trazendo frutas frescas e queijo. Não precisava de uma tocha, porque a lua estava cheia e grande naquela noite, e as nuvens a cobriam apenas esporadicamente. Além disso, seus braços estavam repletos dos pratos que carregava. Ele fazia isso todas as noites havia dias, não esperava que nada incomum acontecesse. Por isso, não olhava para os recessos mais escuros da colunata, onde Etéo estava escondido, esperando.

Não ouvi nada, o que só podia ser algo que meu irmão pretendia. O escravo foi encontrado apenas na noite seguinte, amarrado ao chão dos aposentos de Etéo. Ele explicou que carregava novos pratos (embora a essa altura ninguém se importasse), quando uma mão cobrira sua boca e uma lâmina encostara em sua garganta. Ele não resistiu, embora alegasse não saber ser o príncipe real quem o abordara até que foi colocado no quarto dele. Etéo deve ter recolhido os pratos usados do dia anterior e os levado consigo para que ninguém desconfiasse de que algo estava errado. Ficou claro que os guardas não vigiavam o portão com muita atenção: Etéo era um palmo mais alto que o escravo que havia aprisionado e mais musculoso. Ele deixou as louças na frente das cozinhas e, se alguém achou estranho, não disse nada. O ajudante de cozinha pegou-as (sem dúvida reclamando para si mesmo que o colega escravo era um relaxado) e as lavou, como sempre fazia. Ninguém sabia onde Etéo estava até depois do amanhecer. Deve ter se escondido em algum lugar: meu palpite é que entrou em uma das salas cerimoniais, que raramente eram usadas, a menos que embaixadores de outra cidade estivessem de visita. O guarda-noturno não teria verificado essas salas mais de uma vez no início da noite, se é que se importava em fazê-lo: não havia motivo. Nem é preciso mencionar agora que todos os homens da patrulha noturna estão mortos, espancados até a morte pelos guarda-costas reais.

Etéo era mais inteligente que eu; já havia descoberto que Polin estava morando nos aposentos do antigo rei, no segundo pátio. Ninguém os tinha usado desde que nascemos, mas, pelo visto, o velho rei (anterior ao meu pai) dormia lá. Etéo poderia ter se esgueirado para falar com Polin antes que amanhecesse, mas não o fez. Em vez disso, esperou até que o rei se levantasse, se lavasse, comesse e caminhasse até o tesouro para começar o dia com seus conselheiros. Então, Etéo cruzou o pátio até as salas cerimoniais na ala oeste do pátio. Ninguém o impediu. Os guardas talvez não soubessem que ele devia estar trancafiado no pátio da família comigo. Ficara tão quieto por dias, talvez tivessem esquecido que estava lá. Ninguém o viu ou questionou o fato de que carregava uma espada. Não era incomum ver um príncipe com uma arma cerimonial. Mas o fato de o punho da espada de Etéo ser cravejado de pedras de ágata polidas não tornava a lâmina menos afiada.

Ele abriu a porta do tesouro e entrou, deixando-a se fechar atrás dele. Polin deve ter ficado chocado ao vê-lo, ou talvez não. Devia estar esperando por isso, ou algo assim, mais cedo ou mais tarde. Não seria comum ter subestimado Etéo: os dois brigavam desde que ele tinha nascido. Meu tio também estava na sala, assim como dois escravos, de quem ouvi tudo isso. Subornei-os com bolos de mel para que me contassem, embora tivessem jurado a meu tio manter silêncio.

— Renuncie ao reinado — disse Etéo. Ele não ergueu a voz.

— O que quer dizer com isso, irmão? — perguntou Polin. — Será sua vez no ano que vem. Tenha paciência.

— Você é responsável pelo que aconteceu com Isi. Foi seu homem que a esfaqueou. Como pôde fazer uma coisa tão terrível? Os próprios deuses devem ter roubado seus sentidos e, com certeza, o punirão por um crime tão ímpio.

A culpa pousou no rosto de Polin por um momento, antes de voar para longe de novo como um pássaro cansado.

— Não sei do que está falando — respondeu ele. — Você era rei quando nossa irmã foi atacada. Ela era sua responsabilidade.

— Ainda é — respondeu Etéo. — E é sua também. Há muito tempo nós dois juramos proteger nossas irmãs. O pai teria vergonha de você. Eu tenho vergonha de você. Armar para um homem adulto atacar uma moça, sendo ela sua irmã. Tentei acreditar em qualquer outra coisa antes de aceitar que você fosse capaz de tal atitude.

— Como se atreve? — Polin ficou de pé.

— Eu disse para você renunciar — falou Etéo. — Vou bani-lo do palácio e da cidade. Você deixará Tebas antes do anoitecer. Se quiser, pode pedir perdão a Isi antes de partir. Eu não o perdoaria, mas ela tem um coração mole e quer pensar bem de você, então pode ser que o faça. Mas você não merece nada dela, nem de ninguém.

— Saia — Polin sussurrou. — Não vou mandar de novo. Vou chamar os guardas e trancá-lo nas cavernas subterrâneas. Acha que temo o escândalo? De modo algum.

— Polin, Etéo, acalmem-se — disse meu tio. E não falou mais nada.

— Acho que você não teme nenhum escândalo — disse Etéo. — Que tipo de homem concordaria em atacar a própria irmã? Seu covarde imundo.

Polin estendeu a mão para pegar a própria espada, mas não a portava. Por que o faria, quando estava sentado no tesouro com meu tio e seus escravos? Então, deu um passo para trás, tateando atrás de si em busca de uma arma ornamental: uma valiosa faca de prata que costumava ser usada pelos sacerdotes durante os sacrifícios. A lâmina era afiada, mas o metal era frágil; ela era projetada para matar uma vítima indefesa, e não para combate. Ele golpeou Etéo e tirou sangue do braço que meu irmão ergueu para evitar o golpe. Não acreditou que Polin realmente o atacaria. E acho que isso revela a verdade: Etéo levou consigo uma espada — não nego —, mas não pretendia usá-la. Foi treinado para lutar e sabia que não podia se defender de uma faca com o braço nu. Foi o comportamento de um homem que acredita que o próprio irmão está fingindo e não vai de fato machucá-lo. Ele ergueu o braço, não a espada.

Etéo viu o próprio sangue pingando do antebraço cortado no chão de pedra. E só então balançou a cabeça como um javali ferido e ergueu a espada, enfurecido. Polin golpeou-o de novo, e desta vez Etéo deteve o ataque com a espada. A ponta da faca de Polin quebrou com a força da defesa de Etéo. Polin praguejou enquanto olhava para a lâmina: era mais curta, irregular agora pelo dano, mas ainda afiada. Fez uma última tentativa em Etéo, avançando e esfaqueando o pescoço do irmão. Não havia como confundir sua intenção. Mesmo uma lâmina curta mataria um homem se o perfurasse no pescoço. Ele deu um passo tão largo que confundiu Etéo, este se preparando para deter a faca mais uma vez, esperando que um golpe fosse direcionado ao seu tronco.

A espada de Etéo — tão bem conservada, como o armeiro lhe ensinara quando ainda era criança — atravessou o peito de Polin. Meu irmão mais velho caiu de joelhos, deixando cair a faca enquanto sucumbia. Etéo deve ter ficado horrorizado com o que fez, porque também deixou cair a espada e estendeu a mão para pegar Polin, que desabou para a frente nos braços do irmão.

Não pode ter sido Polin quem gritou pelos guardas, porque não teria forças, e estava deitado, com a cabeça no ombro de Etéo, seu sangue jorrando sobre os dois. E não pode ter sido Etéo, que teria chamado um médico, chamado Sófon, e não os guardas. Então, deve ter sido meu tio quem gritou com um tom de urgência tal, que os guardas vieram correndo de todos os lados do pátio — a maioria com a cabeça ainda confusa pela sonolência — e empurraram a porta do tesouro, quase caindo uns sobre os outros em sua pressa para obedecer à convocação de Creonte. Viram meus irmãos enrodilhados e de joelhos e olharam para meu tio em busca de instruções.

— O rei está morrendo — disse ele. — Eis aqui o assassino.

Tebas não tem muitas leis, mas os guardas sabiam o que deveriam fazer. Pegaram Etéo pelos ombros e o arrastaram para o pátio. Puxaram seu cabelo para trás, expondo seu pescoço, e cortaram sua garganta como se fosse a de um touro.

Ani e Hêmon correram para o pátio de onde quer que estivessem escondidos. O grito e o súbito som de passos apressados haviam perfurado até mesmo a solidão deles. E assim foi também o som dos gritos de minha irmã, que me atraiu até os portões para ver o que estava acontecendo. Só quando me encostei neles é que descobri que já estavam abertos, pois Etéo devia tê-los deixado assim ao passar por eles, no início da manhã. Corri até o pátio real, meus olhos em Ani, frenéticos, porque pensei que ela estivesse ferida.

Fiquei confusa, porque ela parecia ilesa, e Hêmon estava a seu lado, também são e salvo. Por fim, virei a cabeça para seguir seu olhar e vi os guardas trazendo Polin para fora do tesouro em uma liteira que haviam feito com uma de suas capas. As roupas de meu irmão estavam escurecidas com o sangue, e ele jazia flácido e sem vida na padiola. Olhei de volta para Ani, esperando que ela encontrasse uma maneira de me dizer que estava enganada. Mas seus olhos não estavam em mim; estavam no guarda em quem quase esbarrei, que brandia uma faca com a lâmina enferrujada na mão esquerda.

Só então percebi que a lâmina não estava enferrujada e que o lago de sangue que se acumulava sob meus pés pertencia a Etéo. Daí concluí que havia perdido meus dois irmãos. Tudo tinha se perdido no espaço de algumas batidas do meu coração. Tudo, menos minha irmã.

18

Jocasta jamais saberia dizer qual fora o primeiro sinal do novo Acerto de Contas. Ninguém saberia. O primeiro Acerto de Contas havia devastado Tebas muitos anos antes, alguns verões antes do nascimento de Jocasta. Seus pais sobreviveram porque o pai estava fora, negociando em outras cidades, e, como eram jovens e ainda não tinham filhos, sua mãe o acompanhara. Tebas havia fechado seus portões, e toda entrada na cidade havia sido proibida por um mês ou mais. Quando voltaram, apenas um dia depois que os portões foram enfim reabertos, ficaram surpresos ao ver que as coisas estavam piores do que os rumores tinham alertado. A doença havia sido impiedosa, e mais de um em cada oito de seus concidadãos falecera.

Algumas áreas da cidade sofreram maior devastação do que outras: o bairro baixo, no centro da cidade, tivera o maior número de mortos do que qualquer outro, mas ninguém sabia por quê. Os pais de Jocasta moravam no alto da colina, do outro lado da cidade, mas ainda assim haviam perdido vizinhos e familiares aparentemente inumeráveis. As pessoas aprenderam a não fazer perguntas se alguém não aparecesse no mercado por alguns dias, ou caso seus calçados não fossem retirados do sapateiro. A resposta era sempre a mesma. Famílias inteiras morreram porque aqueles que cuidavam dos doentes eram mais propensos a adoecer. Se uma criança desenvolvesse os primeiros sintomas, os pais sabiam que também teriam poucas chances de sobrevivência. A única esperança era jogar a criança doente na rua e esperar que tivessem agido a tempo. A criança morreria onde quer que fosse, então os pais tentavam salvar a si mesmos e os outros filhos. A desesperança era um dos muitos sintomas de uma doença que começava com uma dor de cabeça e, muitas vezes, terminava, sete ou oito dias depois, com a morte. Não havia como saber quem sobreviveria e quem morreria. Jovens saudáveis foram abatidos de um jeito tão eficiente quanto em uma guerra, enquanto seus pais idosos — tão frágeis antes da chegada do Acerto de Contas — de alguma forma resistiram à devastação da epidemia.

A doença afligia pessoas diferentes de maneiras diversas: todos tinham uma sede feroz e uma sensação incessante de queimação interior. O calor interno era tão terrível que as pessoas fugiam da cidade, escalando seus muros para se jogar no lago. Mas não se sentiam mais refrescadas, não importava quanto tempo ficassem na água e não importava quanto se hidratassem. E, quando tentavam voltar para casa, os portões estavam trancados, e não conseguiam entrar. Então, morriam fora dos muros da cidade, os gemidos soando como um hino desolador para aqueles que guardavam os portões.

Apesar do intenso calor interno, a pele das vítimas, a princípio, não ficava quente ao toque. A doença se movia de cima para baixo, começando com uma dor de cabeça cruel, como se apertada por uma morsa. A maioria dos pacientes começava a sangrar pela boca, pelas gengivas e pela língua ulcerada. Então, o peito se apertava, e uma terrível tosse seca se desenvolvia. A essa altura, muitos dos doentes eram vencidos pelo estado desesperador de sua situação. Não conseguiam mais se levantar para comer. Apenas aqueles que tinham sido amamentados — e hidratados — tiveram alguma chance de sobrevivência. Os que moravam em casas menores, que ficavam insuportavelmente quentes nos meses de verão, não tinham esperança alguma. A doença migrava para o sistema digestivo, e o número de mortos nessa fase era o maior: a fraqueza causada por vômitos e diarreia era impossível de combater.

Os que sobreviviam sofriam mais humilhações: a doença penetrava em suas extremidades e muitas vezes perdiam toda a sensibilidade em um ou mais dedos das mãos ou dos pés. Muitos não podiam mais trabalhar no ofício que haviam exercido durante toda a vida, incapazes de lidar com o couro ou o tecido que cortavam antes sem precisar sequer olhar. E mesmo um pequeno corte, indolor e tão despercebido no momento, poderia rapidamente se tornar fatal. A dor era um aviso, e o aviso desaparecera. Alguns perderam a visão em um ou nos dois olhos; outros, a audição; outros, até a memória, e não conseguiam mais reconhecer os amigos ou lembrar o próprio nome.

Nos meses que sucederam o Acerto de Contas, Tebas perdeu algo de si. Os cidadãos sempre se orgulharam de sua estabilidade, de sua capacidade de enfrentar tudo o que os abatia. Mas não se sentiam mais assim. Morreram muitos, e regras demais foram quebradas. Os mortos não foram devidamente enterrados enquanto o Acerto de Contas devastava a cidade. Ninguém podia deixar Tebas e enterrar seus entes queridos em sepulturas fora dos muros, como costumavam fazer. Então, as pessoas ergueram piras funerárias e queimaram os mortos. Algumas estavam fracas ou cansadas demais para erguer uma pira e apenas jogavam seus mortos em uma que já estivesse ardendo. Alguns usavam cordas para lançar os corpos de mortos ou doentes terminais sobre os muros da cidade. Mas todos observaram que abutres e cachorros não comiam os cadáveres devido à doença. Mesmo quando as costelas de um cachorro estavam marcando sua pele sarnenta, ele passaria fome antes de mastigar a carne contaminada.

A cidade se orgulhava de sua fama em receber estrangeiros e comerciantes de toda a Hélade. As regras de *xenia* — em que um viajante podia esperar comida e hospedagem de estranhos, a quem um dia ele retribuiria — sempre tinham sido sacrossantas. Mas elas também desapareceram. Os portões se mantiveram trancados durante os meses de verão por muitos anos depois disso. Somente aqueles que subornavam os guardas conseguiam entrar na cidade durante a parte mais quente do ano. E o suborno precisava ser vultoso: a penalidade por permitir que alguém da periferia entrasse em Tebas quando os portões estivessem fechados era a morte. A cada primavera, Tebas estudava com um olhar nervoso seus presságios e se perguntava se aquele seria o ano em que o Acerto de Contas retornaria. Os pais assustavam seus filhos, contando-lhes histórias dos terrores que haviam pressagiado seu nascimento.

Aos poucos, o medo diminuiu. Mas isso ocorreu principalmente porque aqueles que tinham sobrevivido ao Acerto de Contas estavam morrendo, não da doença, mas de simples velhice. Quando a doença atingiu Tebas pela segunda vez, cinquenta anos haviam se passado desde a primeira epidemia. Apenas aqueles que eram crianças naquela época ainda estavam vivos. E as pessoas tinham esquecido os sintomas muito tempo antes, soterrados sob camadas de exageros e rumores. Assim, Jocasta não sabia, nem poderia, que, quando o primeiro de seus cidadãos começou a reclamar de uma dor aguda na cabeça e de uma sede insaciável, Tebas estava no início de algo muito pior do que o enjoo comum de verão.

Era o verão do quarto aniversário de Isi, e foi Sófon quem veio ao palácio perguntar por Jocasta. Ele estava ensinando Polinices e Etéocles suas primeiras letras e também geometria, tendo se aposentado do tratamento de doentes muito tempo atrás. Estava com 60 anos e suas mãos tremiam bastante, além dos olhos muito fracos para lidar com pessoas assustadas com o que as afligia. Mas nenhum médico podia realmente se aposentar, sobretudo ele. As pessoas ainda apareciam em sua porta, implorando por conselhos sobre uma doença ou outra. Na semana anterior, os números haviam aumentado a um ritmo alarmante: pais preocupados com os filhos, jovens temerosos pelos pais doentes. Nesse dia, ele disse aos meninos que precisava ver a mãe deles antes que pudessem lhe recitar os versos que haviam aprendido. Os escravos deram uma olhada em sua aparência desgrenhada e o levaram direto para o segundo pátio para falar com a rainha.

— Há algo errado — disse ele, enquanto entrava às pressas pela porta do tesouro. Jocasta virou-se surpresa para cumprimentar o velho amigo. Estava sentada com Édipo e Creonte, discutindo as provisões que a cidade precisaria importar durante o próximo inverno. Esperavam uma boa colheita:

uvas e azeitonas amadureciam nas colinas fora da cidade. Como de costume, precisariam importar grãos. Jocasta parecia bem, talvez um pouco cansada, Sófon notou. A maternidade combinava com ela. Seus cabelos grisalhos revelavam que tinha idade, claro, mas eram de um cinza metálico límpido, e o rosto se ergueu ao sorrir para ele.

— O que está acontecendo? — perguntou ela. — Os meninos estão discutindo em sua aula? Sei que podem incomodar bastante.

— O problema não está em seu lar — disse ele. — Está lá fora. Na cidade.

Édipo deu a volta por trás dele e puxou uma cadeira de madeira clara.

— Sente-se! — convidou. — Respire um pouco.

O velho sentou-se de uma vez, batendo os cotovelos nas flores esculpidas que cobriam os braços da cadeira. Ficou sentado por um instante, olhando para o chão de pedra.

— Minha rainha — disse ele, quando levantou os olhos de novo —, muitas pessoas estão adoecendo. Isso me lembra do passado.

— O passado? — questionou ela. Mas sabia o que ele queria dizer.

— O Acerto de Contas — falou ele. — As dores de cabeça, a febre. Aqueles que adoeceram primeiro agora estão desenvolvendo tosse, quatro dias depois. É a mesma situação de antes.

— Você já tinha nascido no Acerto de Contas? — perguntou Édipo. — Mas foi há tanto tempo.

Sófon olhou para ele.

— Isso não segue um sistema de medição preciso — respondeu ele, irritado. — É mais do que uma vida, mais do que a vida de qualquer um de vocês — ele olhou do marido para a esposa, da esposa para o irmão, e seu tom se suavizou. — Mas um pouco menos que a minha. Eu era criança quando a epidemia dominou a cidade pela primeira vez.

— Como a evitou? — quis saber Édipo.

— Não evitei — os ombros do velho arquearam-se. — Eu peguei, mas me recuperei. Meu pai também. Minha mãe morreu disso, assim como minha irmã.

— E agora você reconhece os sintomas de novo? — perguntou Jocasta.

— Terei certeza em três dias — respondeu Sófon. — Quando começarem a morrer.

— O que podemos fazer? — perguntou Creonte. — Como impediram isso antes?

— Não impediram — disse Sófon. — Ninguém conseguiu. Consumiu a cidade baixa, devastando-nos. E não havia nada que pudéssemos fazer para contê-la ou impedi-la. Todos adoeceram, ninguém estava a salvo. No fim, as pessoas se recuperaram ou morreram. As que se recuperaram não pegaram de novo.

— Não podemos deixar que isso aconteça agora — retrucou Édipo. — Deve haver algo que possamos fazer. Em Corinto — ele fez uma pausa, pensando nas histórias que tinham lhe contado quando criança — diziam que vinha da água.

Sófon assentiu.

— A mesma crença surgiu aqui. Um absurdo, claro. As pessoas que viviam perto dos poços morriam porque os doentes se reuniam nesses locais. A doença deixa a pessoa com sede — seus olhos ficaram nublados quando ele se lembrou de ter bebido tudo o que podia encontrar e ainda assim sentia a língua ressecada e a garganta trincando, desesperado por água. Viu mais uma vez seu pai oferecendo-lhe o último copo de água da casa, embora seus lábios estivessem rachados e sangrando.

— A água os cura? — perguntou Jocasta.

O velho deu de ombros.

— Muitos deles morrerão mesmo que consigam beber o suficiente. Todos morrerão se não puderem beber. Ou caso se recusem a fazê-lo.

— Por que se recusariam? — perguntou Creonte.

— Medo — respondeu Édipo, antes que Sófon pudesse fazê-lo. — Evitarão os poços se acreditarem que a água está contaminada. As pessoas não são racionais quando estão com medo.

— Eles fecharam a cidade — disse Jocasta, buscando uma lembrança que não sabia ter. Porém, recordava-se dos pais falando sobre isso: a grande aventura deles nas Terras Ermas enquanto Tebas estava fechada.

— A doença deve ter surgido de algum lugar — concordou Sófon. — Um viajante, um comerciante, alguém a trouxe com ele, desta vez, assim como antes. Mas fechar os portões não vai ajudar agora. A doença já está aqui.

— Talvez impeça que mais viajantes a tragam — disse Creonte. — Acho que deveriam fechar os portões.

Jocasta olhou para o marido com as sobrancelhas erguidas. Ele assentiu com a cabeça.

— Os portões serão fechados pela manhã — ordenou ela. — Faremos apenas um anúncio de antemão. Se houver tebanos fora, terão de dar um jeito até reabrirmos a cidade. Os estrangeiros que estiverem na cidade poderão sair se assim o desejarem.

— Talvez não estejam mais seguros lá fora — disse Édipo.

— Isso não é problema meu — respondeu a esposa. — Sou rainha apenas dos meus cidadãos. Como persuadiremos as pessoas de que não há nada de errado com a água?

Sófon suspirou.

— Não tenho certeza de que consiga fazer isso — disse ele.

— Podemos fazer um pronunciamento oficial — sugeriu Creonte. — Dizer aos cidadãos que o abastecimento de água foi controlado e é inofensivo.

— O que pensaria se alguém lhe dissesse isso? — perguntou Édipo.

— Acharia que estão escondendo algo — respondeu Jocasta. — Mas o que mais podemos fazer?

Os quatro ficaram em silêncio por um momento, que foi quebrado por Édipo.

— Coloque guardas em volta dos poços — disse ele. — Peça que se postem lá agora. Dois guardas em cada poço, do nascer ao pôr do sol.

— Quando o dia fica muito quente é quando as pessoas mais precisam de água — protestou Sófon.

— Eles armazenarão água para usar durante o dia — respondeu Édipo. — Se os guardas forem vistos lá o dia todo, bebendo a água que quiserem, mas impedindo os cidadãos comuns de fazerem o mesmo, os tebanos ficarão furiosos. Vão esperar até que os guardas saiam, encherão todas as vasilhas que tiverem e as levarão de volta para casa.

— É inteligente — o velho sorriu.

— É infantil — disse Creonte. — Os tebanos acreditarão que a rainha está negando água a eles de propósito — virou-se para a irmã, as mãos estendidas em súplica. — Nunca a perdoarão. Vão culpá-la, mesmo que sobrevivam — falou ele. — Siga esse conselho, e vão odiá-la. Não vai conseguir.

— Não quero conseguir nada — respondeu ela. — Só não quero que essas pessoas morram. Vivos e me odiando, ainda assim é melhor que mortos — dirigiu-se de novo ao velho. — Existe alguma outra coisa que possamos fazer?

Sófon assentiu devagar com a cabeça.

— O Acerto de Contas foi rápido — disse ele. — Inacreditavelmente rápido. Atravessou a cidade como um incêndio deflagrado. As pessoas morreram ou se recuperaram em questão de dias. Quando se recuperam, não pegam de novo. Essas pessoas precisam nos ajudar a cuidar dos doentes: primeiro dos idosos, que sobreviveram da última vez. E, talvez, uma vez recuperados, dos jovens. E não é só desses cuidados que precisaremos de ajuda. Os corpos precisam ser enterrados ou queimados quando estiverem mortos — ele ignorou o horror que se espalhou pelo rosto de Creonte. — O fedor dessa doença não é nada comparado ao cheiro dos mortos se acumulando atrás das portas fechadas das casas. O Acerto de Contas não foi a única coisa que matou pessoas da última vez. Cadáveres são perigosos e carregam as próprias doenças. Precisamos de um lugar fora dos muros da cidade. Um poço de cal. Estão entendendo?

— Sendo assim, precisamos ter homens prontos para se livrar dos corpos — disse Jocasta. — Isso não deve ser muito difícil. Meus guardas podem organizar isso — ela pensou por um instante. — Existem alguns mais velhos. E os sem filhos, depois deles. O comandante deles providenciará isso.

— Eles devem cobrir o rosto — avisou Sófon. — Com lenços. Fica mais fácil respirar se não sentir o cheiro dos mortos.

— De fato — disse ela. — O que mais?

— Nada que possa ajudar muito — suspirou o velho.

— O que mais? — insistiu ela, estendendo a mão para o amigo e dando tapinhas em seu braço para que entendesse que ela precisava saber de tudo, mesmo que isso a assustasse.

Sófon pensou por um momento e voltou a falar:

— Mesmo que tenham água para beber e um lugar fresco para dormir, mesmo que este calor passe e a doença se vá junto com ele e mesmo que possamos nos livrar dos corpos antes que contaminem qualquer outra coisa, pode não ser suficiente para salvar todos que poderiam ter sobrevivido. Porque as pessoas param de tentar quando a perda é muito grande. Não é algo que se possa prevenir. Eu sobrevivi porque meu pai sobreviveu. Eu o tinha para viver, e ele tinha a mim. Então, embora minha mãe tenha partido... — ele fez uma pausa para enxugar uma lágrima que brotou, levando a mão ao rosto como se quisesse se punir por sua fraqueza —, eu tinha alguém para me alimentar e cuidar de mim. E meu pai tinha alguém para cuidar. Não podia apenas deitar-se no chão e chorar por tudo o que havia perdido, embora eu tenha certeza de que era isso o que ele queria. E esse é o único perigo contra o qual não é possível se proteger. Quanto mais pessoas morrem, mais pessoas perdem a razão para viver. Estão entendendo?

Jocasta assentiu. Claro que havia entendido.

19

Tudo aconteceu tão rápido, mas também muito devagar. Alguém — um dos guardas, suponho — passou atrás de mim. As mãos dele eram cobertas de pelos enrolados e os nós dos dedos estavam inchados e cheios de calos. Ele me segurou em um abraço estranho e desajeitado e me carregou para longe de Etéo. Consegui ouvir Ani soluçando do outro lado da praça, e Hêmon murmurando palavras de conforto. Olhei para cima e vi que ela tinha se virado para o peito dele, as costas arfando, uma mãozinha agarrada à túnica dele. Fiquei sozinha enquanto as pessoas caminhavam ao meu redor: os guardas carregando Polin em uma liteira, com reverência, porque ele era o rei; os que passaram por Etéo, sem notar seu precioso corpo, como se fosse um monte de lixo; meu tio, saindo da colunata sombreada em frente ao tesouro para o sol da manhã, que iluminava o que seria melhor deixar na escuridão. Vi a boca de Creonte se mover enquanto falava com um dos guardas, mas muito baixo para que eu pudesse ouvir. Fez-se um chiado em meus ouvidos, como se eu estivesse submersa em água. Todo o som restante era abafado e distante.

Escravos correram para a praça por todos os lados e ficaram esperando para receber ordens: meu tio lhes ordenou com calma que removessem Etéo das pedras do pátio. Não usou o nome do meu irmão. Disse "isto aqui", gesticulando. Dei um passo à frente para ajudá-los, porque era meu dever — meu e de Ani, como suas irmãs e parentes mais próximos — preparar meus dois irmãos para o enterro. Mas os escravos passaram apressados por mim, como se eu não fosse mais do que uma das estátuas que se erguem nos quatro cantos da praça. Os dois irmãos precisariam ser lavados e enrolados em panos brancos. E precisaríamos colocar uma pequena peça de ouro — um anel ou uma corrente fina — nas mãos ou no pescoço de cada um. Os tebanos acreditam que o barqueiro não levará alguém pelo rio dos mortos sem algum pagamento pelo trabalho.

Mas, enquanto pensava sobre tudo isso, uma parte da minha mente queria gritar que tudo aquilo era ridículo. Como meu irmão poderia ser enterrado se era impossível que estivesse morto? Estava vivo um momento atrás; e agora já não estava mais aqui. Eu corri os olhos pela praça, esperando que Sófon chegasse e explicasse que poderia ressuscitar Etéo, costurá-lo como havia feito comigo, balançando a cabeça e reclamando de como nos metemos em tais enrascadas. Mas ele não chegou.

Os escravos levaram Etéo embora antes que eu pudesse tocá-lo. Só mais tarde percebi que o levavam para o lado errado: para o pátio principal, quando era preciso levá-lo para o pátio da família, para o deitarmos e o limparmos. Na época, sabia que algo estava errado, mas parecia tão insignificante, depois de tudo.

Meu tio por fim notou a mim e minha irmã e designou uma escrava para cada uma de nós. Ela me disse que eu deveria ir ao pátio da família e lavar o sangue de meu irmão dos meus pés, de quando havia irrompido na praça tarde demais para salvá-lo. Só então olhei para baixo e vi que ela tinha razão: meus pés estavam cobertos do sangue preto-avermelhado viscoso de Etéo. Queria me limpar de uma contaminação tão terrível, mas, ao mesmo tempo, queria me ajoelhar e esfregar minhas mãos no sangue: passar meus dedos por ele e pintar meu rosto.

Mas, quando senti meus joelhos vacilarem, o guarda que havia me afastado de Etéo um instante e uma vida atrás deu um passo à frente e me segurou. Olhou para meu tio e me ergueu nos braços, como se eu fosse uma criança. Carregou-me para longe da cena da morte do meu irmão, rumo ao pátio da família.

Não apenas a cena da morte de um irmão, a cena da morte de meus dois irmãos. A perda de Etéo era tão avassaladora que mal pude desviar minha atenção para Polin. Não era capaz de assimilar o que havia acontecido: toda a minha família tinha desaparecido, exceto Ani. Ouvi as palavras da escrava enquanto o guarda me colocava com cuidado em um banco perto da bomba de água, em um canto do nosso pátio, mas não conseguia pensar em como fazer o que ela me dizia. Logo, mais escravos se aproximaram de mim, todos carregando água e panos. Uma desamarrou minhas sandálias e as tirou, antes de enxugar meus tornozelos e pés com o pano. Ela os enxaguou em um pequeno balde de madeira, e vi a água escurecer com o sangue de Etéo.

— Onde está Ani? — perguntei, quando ela terminou, dobrando seu pano ao meio e colocando-o na beirada do balde. Minha irmã ainda estava com Hêmon, supus, e eu precisava dela. Quando ela enfim passou pelos portões, levantei-me e corri até ela, esquecendo-me de que estava descalça, até que parei nas pedras afiadas sob a colunata. Ela estendeu os braços e, agarradas uma à outra, saímos cambaleando do pátio para ficarmos sozinhas com nossa dor. Sentamo-nos em um dos sofás dos aposentos dela — uma coisa aconchegante e acolchoada, onde nossa mãe costumava se deitar quando estava cansada. O rosto de Ani estava encharcado de lágrimas: seu cabelo grudado no sal deixado em suas bochechas. Ela estendeu a mão e apertou a minha.

— Sabia o que ele estava planejando fazer? — ela perguntou.

— Claro que não — disse a ela, embora naquele momento eu não soubesse com exatidão o que Etéo havia feito, apenas o que meu tio dissera que ele havia feito, e sabia que não devia acreditar em tudo o que as pessoas diziam no palácio. — Sabia que ele estava com raiva de Polin. E que queria sair do pátio. Você também saberia, se não tivesse desaparecido.

Ela corou, sabendo que a acusação era justa.

— Sinto muito, Isi. Não pensei nele.

— Nem em mim — não estava com ânimo para fazê-la se sentir melhor por como havia se comportado.

— Não — concordou ela, com novas lágrimas brotando. — Só queria estar com Hêmon. Ele estava planejando anunciar nosso noivado hoje.

Olhei para ela.

— Talvez ele tenha que esperar até que nossos irmãos estejam enterrados.

— Eu sei. Tenho certeza de que vai esperar. Não tive a intenção de sugeri-lo... — ela fez uma pausa. — Sinto muito, Isi. Sei que sempre o admirou.

Agora era a minha vez de ficar corada. Tinha tentado tanto evitar que percebessem que eu me importava com nosso primo, ao menos tanto quanto ela. Mas sempre soube que ele a escolheria. Seria impensável para ele fazer qualquer outra coisa: além de sua beleza, ela era a irmã mais velha. Não poderia me casar antes dela.

— Não importa — disse a ela.

— É verdade — ela falou, engolindo em seco. — Quem vai querer se casar com você agora, Isi? Depois do que nossos irmãos fizeram? Sei que já havia lhe dito antes que seria difícil você se casar, mas sempre pensei que existia pelo menos uma chance. Você sabe como as pessoas espalham boatos sobre nossa família desde... — ela se recusou a continuar. Sempre se recusava, desde que ela e eu vimos nossa mãe ser carregada por aquele pátio em uma liteira. — Isso apenas confirmará que o que as pessoas dizem sobre nós é verdade — disse ela. — Que nossa família é amaldiçoada, sempre foi. Para dois irmãos se matarem...

— Amaldiçoada? Afinal, o que isso quer dizer? — questionei. — Polin e Etéo nunca foram próximos. Compartilhar a realeza era a única maneira de manter a antipatia mútua sob controle. E, então, Polin mudou de ideia sobre compartilhar Tebas com Etéo, como ele fez com tudo, desde que consigo me lembrar. A única maldição é que Polin deveria ter nascido filho único.

Ela parecia assustada.

— Está dizendo que tudo isso é culpa de Polin?

— Ani... abra os olhos. Ou, pelo menos, use-os para enxergar algo diferente do que você pretende. Polin foi quem tentou jogar tudo no caos. Foi ele quem tentou colocar o povo contra Etéo. Polin é aquele cujo amigo me atacou.

— Não pode estar falando sério.

— Eu vi o homem de novo, Ani. Vi-o nos jogos da coroação. Reconheci-o de imediato.

— Mas você disse que o homem que a esfaqueou estava com o rosto coberto.

— Mas seus olhos não estavam — Ani abriu a boca, mas não discutiu. Sabia que eu não cometeria um erro sobre algo assim.

— E foi por isso que Etéo...?

— Claro. O que você achou?

— Achei que ele estivesse tomando o trono, Isi.

— Mas ele é seu irmão. Você sabe que tipo de homem ele é. Etéo nunca foi ambicioso.

— Eu sei — disse ela. — Mas você precisa ver as coisas como elas foram. Etéo atacou Polin.

— Não acredito nisso.

Ani olhou para mim por um momento e jogou o cabelo para trás, afastando a mecha que havia grudado em seu rosto.

— Não importa no que acredita, Isi. O que importa é aquilo em que todos acreditam, e todos pensarão que Etéo foi o agressor.

Eu sabia que ela tinha razão.

— Precisamos dizer às pessoas que elas estão erradas — falei.

Ela deu um tapinha em meu braço.

— Nós vamos. Poderemos fazer tudo isso quando eu for coroada rainha.

Fiquei tão surpresa com suas palavras que não fui capaz de encontrar nada para dizer. Quanto tempo depois de ver nossos irmãos mortos ela havia decidido que deveria sucedê-los?

✧ ✧ ✧

Estava em meu quarto agora. Havia um cesto de lã crua e gordurosa que ficara tanto tempo ali no canto que adquirira uma fina camada de poeira. Odiava fiar. Sempre odiei. Era a tarefa adequada para as mulheres da casa real, disse meu tio uma vez, quando perguntei a ele por que eu deveria fazer um trabalho malfeito com a lã quando tínhamos um palácio cheio de escravos que eram hábeis em fiar e tecer alguns dos melhores tecidos da Hélade. Creonte sabia que eu era mais feliz nas aulas ou tocando lira e não insistiu.

Mas, naquele dia, eu precisava me ocupar e fazer algo com as mãos, ou deitaria no chão e gritaria o nome dos meus irmãos até que minha garganta doesse. Não conseguia tocar o fórminx: ainda não havia palavras ou canção para o que tinha acontecido. Logo viriam as elegias. Mas ainda não.

Sentei-me no chão ao lado da cesta, apertando as costas contra a parede. Peguei um punhado de lã e comecei a revirá-lo, tirando os carrapichos e sementes que haviam ficado presos nela. Empilhei-a no banquinho de madeira e comecei a torcê-la para fazer um fio grosso e encaroçado. Desenrolou-se com tanta rapidez: como as escravas impediam que a delas voltasse a uma nuvem inflada de fibras? Puxei o fio com a outra mão, apertando-o para mantê-lo reto. Ani estava certa, claro: seria rainha agora. Ninguém esperaria que dividíssemos o trono, como tinham feito nossos irmãos. Ela seria a rainha, Hêmon seria o rei, e Tebas permaneceria inalterada para a maioria de seus cidadãos. Mas o palácio teria mudanças, eu teria mudanças.

Para onde eu iria quando Ani e Hêmon tivessem aquele pátio para a própria família? Ficaria em meus aposentos, como a irmã solteirona? Ani estava certa sobre minhas chances de casamento agora; na verdade, sempre estivera. Eu havia falado sobre isso com Etéo muitas vezes, e ele sempre tinha me prometido que poderia viver em sua corte, não importava quantos filhos ele tivesse. Eles iriam precisar da tia sábia, ele costumava dizer, e senti um aperto no estômago com a perda de meu irmão e de seu futuro. Tentei me concentrar no protocolo para poder estancar as lágrimas e recuperar o fôlego. O par apropriado para mim deveria ser um príncipe de outra cidade. Mas ser irmã de dois irmãos assassinados era uma maldição por si só. As pessoas acreditariam nas histórias cruéis sobre os deuses que perseguiam os filhos de meus pais: e quem desejaria se aliar a alguém que veio de uma casa tão miserável, cujas histórias nunca poderiam ser contadas sem tristeza?

Senti a gordura espalhando-se em minhas mãos enquanto continuava torcendo a lã e vi que a sujeira descoloria minhas unhas. Etéo não podia saber que Polin lutaria contra ele. Não podia. Devia ter acreditado que nosso irmão mais velho abriria caminho quando fosse apresentado à verdade: que seus irmãos sabiam o que ele havia feito. Mas Etéo teria sido tolo? Se Polin era tão desavergonhado a ponto de recrutar um amigo para me atacar, dificilmente teria vergonha quando fosse descoberto. Etéo devia ter previsto aquilo; assim, ele ainda estaria aqui comigo agora, me observando maravilhado com como eu podia arruinar a lã de uma ovelha inteira em questão de segundos. Meu irmão cometera um erro simples: presumira que Polin se comportaria como ele próprio. Mas Etéo nunca tinha sido como Polin, nunca poderia ter sido tão desonesto. Então, como poderia pensar que Polin se comportaria como ele?

Larguei a lã e a observei se desenrolar de volta a seu estado desfiado. Por que o pátio estava tão quieto? As escravas já deveriam ter levado Polin e Etéo para o quarto deles, para que pudéssemos limpá-los e arrumá-los com as outras mulheres da casa. Onde estavam todos?

Deveríamos ter previsto o que se seguiria. Especialmente eu. Que tentava tanto encontrar a história que daria sentido à nossa casa e à nossa família, imaginando-me uma historiadora, uma astuta cronista de eventos. Fiquei muito aquém do que imaginava ser. Não era historiadora, nem poeta; era apenas uma tola, falhando em entender tudo o que acontecia até que fosse tarde demais. A humilhação de perceber isso foi terrível. Quem era eu senão a criatura inteligente e observadora que sempre imaginei? Eu não era ninguém. Era a mais estúpida de todos nós. Porque observava tudo tão de perto e ainda assim tinha sido enganada, como uma tola ingênua tentando identificar sob qual copo a bola está: tão confiante em sua previsão, tão risível em sua confiança.

No tempo em que fiquei sentada com meu fuso e meu inútil fio de lã, pensando apenas no meu futuro, o palácio havia mudado em caráter irrevogável. Afinal, o destino perfeito que minha irmã havia planejado para si não seria dela. Ela era a herdeira na linha de sucessão ao trono, mas o trono não estava mais vago. No exato momento em que questionei por que as escravas não tinham me chamado para lavar os corpos de meus irmãos, ouvi um distante retinir metálico.

Soube de imediato o que era: uma trompa de arauto, soada para um pronunciamento oficial na praça principal. Levantei-me e corri para a minha porta. Estavam anunciando a morte do rei. A porta de Ani também se abriu, e seus olhos encontraram os meus. Ela franziu a testa e estendeu a mão. Corremos ao longo da lateral do pátio da família e, em seguida, pelo segundo pátio, ambas tentando não olhar para as manchas de sangue que ainda cobriam o chão. Os guardas provavelmente deveriam ter nos impedido de cruzar os portões do pátio principal, mas não estavam por ali. Foi muito mais tarde que descobri que todos tinham sido levados para fora do palácio e executados, a punição comum por não terem evitado a morte de um rei.

O ressoar final da corneta mal havia cessado antes que meu tio se adiantasse em um pódio e estendesse as mãos para acalmar a pequena mas agitada multidão que se reunia. Os rumores sobre meus irmãos deviam ter circulado pela cidade desde o momento em que Etéo entrara no tesouro naquela manhã, e os murmúrios foram ficando cada vez mais altos. Meu tio aguardou até que percebessem que ele não falaria enquanto não ficassem quietos. Por fim, a curiosidade superou o desejo de espalhar boatos disfarçados de fatos.

— Cidadãos de Tebas — disse Creonte. — O rei está morto. Morto por seu irmão, derrotado por uma rivalidade amarga.

O murmúrio recomeçou, mais intenso que antes.

— Venho diante de vocês como um tio enlutado — continuou Creonte. — Não apenas um, mas dois de meus sobrinhos morreram hoje, cada um pela espada do outro — senti a mão de Ani apertar a minha. Ela queria que eu ficasse em silêncio, mesmo quando o ouvimos mentir. — É um dia sombrio para Tebas — continuou meu tio. — E também deverá ser um recomeço. Nunca foi meu desejo herdar o manto do poder de minha irmã; todos vocês me conhecem e sabem que isso é verdade. Estava contente em ser o conselheiro dos reis, nunca busquei para mim a realeza.

A multidão de estranhos assentiu, lisonjeada com a sugestão de que faziam parte das decisões tomadas na casa real, quando na verdade apenas estavam na praça do mercado quando a notícia irrompeu.

— Mas não posso mais fugir à minha responsabilidade — disse ele. — Hoje, aceito o papel que agora reconheço que estava destinado a desempenhar — um sacerdote com uma túnica amarrada se aproximou atrás dele às pressas com a coroa de ouro brilhante que fora colocada na cabeça de Polin. Meu tio curvou-se ligeiramente e aceitou-a sobre a própria cabeça calva. A multidão aplaudiu: um rei era igual a outro para eles.

Então, minha irmã não se tornou rainha. E, por fim, percebi — tarde demais — que Polin havia sido tão vítima de uma conspiração tanto quanto Etéo o fora.

20

Jocasta olhou para o céu. Como o sol havia se movido com tanta rapidez? Sófon e Creonte estavam em algum lugar da cidade, cumprindo as ordens dela. Tinha pedido aos dois que voltassem ao palácio antes do anoitecer. Antes que os portões fossem fechados devido ao Acerto de Contas. Sófon não disse nada, apenas apertou o braço dela ao sair, sorrindo. Ela sabia que ele não voltaria até que a doença tivesse passado pela cidade. Aquele velho teimoso trataria de todos que pudesse, contando com sua imunidade à doença, embora desconsiderando sua idade e a fragilidade cada vez maior. Mas seu irmão voltaria, trazendo a família com ele. Se pudesse pelo menos mantê-los todos em segurança, seria algo a que se agarrar, enquanto a cidade fosse atingida pela terrível tempestade.

Quando os dois homens partiram naquela manhã, Édipo voltou sozinho para o pátio da família. Quando ela voltou para lá, encontrou-o trabalhando no jardim, embora o sol do meio-dia o castigasse. Sua túnica cinza estava molhada, e o cabelo tinha sulcos onde o havia afastado do rosto com as mãos úmidas. Era uma visão tão bela que ela parou para admirá-lo. Seu marido tinha 27 anos e, aos olhos dela, parecia o mesmo de quando chegara, dez anos antes. Seus olhos ainda brilhavam como ouro, sua pele sem marcas ainda reluzia como damascos maduros. Os músculos tinham mantido cada um dos traços definidos. Incapaz de evitar a comparação, olhou para o próprio corpo e desejou pela milésima vez que carregar cada um dos filhos não tivesse lhe deixado vestígios. Envelhecera muito mais que o marido, embora dez anos fossem uma proporção maior da vida dele que da dela.

Todas as manhãs, Jocasta acordava desejando que o tempo retroagisse durante a noite, apenas para ela, a fim de que pudesse deixar de envelhecer um ou dois verões depois dos 40, até que ele a alcançasse. Ela nunca reclamava da dor nas costas que sentia quando Ismênia queria ser carregada no colo. Também nunca mencionou a dor que sentia nos quadris e joelhos quando se abaixava para pegar um brinquedo de madeira esquecido no chão. Sabia que Édipo seria empático, se ofereceria para esfregar seus músculos doloridos, mas não suportava que ele pensasse nela como uma velha já com dores nas articulações. Lembrava-se do desprezo que sentia por Laio, que sempre tinha alguma dor insistente. Então, ignorava o desconforto, na esperança de que ele desaparecesse. Mas ele nunca desaparecia: apenas se mudava para um tendão ou osso diferente, só para atormentá-la de novo.

— Você tem escravos para fazer a jardinagem para você — sorriu ela, enquanto caminhava até ele. As crianças estavam com muito calor até para brigar e cochilavam embaixo da colunata.

Ele tirou os olhos das plantas que podava.

— Elas estão secas assim por causa do calor, mas não se preocupe. As raízes estão saudáveis.

— Fico feliz — disse ela.

— Vou falar com os vigias noturnos depois de comermos — disse ele. — Eles precisam saber o que está acontecendo, para que possam juntar alguns homens extras.

— As pessoas não vão invadir os portões — protestou ela. Mas sabia que não adiantava.

— É melhor estarmos preparados — ele falou. — Meus pais contaram histórias terríveis da última vez. Costumavam me assustar com elas quando eu era criança, dizendo-me que me apressasse para dormir porque os ratos estavam chegando. Era assim que chamavam os órfãos da peste em Corinto.

— Não precisamos fechar o palácio porque seus pais o aterrorizaram com histórias para dormir — disse ela.

— Seu médico lhe disse para fazer isso — ele a lembrou. — O que seu irmão está fazendo?

— Está organizando homens para guardar os poços e se preparar para enterrar os mortos — falou ela. — Estará de volta antes de escurecer.

— Tem certeza de que devem ficar aqui? — perguntou Édipo. — Eurídice, Hêmon: não estão doentes mesmo?

— Importaria se estivessem? — questionou ela.

— Sim — respondeu ele. — Claro que importaria. Meu amor, não quero ver você passar pela dor de perder seu irmão, cunhada ou sobrinho. Mas você deve saber — ele a segurou pelos ombros e a sacudiu com gentileza, e ela ergueu os olhos para encará-lo —: eu preferiria vê-los todos morrerem diante de meus olhos em vez de deixá-los perto de você ou das crianças. Sabe disso.

Ela assentiu com a cabeça, imaginando como ele era capaz de fazer uma declaração de amor soar como uma ameaça.

Jocasta tentara de tudo para demover Édipo do sol poente, mas, ao olhá-lo do divã onde fingia dormir, viu-o erguer os olhos com irritação: estava com dificuldade de enxergar à medida que a noite caía.

Levantou-se e foi até ele, rodeando o marido e colocando as mãos em seu peito.

— Já terminou com suas plantas por hoje? — questionou ela.

— Só estou pensando em todas as coisas que precisamos fazer — respondeu ele.

— Não tem nada para fazer — ela fingia uma languidez que não sentia, mas fazia tudo o que podia por sua cidade. Ao amanhecer do dia seguinte, os arautos caminhariam pelas ruas, anunciando que Tebas fecharia seus portões pelo tempo que fosse necessário. Quaisquer viajantes precisavam sair de imediato ou ficariam presos. Quando o tempo melhorasse, consideraria permitir que os portões fossem abertos para as pessoas saírem, embora não houvesse entrada na cidade por pelo menos dois meses. A peste tinha vindo das Terras Ermas; não podia correr mais riscos.

— Como assim, não há nada para fazer? — Édipo agarrou os punhos dela, afastando suas mãos do corpo dele. — Quero ter certeza de que as crianças ficarão em segurança. Quanto tempo acha que a doença leva para se manifestar? Precisamos de um período de quarentena para quem saiu do palácio ontem ou hoje. Elas não podem se aproximar de você, de mim ou das crianças até que se provem saudáveis.

— É uma boa ideia — murmurou Jocasta em seu ouvido, sabendo que essa era sua melhor chance de desviar a atenção dele do sol poente. Sentiu-o se contorcer um pouco com o arrepio de cócegas da sua respiração no ouvido dele e beijou o lóbulo com suavidade. Ele respirou fundo, mas depois se afastou, dizendo:

— Isso terá que esperar, minha rainha.

— Não — disse ela, quando ele se virou para encará-la. — Nada precisa esperar.

— Os portões precisam ser fechados — disse ele, soltando gentilmente os dedos dela de seus braços. — Vou mandar os homens fazerem isso agora.

— Eles sabem quando fechar os portões — ela tentou rir. — Eles fazem isso todas as noites.

— Mas esta noite é diferente, meu amor. Hoje à noite, eles precisam ser trancados e bloqueados com barras. Ninguém entra, ninguém sai. Precisam entender que não deve haver exceções.

Jocasta detestava discutir com o marido. Quase nunca levantavam a voz um para o outro. Ele era impetuoso e podia ser irascível, mas ela raramente permitia que as coisas chegassem a um desacordo em grande escala.

— Não tenho certeza se Creonte já voltou — disse ela. — Precisam esperar por ele.

Édipo abaixou-se e segurou o queixo dela em sua mão. Tinha mãos lindas, com dedos longos e finos como os de um músico. Quase não tocava mais lira nos últimos tempos, mas ela adorava observá-lo quando o fazia. Ele balançou a cabeça em um gesto suave.

— Não precisam, não. Precisamos trancar, esteja seu irmão aqui ou não.

— Ele só está fora porque está fazendo o trabalho que eu lhe pedi — ela protestou. — Não pode puni-lo por isso.

— Ele devia ter enviado Eurídice e Hêmon para cá antes de partir — disse Édipo. — Imagino por que não o fez.

— Porque pensou que voltaria a tempo — disse ela. — Por favor.

— Você realmente está me implorando para permitir que seu irmão entre em nossa casa? — perguntou ele, afastando a mão do rosto dela com tanta rapidez que ela sentiu a cabeça sacudir e estremeceu de dor. — Quando ele esteve por toda a cidade hoje? Acha isso inteligente? Quando ele talvez traga a peste para infectar você, ou a mim, ou a nossos filhos?

— É meu único irmão — disse ela com lágrimas escorrendo. Édipo nunca planejara esperar por Creonte, percebeu ela. Odiava chorar na frente do marido; sabia que isso a fazia parecer velha. Virou o rosto para escondê-lo dele.

— Ele devia ter voltado antes — falou Édipo, encaminhando-se para a frente do palácio.

Jocasta escutou as pedras estalarem sob a raiva dele, até que estivesse longe demais para ouvir. Sentou-se, então, na beirada do divã e ouviu o rangido distante de ferro contra pedra. Os portões estavam sendo fechados. Em seguida, um baque alto, que ela levou um momento para localizar. Era o som das grossas barras de pinho preto — raramente usadas — deslizando para dentro dos portões. Esforçou-se para ouvir o som de Hêmon, gritando de emoção porque ele e os pais passariam a noite no palácio e ele tinha acabado de descobrir o fato. Mas o som não veio. Não haviam chegado a tempo. Sentiu uma pontada na têmpora esquerda e sabia que logo seria seguida de uma dor semelhante do outro lado. Depois, caminhou até a fonte e mergulhou as mãos na água, prescrevendo pequenos círculos ao redor da testa latejante. Às vezes, o frescor aliviava a dor, mas não naquela noite.

◇ ◇ ◇

Um mês depois, reabriram os portões do palácio. Dessa vez, a praga passou sem muito peso pela cidade. Não aniquilou tudo o que tocou e foi — segundo os que se lembravam de sua primeira visita — menos devastadora. Muitos tebanos fecharam suas janelas com tábuas e permaneceram dentro de casa durante todo o tempo — correndo para fora para coletar água no período mais escuro da noite —, e a maioria deles sobreviveu.

Dos que foram infectados, muitos mais viveram do que morreram. Esse Acerto de Contas foi mais previsível do que o anterior: levou os muito jovens, os muito velhos, os doentes e os fracos. Mas não abateu os saudáveis com o mesmo vigor indiferente que mostrara antes. Mais uma vez, alimentou-se da parte baixa da cidade. Mas não foi catastrófico, apenas terrível, de modo que a cidade não mergulhou na anarquia, como Jocasta temia que pudesse acontecer, com sua rainha trancada atrás dos portões do palácio. Houve raiva porque o abastecimento de água foi racionado durante a doença, mas nenhum dos guardas foi linchado, como parecia ser provável em determinado momento. Os cidadãos não gostavam de que sua rainha se retirasse da cidade quando ela estava em crise, mas a maioria deles foram honestos o suficiente ao admitir que eles próprios teriam feito o mesmo se pudessem.

Jocasta enviou seus arautos pela cidade, proclamando o fim do Acerto de Contas e pedindo a seus cidadãos que continuassem vigilantes contra os sintomas da doença no futuro. No dia em que o palácio e os portões da cidade foram reabertos, esperava que seu irmão aparecesse, mas ele não o fez. Jocasta sabia que ele devia estar zangado com ela. Perguntara aos guardas — discretamente, quando Édipo estava ocupado em outro lugar, brincando com as crianças no jardim, quando o calor enfim diminuíra — se seu irmão havia chegado ao palácio na noite em que os portões foram fechados.

Descobriu que tinham chegado tarde demais. Muito depois do pôr do sol: Creonte e Eurídice, esta última carregando Hêmon no quadril, as pernas dele balançando enquanto caminhavam. Creonte segurava uma tocha na noite que se adensava para iluminar o caminho pelas pedras irregulares e em meio aos vegetais velhos deixados para apodrecer na praça do mercado.

Creonte realizara todas as tarefas que Jocasta tinha lhe confiado. Viajara pela cidade, falando diretamente com seus homens. Havia avisado Eurídice de que ela precisaria fazer as malas enquanto estivesse fora, mas, ao retornar, descobrira que ela o havia ignorado, dizendo que preferia ficar em sua casa, não importando o que estivesse por vir.

Seguiu-se uma discussão amarga, e ele jogou roupas e objetos de valor em duas grandes sacolas de pano o mais rápido que pôde. Mas Eurídice recusou-se a sair de casa. E os saqueadores?, ela perguntou. E se as pessoas invadissem sua casa e se mudassem para ela? Como poderiam provar que era deles? Creonte lhe respondeu que ela tinha mais medo de perder a casa do que a vida. E, quando ele arrastou a esposa e Hêmon para fora de casa, a escuridão já tinha caído. Caminharam em silêncio a curta distância, subindo a colina até o palácio. Mesmo Hêmon — em geral, tão falante — estava quieto. Sabia que os pais estavam zangados um com o outro e temia piorar as coisas. Quando a família chegou aos portões do palácio, os guardas, que o conheciam havia mais de dez anos, recusaram-lhe a entrada. Os portões estavam trancados, um deles gritou de dentro do pátio. Sem exceções.

Creonte era diferente do cunhado em quase todos os aspectos, sobretudo na maneira como expressava sua raiva. Enquanto Édipo irradiava seu aborrecimento, transmitindo a quem o visse que estava descontente, Creonte se continha. Não tentou argumentar com os homens; apenas se virou para levar sua família para casa. Somente os amigos mais próximos podiam deduzir seus sentimentos.

— Aonde estamos indo? Por que não vamos entrar? — perguntou Hêmon.

— Falei para você. Disse que eles não nos queriam lá — sibilou Eurídice. — Todo mundo consegue ver, menos você: sua irmã não se importa com ninguém além dela mesma e do marido.

Creonte estava cansado demais para discutir com a esposa. Voltou para casa e destrancou as portas. Depois, usou a tocha para acender uma vela fumegante e em seguida apagou a chama maior com um punhado de areia.

— Trarei um pouco mais de comida e água amanhã — disse ele. Tomou a mão do filho e o carregou para a cama, a luz da vela tremeluzindo nas paredes.

A esposa ficou sentada sozinha na escuridão até que ele voltasse.

— Chegamos tarde demais — disse ele. — É isso.

— Somos a família deles — respondeu ela. — Isso deveria ser suficiente.

Ele assentiu com a cabeça.

— Achei que nos deixariam entrar. Devíamos ter saído antes. Se Jocasta estivesse lá...

— Se Jocasta não estava lá é porque não queria estar — retrucou Eurídice. — Ela sabia que você voltaria esta noite. Ela se esconde atrás de Édipo, sabe disso. Então, não vai criticá-lo ou discordar dele, mesmo quando isso significar nos jogar aos lobos.

Creonte sorriu.

— Não tenho certeza se devemos adicionar lobos à lista de coisas contra as quais precisamos nos proteger — respondeu ele.

Mas Eurídice não aceitou a deixa e aliou-se ao marido contra o mundo.

— Você sempre fica do lado dela — disse. — Sempre. Ela usa você e o ignora quando lhe convém. Você é a única pessoa que não é capaz de enxergar.

Creonte afastou-se da esposa e foi para a cama. Na manhã seguinte, levantou-se e descobriu que ela não tinha ido para a cama. Quando entrou na sala comum, ficou surpreso ao encontrá-la vazia. Olhou ao redor, procurando um sinal da esposa, algo que indicasse aonde ela poderia ter ido.

Eurídice havia aprendido letras com seu pai muito tempo antes, mas quase nunca as usava. Assim, Creonte demorou alguns instantes para notar a placa de cera sobre a mesa. Pertencia a Hêmon, que a usava em suas aulas no palácio. Sófon devia ter permitido que a trouxesse para casa a fim de praticar os riscos na cera, sem forçar nem danificar a madeira por baixo. Era um desafio para a mão infantil. Mesmo quando viu a placa, não notou a escrita a princípio, presumindo que as letras malformadas deveriam ser de Hêmon. Somente quando olhou em todos os lugares e não encontrou nenhum indício do paradeiro de Eurídice foi que deu mais atenção à placa.

"Estou com dor de cabeça e muita sede", escreveu ela. "Cuide dele."

21

No dia da coroação de Polin, pensei que a única coisa que desejava era me sentir em segurança de novo no palácio. Na minha casa. Mas estava enganada. Nunca mais estivemos em segurança, minha irmã e eu. Agora, ninguém podia entrar no palácio sem o consentimento prévio de meu tio. Nenhum dos *áristoi* — amigos de Polin e Etéo — recebeu permissão para entrar desde o dia em que meus irmãos morreram. Foram substituídos por seus pais: Creonte preferia homens mais velhos como conselheiros e colegas. Mas agora éramos prisioneiros no que costumava ser nosso lar. Todas as portas e portões foram trancados, fazia dias que eu não via ninguém além de minha irmã e dos criados.

Por fim, convenci meu tio durante o jantar na noite seguinte à morte de meus irmãos de que devia ter permissão para ver Sófon. Disse a ele que minha lira havia desafinado e que tinha estourado uma das cordas ao afiná-la. Ele disse que eu deveria estar tecendo, me comportando como se ele sempre tivesse sido rei, como se nada de terrível tivesse acontecido apenas um dia antes. Ani apresentou uma amostra do tecido que eu havia feito: uma lã de um vermelho forte, fiada em um pedaço de tecido encaroçado, áspero e disforme, e ele decidiu que seria tolice desperdiçar materiais tão caros comigo.

Podia continuar tentando, mas o que eu produzisse não venderia nem na barraca mais barata do mercado. Era — suspirou Creonte — um embaraço para a casa real ter gerado mulheres tão inábeis em trabalhos finos. Mas ele não disse o que qualquer outra pessoa diria: quem vai querer se casar com você sem ter nenhuma habilidade de esposa? Nem precisava.

— Preciso da minha lira ou não poderei tocar no velório — disse a ele. Os tebanos entendem que cumprir nosso dever para com os mortos é mais importante do que qualquer coisa que aconteça enquanto alguém está vivo. O anúncio das mortes na casa real significava que a cidade ficaria de luto e assim permaneceria por cinco dias, até que o enterro fosse realizado. Haveria fogueiras e banquetes, sacrifícios e música naquela noite, como um sinal de que havíamos acertado a dívida dos mortos e, então, poderíamos voltar a entrar no mundo dos vivos. Até o enterro, Ani e eu estávamos em um estado intermediário: maculadas pelos mortos, incapazes de nos encaixar na vida normal.

Meu tio acenou com a cabeça em um assentimento cansado e me disse que mandaria Sófon ao pátio da família na manhã seguinte.

— Você deve usar seu tempo livre para compor uma canção para seu irmão — disse ele. Achei que devia ter ouvido mal a última palavra.

— Farei isso — disse a ele. — Já estou tentando pensar na melhor maneira de entrelaçar as duas histórias.

Estávamos sentados em torno de uma mesinha, e Hêmon estendeu a mão para pegar um pedaço de pão ázimo, ainda quente e com as faixas de grelha marcadas nele, como um carimbo. Creonte segurava uma tigela de grão-de-bico em uma das mãos e os colocava no prato com uma colher.

— A canção será apenas para Polinices — disse Creonte, e Hêmon congelou por um momento. Creonte virou a cabeça ligeiramente para olhar o filho — que estava sentado diante de Ani, e não ao lado dela, como de costume —, e Hêmon voltou à vida, pegando o pão para o qual havia estendido a mão.

— Eu poderia escrever uma canção para cada um deles — falei, como se concordasse com a sugestão de Creonte. Sentada ao lado de Ani, que havia abaixado a cabeça, permitindo que o cabelo escondesse seu rosto, pude ouvir sua respiração se acelerar.

— Apenas para Polinices — repetiu ele. — Etéocles não terá velório. Ele era inimigo da cidade.

— Mas que absurdo — repreendeu Ani, erguendo os olhos por fim. Ela havia esquecido que discutir com Creonte nunca era a melhor maneira de fazê-lo mudar de ideia. Era preciso convencê-lo a fazer as coisas de forma diferente, com tempo. Contradizê-lo apenas o levava a insistir em sua posição anterior com ainda mais firmeza. Vi os olhos de Hêmon lançarem um aviso, mas era tarde demais. Creonte desviou o olhar de mim para minha irmã.

— Vai se desculpar por falar dessa maneira com o rei — disse ele. — Sem dúvida está angustiada com a perda de seu irmão.

Ani nunca fora capaz de resistir a uma provocação.

— Dois irmãos — insistiu ela. — Perdemos dois irmãos.

— E você vai chorar por um — ele lhe disse. — Polinices era o rei desta cidade, e Etéocles tentou destituí-lo. Foi traição. Tebas não veste seu traje de luto por traidores — a última palavra foi quase cuspida, com ele batendo a tigela de barro na mesa. Tive um sobressalto, embora estivesse acompanhando seus gestos.

— Podemos fazer um funeral privado e familiar para Etéo — falei com rapidez. — Vou compor uma música para o velório de Polin. Ani e eu enterraremos Etéo juntas, longe do restante da cidade, se for do seu agrado.

Minha irmã olhou para mim como se eu fosse uma imbecil.

— Devemos enterrar os dois juntos. Na morte como na vida — disse ela. — Sabe disso.

— Eles não eram próximos — eu a lembrei. — O enterro é o que importa. Todo o resto é apenas… — fiquei sem palavras. Não quis desrespeitar as tradições tebanas nem insultar meu tio. Mas Ani deveria saber que o que eu estava dizendo era verdade. Se Etéo não recebesse uma fina mortalha de linho branco, tecida pelas melhores artesãs da cidade, pouco importava. Nós duas estávamos cobertas com a mortalha da tristeza. Isso bastaria. Ele só precisava ser enterrado, estar em segurança embaixo da terra, para que sua sombra pudesse passar para o Hades e descansar com tranquilidade.

— Não pode estar falando sério — disse ela. — Os dois devem ser enterrados no túmulo da família. Etéo não era um camponês para ser enterrado pelas irmãs. Ele era o rei da cidade. Deve receber o devido respeito, não apenas por sua morte, mas por sua vida.

— Sobrinha — disse Creonte —, só posso imaginar que esteja variando devido à dor. Faça o favor de permanecer em silêncio, ou vou trancá-la em seu quarto por um mês até que esteja curada. Então, perderá o funeral de Polinices, e sei que não deve ser o que deseja.

— Por que você não diz nada? — Ani gritou para Hêmon, que examinava seu prato durante toda a conversa, as orelhas avermelhadas sendo o único indício de que conseguia ouvi-los.

Fez-se uma pausa. Hêmon não ergueu os olhos, apenas disse:

— Meu pai está certo. Traidores e heróis não são iguais. E não podem ser tratados como se fossem.

Perguntei-me se aqueles eram seus pensamentos ou os de seu pai. Ani só poderia ter ficado mais chocada se ele tivesse estendido a mão sobre a mesa e a esbofeteado.

— Então, ninguém vai defender Etéo — disse ela, empurrando a cadeira para trás.

— Ani — falei. Queria levá-la para o quarto e dizer-lhe para parar com isso antes que ela obrigasse Creonte a fazer ou dizer algo pior. Se ele nos confinasse em nossos quartos, nenhuma de nós estaria lá para lamentar por nossos irmãos no funeral deles, uma desgraça terrível demais para imaginar. Precisávamos ser pacientes e ficar do lado do meu tio nos próximos dias. Hêmon havia concordado com o pai, e esse era um começo valioso para nossa barganha: nossas opiniões sequer tinham tocado nosso primo, então, sem dúvida, corríamos o risco de não enterrar nosso irmão. Fiquei irritada com Ani. Além de nossa dor, ela acrescentara mais uma dificuldade.

— Sente-se — disse Creonte, sem olhar para ela. Ela se levantou, sem saber se afirmaria melhor seu ponto de vista ao continuar a argumentação ou ao se encaminhar para o quarto. Um momento depois, decidiu-se pela segunda opção. A batida de carvalho contra carvalho quando a porta se chocou no batente ecoou pelo pátio.

Meu tio também se levantou.

— Muito bem — ele me disse. — Sua irmã é incapaz de ter civilidade ou bom senso. Ao que parece, por ela, veríamos a cidade celebrar um homem empenhado em sua destruição.

Mordi a boca por dentro, sabendo que não poderia responder sem piorar as coisas. Mas era tarde demais para isso.

— Sendo assim, deixarei minha vontade bem clara — continuou Creonte. — Polinices será enterrado como nossas tradições e deveres familiares exigem. Ele era, como disse Hêmon, um herói. Etéocles não receberá um funeral de Estado, como expliquei. Como sua irmã parece incapaz de compreender o porquê, explicarei as coisas para ela em uma linguagem que seja capaz de entender. O traidor não receberá nenhum tipo de enterro.

Com essas palavras, ele saiu do pátio, e Hêmon ficou em pé de um salto e o seguiu, lançando um olhar de culpa para mim enquanto se retirava. E, na manhã seguinte, foi possível ouvir o grito da minha irmã lá no alto das montanhas, entre os pinheiros-pretos.

✧ ✧ ✧

Ela tremia quando irrompi em seu quarto. Havia velhas cortinas nas janelas dos dormitórios daquele lado do palácio, porque davam para o leste e, sem elas, faria muito calor pela manhã. Raramente usava as minhas: gostava de ver o sol no início de cada dia, enquanto ele coroava as montanhas lá fora, e nunca me importei com o calor. Mas Ani tinha sono leve e sempre fechava as dela à noite. Então, quando acordou, abriu as cortinas como de costume e, olhando para a encosta atrás do palácio, viu o que ninguém jamais deveria ver. Engasguei-me quando vi com meus olhos, um horror que arrancou todo o ar do meu peito. Pousei minhas mãos em seus ombros e a virei. Segurei seu rosto contra meu peito e fechei meus olhos, para também me impedir de ver. Quando as escravas entraram correndo logo atrás de mim, gritaram e fecharam as cortinas de novo, saindo sem falar, uma segurando a outra pela mão.

Levei Ani para o pátio e chamei uma das criadas até nós.

— Prepare um quarto na ala oeste do pátio para minha irmã — falei. — Ela dormirá lá esta noite. E mande alguém levar um pouco de vinho para ela agora.

A criada voltou da cozinha momentos depois com vinho, água, mel e ervas. Usei o mel para neutralizar o gosto amargo das ervas e dei a bebida para Ani, segurando-a entre um gole e outro. Ela bebeu devagar e, aos poucos, o tremor foi parando. Levei-a para o quarto recém-preparado — que era simples e monótono, mas bastante confortável — e cuidei dela até que o vinho e as ervas a acalmassem para dormir. Depois fui sozinha até o quarto dela e puxei as cortinas. Por mais terrível que fosse, não poderia desrespeitar meu pobre irmão, recusando-me a vê-lo.

À primeira vista, quase parecia que estava sentado contra a rocha, a cabeça pendendo como se cochilasse sob o sol quente da manhã. Mas é claro que não estava cochilando. Ele estava escorado, a cabeça encostada na rocha para se apoiar, e, no pescoço, havia o que parecia uma segunda boca escancarada, preta. Uma de suas pernas estava virada em um ângulo improvável, e as sandálias cobriam apenas metade do pé. Deviam ter se afrouxado ao arrastarem-no para fora. Tentei dizer a mim mesma que ele estava apenas dormindo, mas parecia mais distante do sono do que qualquer um que já tivesse visto.

Senti os soluços estremecerem meu corpo, agora que estava sozinha. Os gritos de desespero de Ani tinham sido tão altos que não pude ouvir os meus. Então, deixei essa sensação me consumir por algum tempo, sentada no chão do quarto, olhando para o estado lamentável de uma das pessoas que eu mais amava no mundo. Chorei além dos pensamentos, além das palavras. Mas, depois de derramar todas as lágrimas, sabia o que precisava fazer. Tinha que enterrá-lo, é claro.

Não podia deixá-lo apodrecer fora do palácio, sendo bicado por pássaros e atacado por cães vadios. Era horrível pensar que meu tio podia sequer cogitar essa horrível situação. Ele conhecia seu dever para com os mortos, assim como todos nós, mas não havia nada a se ganhar ao falar com ele: a explosão de Ani na noite anterior tinha criado aquilo. Creonte aceitaria qualquer espécie de desaprovação dos súditos antes de mudar de ideia. A única coisa que nunca fora capaz de tolerar era qualquer indício de fraqueza de sua parte. Assim, tendo proibido um enterro para Etéo, não reconsideraria. Mas eu precisava encontrar uma maneira de colocar meu irmão embaixo da terra; não podia deixá-lo vagar pelas margens do rio Lete, observando seu irmão cruzar o caminho até o Hades, enquanto ele era deixado para trás. O terrível rei e a rainha do Mundo Inferior jamais perdoariam tal desprezo.

Tentei pensar no que poderia fazer naquele momento. Lembrei que meu tio havia me dado permissão para falar com meu tutor naquele dia e decidi que deveria fazer o que tinha pedido. Levantei-me e puxei as cortinas da janela de Ani de novo, implorando perdão ao meu irmão por deixá-lo, por me afastar dele. Voltei ao meu quarto para calçar as sandálias (haviam colocado um novo par no meu quarto; as manchadas de sangue nunca mais foram devolvidas). Vesti uma longa túnica formal e peguei um xale vermelho-escuro para cobrir meus ombros. Arrumei os cabelos em uma trança bem-feita e a coloquei atrás das orelhas. Tinha certeza de que meu tio não permitiria mais que caminhássemos pelo palácio vestidas como crianças. Desde antes, ele costumava me repreender, quando Etéo era rei, por não cuidar da minha aparência. E, como queria ir ao segundo pátio para encontrar Sófon, sabia que minha melhor chance era me comportar como ele desejava. Depois de tudo o que ele havia feito para se tornar rei da minha cidade, seria tolice imaginar que não pretendia usar esse poder em todos os aspectos de seu governo, por mais insignificantes que fossem.

Levei uma eternidade para persuadir o guarda de que eu tinha o consentimento do rei para deixar o pátio, mas, no fim das contas — depois de verificar com os conselheiros de meu tio se eu de fato tinha permissão para entrar em um recinto que costumava visitar todos os dias —, ele destrancou o portão e me permitiu sair. Contornei a ala sul e depois a ala oeste da praça, tentando não olhar para a leve descoloração rosa que ainda marcava as pedras sob o corpo de Etéo quando ele morrera. Bati na porta de Sófon e a abri com cuidado.

Meu tutor parecia ter envelhecido alguns anos desde a última vez que o tinha visto. Levantou-se devagar da cadeira, apoiando o peso nas varas que mantinha contra as pernas.

— Jocasta — disse ele, e lágrimas brotaram de seus olhos.

— Você não pode ter me esquecido tão rápido — retruquei. Mas não tinha certeza se ele havia notado que tinha me chamado pelo nome de minha mãe. Ele abriu os braços, e corri para eles e o abracei. — Não sei o que fazer — revelei.

Ele acariciou meus cabelos, como eu havia acariciado os de Ani antes.

— Você não deve enfrentar ainda mais seu tio — disse ele quando me soltou, recostando-se em sua cadeira dura. — E isso vale para sua irmã, em dobro. Ela julga mal as situações. Como consegue não entender?

— Farei com que ela entenda — prometi a ele. — Ela não percebe que foi Creonte quem orquestrou tudo isso: Polin e Etéo, em guerra um com o outro. Ela não pensa assim.

— Não! — assentiu ele. — Sua irmã sempre foi tão franca. Ela acha que todo mundo é igual a ela.

— Creonte proibiu-nos de enterrar Etéo — falei. Deixei as palavras afundarem nas rugas do rosto dele. — Há algo que eu possa fazer para convencê-lo de que está equivocado?

Sófon fez que não com a cabeça lentamente.

— Duvido muito. Seu tio é um homem difícil, Isi. Trabalho com ele há muitos anos e nunca o consideraria um amigo. Está fechado para outras pessoas. Ele ama Hêmon. E você, claro.

Achei que devia estar ouvindo coisas.

— A mim?

— Creonte dedicou-se a sua mãe por muitos anos. Ele nunca gostou do seu pai. Mas foi preciso algo terrível acontecer para que ele desistisse dela.

— Está falando da tia Euri?

— Sim. Mas mesmo que isso tenha deteriorado o relacionamento dele com seus pais, ele continuou vindo aqui todos os dias depois do Acerto de Contas. Em parte porque sempre quis estar onde estava o poder — ele balançou o braço trêmulo ao redor da sala. — E em parte porque gostava de ver você. Quando era bem pequena, ele costumava lhe contar histórias. Talvez você não se lembre.

Eu não me lembrava.

— Seu tio ansiava por uma filha, e você era a filha que ele não pôde ter. Seu pai ficou emocionado quando Ani nasceu: como não ficar? Todos lhe diziam quanto ela se parecia com sua mãe. O grande pesar de seu pai foi ter entrado tão tarde na vida de sua mãe. Ele sempre desejou poder tê-la conhecido quando era jovem. Então, para ele, Ani era encantadora: ele sentia que finalmente poderia ver como era Jocasta antes de tê-la conhecido.

— Ani era a favorita do meu pai — comentei. — As pessoas me diziam tanto isso que quase não doía mais, era como pressionar um ferimento antigo.

— Não — disse Sófon. — Não, ela não era a favorita dele. Ele amava todos vocês. Se alguém era a favorita dele, era sua mãe. Ele a amou desde o dia em que se conheceram até o dia em que ela morreu. Mas ele sempre quis filhos. Nunca teria ficado satisfeito sem você. Porém, seu tio lhe era devotado.

— Se fosse verdade, ele me deixaria enterrar meu irmão — falei, com raiva.

— Vá ao funeral de Polin amanhã. Faça tudo o que ele pedir. Talvez consiga persuadi-lo com o passar dos dias — aconselhou Sófon.

Comecei a chorar de novo, pensando no pobre Etéo sendo mordido e bicado enquanto eu não podia fazer nada para colocar seu corpo fora do alcance dos animais carniceiros.

— Mas, se está pedindo minha opinião, aqui está: é improvável que seu tio mude de ideia. Ainda assim, os sacerdotes dirão a ele que está cometendo um erro terrível contra seu irmão e os deuses. Eles não podem fingir que não: temeriam ser atingidos por um raio por seu perjúrio. Nem tudo está perdido.

Sabia que ele estava certo. Enxuguei as lágrimas do rosto com as pontas do xale antes de sair do gabinete de Sófon. Meu tio talvez pudesse ser persuadido. Teria que depositar minhas esperanças nisso.

22

O calor do verão estava diminuindo, mas a memória dos mortos queimava cada vez mais forte. Depois que as pessoas pararam de temer por sua vida, começaram a fazer perguntas. Ninguém duvidava de que o Acerto de Contas havia voltado para reivindicar outra geração. Mas por quê? E por que agora? Ninguém queria expressar seu medo mais sombrio: se a doença tinha desaparecido por cinquenta anos e retornado, talvez nunca pudesse ser superada. Os tebanos perguntavam-se se haviam cometido um erro tantos anos atrás, quando abriram seus portões depois de fechar a cidade contra a primeira epidemia que assolou o mundo deles.

De quem tinha sido a ideia de reabrir os portões da cidade? As pessoas discutiram isso por dias. Alguns diziam que era culpa de Laio, o falecido rei. Mas onde estava a satisfação em culpar um homem morto havia tanto tempo? Outros pensaram que a ordem para abrir os portões viera da rainha. Mas a opinião mais popular é que devia ter sido ideia de Édipo. O marido da rainha tinha vindo das Terras Ermas, não tinha? Então, é claro que gostaria de abrir a cidade para outros como ele. No entanto, alguém argumentou que não podia ter sido ideia dele. Os portões deviam ter sido abertos antes de ele chegar à cidade, caso contrário, como poderia ter entrado? O argumento foi descartado como sofisma pela maioria. Além disso, mesmo que os portões estivessem abertos para o estranho estrangeiro adentrar a cidade, Édipo havia encorajado Tebas a olhar além de seus muros. Tinha defendido o comércio com sua cidade, Corinto, e a abertura de novas rotas ao norte e ao sul. Havia transformado Tebas de fortaleza em mercado. E agora veja onde estavam: colocando oferendas nas sepulturas dos filhos mortos.

Jocasta estava parcialmente ciente de que o estado de espírito da cidade se voltara contra ela. Nunca tinha pensado muito sobre sua popularidade porque nunca precisara. Laio não havia sido um rei popular e vivera e morrera exatamente como desejava. Bem, talvez não tivesse morrido exatamente como desejava. Mas chegara bem perto disso. Ainda assim, à medida que os dias diminuíam, Jocasta sentia a cidade mais fria.

Entregou-se a um breve estado de autocomiseração: Jocasta havia feito tudo certo e seguido o conselho de seus amigos e especialistas. Mas, como haviam usado subterfúgios para persuadir os cidadãos de que o abastecimento de água era seguro, não podia agora reivindicar o crédito por ter mentido para eles. E ela havia fechado os portões do palácio, o que talvez tivesse contribuído para a sensação dos cidadãos de que ela havia se isolado deles em um momento de crise. Mas Jocasta tinha quatro filhos, e Sófon a advertira de que os jovens corriam um risco maior. Certamente as pessoas entenderiam isso, não? Os tebanos saberiam — as mulheres saberiam — que ela precisava manter os filhos a salvo. Porém, uma voz baixinha em seu ouvido lhe disse que uma mulher que havia enterrado seu bebê em terra seca polvilhada com lixívia teria pouca simpatia por uma mulher com quatro filhos saudáveis correndo pelos terrenos do palácio. Ela havia fechado a cidade para evitar mais contaminação vinda de fora. Mas como as pessoas podiam avaliar o que não havia acontecido? Se os portões tivessem permanecido abertos, Jocasta tinha certeza de que muitos outros casos de peste teriam devastado a cidade. Não havia como provar, contudo. As pessoas só contavam as mortes que havia perante a quantas mortes a menos gostariam que tivesse havido.

Jocasta desejava, mais do que tudo, poder conversar com o irmão, mas a distância entre eles não podia ser percorrida. Creonte voltou ao palácio alguns dias depois que os portões foram reabertos e começou a trabalhar nas tarefas que fora forçado a abandonar durante a epidemia. Nunca repreendeu a irmã por permitir que os portões fossem trancados para ele, nunca perguntou como pôde tê-lo abandonado, e a sua família, nunca gritou contra a injustiça que sofrera, nunca chorou pela perda da esposa. Continuou a oferecer conselhos quando ela os buscou, mas ele nunca discutia nada pessoal e saía pontualmente todas as tardes. Não levou mais Hêmon para brincar com os primos, mantendo o menino em casa. Jocasta tentou se desculpar pela separação forçada, expressou sua tristeza pelo que havia acontecido com Eurídice (embora Édipo tenha se apressado em lembrá-la de que a cunhada já carregava a doença quando ele fechou o palácio e que ela — e toda a família — tiveram sorte de a mulher infectada pela peste ter permanecido do lado de fora). Jocasta não encontrou palavras para trazer Creonte de volta para ela. Queria tocar seu braço e implorar seu perdão, mas, depois do contágio, a cidade havia perdido o hábito do contato físico e, como veio a descobrir, ela também o perdera.

✧ ✧ ✧

Certa manhã, quando as folhas começaram a cair no chão e arranhar seus pés enquanto caminhava pelos pátios, Sófon chegou, pedindo para falar com ela. Pôde ver que ele estava chateado. Parecia ter envelhecido dez anos desde o início do verão. Sombras marrom-arroxeadas estavam estampadas embaixo de seus olhos, e sua expressão era estranhamente acolhedora. Ela se levantou e tomou as mãos dele entre as suas.

— Obrigada por ter vindo — disse ela. — Que verão terrível.

— Você fez tudo o que pôde — assegurou ele, as palavras que ela ansiava ouvir de alguém. — Você está viva, seus filhos estão vivos. Você agiu bem.

Lágrimas brotaram dos olhos dela, e ela as aparou com os dedos.

— Acredita sinceramente nisso? — perguntou ela. — Sinto que todos me odeiam e não sei por quê. Achei que tivesse feito tudo certo.

Ela o levou pela praça até as cadeiras acolchoadas perto da fonte, que estavam repletas de almofadas empilhadas. Jocasta dispensou um criado que se levantou para arrumá-las confortavelmente para o velho. Pegou uma almofada em cada mão e as ajeitou atrás das costas de Sófon enquanto ele se acomodava no assento.

— Estou vendo que me dirá coisas terríveis. Tenho certeza disso.

Ela sentou-se a seu lado, inclinando-se para a frente, as mãos segurando uma almofada com tanta força que os nós dos dedos ficaram brancos.

— Como? — ele perguntou.

— Conheço você há mais da metade da minha vida — respondeu ela. — Há mais tempo que conheço qualquer um, exceto meu irmão e ele... — Não foi capaz de terminar a frase. Sófon levou um momento para formular sua resposta.

— Não concordo com seu diagnóstico de que todos a odeiam — disse ele. — Mas devo dizer a verdade: os tebanos com quem falo todos os dias não estão felizes. Acham que você deveria ter feito mais para ajudá-los. Sempre pergunto: o que a rainha deveria ter feito? A maioria dessas pessoas não sabe que sou seu amigo. Então, não estão tentando poupar meus sentimentos. Pergunto-lhes porque quero saber o que dizem, no que acreditam. E nenhum deles tem uma resposta. Todos dizem a mesma coisa: apenas sentem que você não fez o suficiente para ajudar seu povo em sua hora mais difícil.

— Eu deveria ter ficado ao lado deles? — ela perguntou. — A rainha, enxugando testas e controlando a febre? Isso teria salvado vidas? Mesmo que uma?

— Claro que não — respondeu ele. — Seu lugar era aqui. Mas os rumores que estão circulando pela cidade... você os odiaria.

— Quais rumores? — ela perguntou em tom seco. — Suponho que todos pensem que passamos o verão comendo, bebendo e rindo no palácio, enquanto eles enfrentavam a morte sozinhos. — Ela corou ao perceber que essa descrição não era totalmente imprecisa. Édipo e as crianças tinham passado um verão feliz, grande parte dele naquele jardim. Se seu irmão e a família dele estivessem com eles, Jocasta poderia ter se divertido também. Mas não podia chorar pensando em cada tebano morto pela peste ou por qualquer outra coisa. Ela era a rainha: não podia se deixar consumir por piedade ou tristeza.

Talvez as pessoas pensassem que ela deveria ter fechado a cidade anos antes, quando Laio falecera. Mas o Acerto de Contas já havia desaparecido décadas antes: como poderia saber que um dia aconteceria de novo? Além disso, Tebas tinha necessidades mais prementes, de comida e comércio. A cidade era autossuficiente durante alguns meses do ano, mas nunca seria capaz de alimentar sua população sem importar alguns gêneros alimentícios. Não bastassem esses fatos, Jocasta sempre achou que sua cidade tinha certa tendência a se vangloriar. Precisava das Terras Ermas, por mais que seus cidadãos preferissem imaginar que não.

— Não quero aborrecê-la — disse Sófon. — Mas você tinha que saber. Precisa combater os mexeriqueiros e não conseguirá fazê-lo se não souber o que estão dizendo. Ninguém lhe disse nada? Seu irmão?

Ela fez que não com a cabeça.

— Creonte não falou muito desde que os portões foram reabertos — disse ela. — A esposa dele morreu. Está sofrendo por ela. Você precisa me dizer. O que as pessoas estão dizendo?

O velho abaixou a cabeça por um momento.

— Dizem que a peste é obra sua — ele falou, as palavras saindo com rapidez de sua boca.

— Minha? Como poderia ser? — ela riu do ridículo da situação. — Eu envenenei o abastecimento de água? Quem acreditaria em tal absurdo?

Os olhos leitosos encontraram os dela por um momento, antes que Jocasta desviasse o olhar.

— Eles não acham que está causando isso de propósito — respondeu ele. — Mas ainda assim pensam que é tudo culpa sua. Acreditam que a cidade está sendo punida pelos deuses.

Ela soltou um suspiro de aborrecimento.

— Às vezes, até eu acredito que a cidade esteja sendo punida pelos deuses — disse ela. — Por qual outro motivo pessoas estúpidas e mesquinhas sobreviveriam, quando tantas crianças inocentes morreram? Você não pode estar falando sério.

— Gostaria que fosse uma piada — disse ele. Estendeu a mão e tocou a dela. O pior estava por vir. — As pessoas acreditam que você esteja cometendo um crime terrível contra o que é certo e decente. Você e Édipo. Acham que vocês dois afrontaram os deuses e que a peste é consequência desse comportamento.

— Como afrontamos os deuses? — perguntou ela. — Porque Édipo derrubou aquele santuário feio e o substituiu por um jardim? Porque não me prostro mais diante de um deus oracular que não enxerga, dia após dia, sem nenhum propósito? Desde quando Tebas se tornou um foco de devoção religiosa? Não via muitos tebanos entrando nos templos quando era criança.

— Você veria agora — disse-lhe Sófon. — As pessoas vêm se tornando cada vez mais — ele fez uma pausa para pensar na palavra apropriada — supersticiosas nos últimos anos.

— Porque estão com medo — disse ela. — É o que entendo.

— Não vai entender tudo o que estão dizendo — falou ele. — Talvez devesse chamar Édipo.

Ela estava prestes a recusar, mas percebeu que o velho tentava protegê-la. Levantou-se então e caminhou até seus aposentos, voltando instantes depois com o marido.

— Do que se trata? — perguntou Édipo, enquanto se empoleirava na beirada da fonte, encarando os dois. — Jocasta disse que há algo que você acha que precisamos saber.

— Por favor, acredite que eu preferiria não lhe contar nada disso — falou Sófon. — Mas, em minha experiência, os boatos não desaparecem simplesmente porque o alvo deles não os conhece. O boato está se espalhando e não pode ser impedido por mim. As pessoas dizem que você irritou os deuses com seu casamento. Com seus filhos.

Ele soltou o ar e os ombros penderam para a frente.

— Quê? — Édipo bufou. — Isso é ridículo.

— Estão dizendo que não podem estar casados — continuou Sófon, erguendo a cabeça para encontrar dois rostos horrorizados. — Dizem que vocês são mãe e filho.

Édipo soltou uma forte gargalhada.

— Essa é a coisa mais estúpida e desagradável que já ouvi. Não está querendo dizer que alguém está levando isso a sério, está?

Sófon assentiu.

— Receio que sim.

— Eles sabem que vim pela primeira vez à cidade faz dez anos? — perguntou Édipo. — E que Jocasta teve seu primeiro filho faz nove anos?

O olhar entre Sófon e Jocasta levou menos tempo do que um estalo de dedo, mas a denunciou mesmo assim.

Édipo ficou sem falar com ela por três dias. Ele saía de qualquer aposento em que ela entrasse, usando a presença constante dos filhos para manter conversas triviais. Mesmo à noite, ficava ao lado dela enquanto colocavam as crianças na cama, mas, assim que saíam, ele a ignorava. Dormia em outro quarto e trancava a porta. Ela colocava a mão no braço dele, e ele a afastava, como se estivesse impura. Na terceira noite, ela cedeu e, embora seu orgulho a fizesse detestar que isso tivesse de acontecer na frente dos servos, caiu de joelhos diante dele e implorou seu perdão.

— Como pôde manter algo assim em segredo? — perguntou ele. — Como?

Ela estendeu a mão e tomou as dele entre as suas.

— Perdoe-me — disse ela. — Faz muito tempo.

— Nem sempre fazia muito tempo — respondeu ele.

— Fazia — protestou ela. — Quando o conheci, já fazia dezesseis, não, dezessete anos. Já tinha passado metade da minha vida tentando esquecer o que havia acontecido. Não estava tentando guardar segredo. Todos sabiam. Quero dizer, todo mundo aqui sabia, e eu queria muito que não soubessem. Acho que uma das coisas de que mais gostei em você, quando nos conhecemos, foi que não precisei viver a seu lado sabendo que algo terrível tinha acontecido comigo. Você não sentiu pena de mim, como todo mundo sentia.

O rosto dele se suavizou ligeiramente, embora pudesse ser apenas o crepúsculo brincando em sua pele. Ele agarrou-a pelos punhos e a levantou. Havia algo de indigno em uma mulher de meia-idade de joelhos.

— Poderia ter me contado — ele a repreendeu. — Não naquela época, mas um pouco depois.

— Eu sei — disse ela. — Eu quis, muitas vezes. Mas, então, engravidei com tanta rapidez, e logo estávamos tendo nosso primeiro filho. Estávamos criando juntos uma família. Não queria que pensasse que já tinha vivido isso antes.

— Mas você tinha — disse ele, afastando-se dela.

— Juro que não. Nada foi como antes. Naquela época, eu estava sozinha. Não tinha ninguém que pudesse cuidar de mim. Exceto Sófon, e só o conheci porque quase desmaiei na frente dele. Foi tão horrível. Tudo foi horrível — ela começou a chorar enquanto as lembranças havia muito escondidas a inundavam. — E o bebê estava morto, fosse como fosse. Passei por tudo aquilo para nada. Nem cheguei a vê-lo.

— Como? — ele virou-se para encará-la e enxugou suas lágrimas com os polegares, embora outras tenham caído na sequência. — O que quer dizer?

— Ela o levou embora — soluçou Jocasta. — O cordão estava enrolado em seu pescoço. Ela disse que seria pior se eu o segurasse, então o levou embora. E — ela engoliu as palavras em seco — passei o resto da minha vida pensando nele. Eu o imaginei crescendo, aprendendo a dizer meu nome, andando, correndo. Costumava ficar aqui sentada, sozinha, para poder pensar nele em paz. Entende o que quero dizer? Apenas ficava aqui, sentada, imaginando-o.

— Ainda pensa nele agora?

Ela assentiu, culpada.

— Às vezes. Mas, quando tento encontrá-lo em minha mente, agora vejo Polin em seu lugar. Ou, às vezes, Etéo.

— Eles se parecem com o que imaginou que ele seria? — perguntou Édipo.

— Não sei — sussurrou ela.

— Gostaria que tivesse me contado — disse ele. — Estava escondendo de mim parte de você.

— Nunca quis estragar as coisas — ela falou. — Sempre tive medo de que descobrisse. Que veria as estrias na minha pele e tudo acabaria.

Ele fez que não com a cabeça.

— Não tinha ninguém para comparar com você. Sabe disso — ele se sentou ao lado dela. — O que faremos agora?

— Sobre esses rumores horríveis? Não sei. Não posso provar que o bebê morreu.

— Sófon não estava aqui? Ele é testemunha, pode confirmar que está dizendo a verdade.

— Não — disse ela. — Ele não estava aqui naquele dia. Queria estar, mas algo aconteceu. Acho que foi arrastado para o outro lado da cidade por algum motivo. Não consigo lembrar por quê. Estávamos apenas eu e Teresa.

— Quem?

— Ela era a governanta quando chegou aqui.

— Ah, aquela lá. Provavelmente já está morta, não está?

— Não sei — admitiu Jocasta. — Sim, deve estar. Já era idosa.

Édipo assentiu com a cabeça e apertou a mão dela.

— Ficará tudo bem — disse ele. — Mesmo que não possamos encontrá-la, enviarei uma mensagem para casa. Meu pai explicará a todos que nasci em Corinto. Ele vai atestar isso, assim como dezenas de pessoas que me conheceram quando eu era menino. Juro.

— Você mandará hoje uma mensagem para ele? — perguntou ela.

— É claro — disse ele. — Não sei ao certo como começar uma carta dessas, mas tenho certeza de que vou pensar em alguma coisa.

Ele sorriu para ela, e ela tentou devolver o sorriso, mas outro soluço irrompeu.

23

No dia do funeral de Polin, acordei cedo. A cerimônia devia ser realizada antes do amanhecer. Usando uma tocha, procurei minhas roupas, tendo um vislumbre de mim mesma no espelho de obsidiana polida que Ani havia me dado no meu último aniversário. Isso parecia ter sido há mil anos; mal reconheci a garota que me olhava. Sem Etéo, sentia que faltava um pouco de mim; esperava ver uma cicatriz, um olho ou uma orelha faltando. Algo que doía tanto deveria ser visível. Não pude deixar de pensar que o espelho podia muito bem não mostrar nada caso não pudesse mostrar a verdade. Então, eu o deixei cair, esperando que se quebrasse em mil pedacinhos, mas ele se dividiu perfeitamente em dois pedaços, e fiquei com dois espelhos inúteis, quando antes tinha apenas um.

A procissão fúnebre começaria no pátio principal do palácio, onde Polin permaneceu sendo velado por vários dias. Limpamos seu corpo, o cobrimos com óleo e o envolvemos em uma mortalha de linho branco. A cada ação que realizávamos, eu pensava na terrível falta desses mesmos rituais para Etéo, que ainda jazia fora do palácio, pranteado em segredo, insepulto. Minha irmã e eu realizamos a *prothesis* para Polin: cantamos em seu esquife, arrancamos os cabelos, rasgamos nossas roupas, esmurramos o peito e gritamos nossa dor aos céus, para que todos ouvissem. O ritual informava aos mortos — onde quer que estivessem — como os vivos sentiam sua falta. Mas, com o passar das horas, comecei a pensar que o ritual era para nós, os vivos, darmos expressão a cada recanto de nossa dor. Havia chorado igualmente por meus irmãos e, de alguma maneira, os dois sabiam disso.

Ani e eu teríamos permissão para participar da *ékfora*,[1] acompanhando o corpo de nosso irmão até seu local de descanso final: a tumba que já abrigava nossos pais. De algum modo, tinha de pensar em uma maneira de convencer meu tio de que Etéo também deveria ser enterrado, mesmo que não fosse com o restante de nossa família. Como Sófon havia dito, Creonte era um homem supersticioso: achei que talvez pudesse convencê-lo de que a sombra de minha mãe não ficaria em paz enquanto o filho mais novo fosse impedido de se juntar a ela no Mundo Inferior. Mas Sófon fecharia a cara se me ouvisse dizer tais coisas: ele pensava que a religião não passava de superstição e estava aquém daqueles que tinham estudado, pois não podiam acreditar no que ele considerava ser histórias infantis. Diria que nossos deuses são convenientemente como nós, e por que deveriam ser? Nenhuma resposta que ofereci a essa pergunta o deixou satisfeito, até que cedi e disse que devia ser porque nós os inventamos. Criamos deuses que se parecem conosco porque é tudo o que conhecemos. Portanto, eles não são como nós, mas sim vêm de nós. Sófon acreditava que, se os cavalos pudessem falar uns com os outros, criariam deuses que se pareceriam com cavalos. E talvez estivesse certo. Mas nada disso me ajudaria a convencer meu tio de que Etéo não podia ser deixado para apodrecer fora do palácio.

Vesti-me com uma túnica simples de linho que nunca usara antes. A túnica que eu usava para a *prothesis* estava muito rasgada para usar no cortejo fúnebre, que era a demonstração pública e formal de luto. Preferia sofrer em particular, como as outras pessoas. Mas aquilo não era permitido para os

---

[1] A *ékfora* (εκφορά) compreende a procissão funeral que leva o corpo de onde estava sendo velado até a cremação ou o enterro. (N. do T.)

membros de uma família governante. Sobre a túnica simples, vesti um robe de linho cinza-escuro. A bainha tinha um padrão austero e angular tecido nela, para cima e para baixo, como montanhas e vales. Eu usava meu cabelo solto, em vez de ter feito a trança habitual. E meus pés estavam descalços, como era apropriado para a *ékfora*. Quando se coloca um corpo na terra, também se deve tocar a terra.

Atravessei o pátio para encontrar minha irmã antes que clareasse lá fora. Se Creonte havia percebido que ela dormira do outro lado da praça, não disse nada. Mas nós duas tentávamos ser discretas quanto a isso, na esperança de que ele não descobrisse. Os escravos por certo ficaram quietos para protegê-la. Ela voltou correndo comigo para o meu quarto e lá terminou seus preparativos. Quando a criada abriu a porta e nos disse que nosso tio nos esperava, cobrimos a cabeça com xales de linho escuro e a seguimos para fora.

O pátio principal estava lotado de gente, embora ainda fosse muito cedo. Tebas havia enterrado pela última vez um rei e uma rainha havia mais de dez anos. As pessoas não deixariam passar um dia tão solene sem compartilhar de nossa dor. Ani e eu caminhamos com os olhos grudados no chão, como era adequado, escoltadas pela criada até chegarmos aos guardas do palácio, e depois por eles até chegarmos ao esquife de Polin. Ouviu-se um farfalhar no meio da multidão, enquanto eles inclinavam a cabeça. Um sacerdote deu um passo à frente, a cabeça coberta e modos arrogantes. Estendeu suas orações aos deuses com a certeza de quem acreditava que os deuses tinham sorte em tê-lo com eles.

A procissão agora levaria Polin do pátio ao cemitério. Ani deveria ser a principal enlutada, porque era a mais próxima de Polin, tanto em idade quanto em sangue. Mas, quando se moveu para ocupar seu lugar na frente da liteira, meu tio levantou a mão e os guardas se aproximaram, segurando-a para trás. Creonte virou-se para a multidão, incluindo-nos em seu discurso quase de forma incidental, porque estávamos por perto.

— Acompanharei meu sobrinho, herói e defensor de Tebas, até seu túmulo — disse ele. — É apropriado que um rei seja acompanhado por outro — a palavra que ele usou para descrever a si mesmo foi Basileu: um governante de seu povo. Antes daquele dia, sempre ouvi meu tio ser chamado de Anax, senhor: um título respeitoso e que transmitia seu *status* superior a quase qualquer um que falasse com ele. Mas não era o suficiente para sua ambição arrogante e seu desejo de poder. Imaginei se outras pessoas ficariam tão chocadas quanto eu, mas tudo o que podia ouvir era a multidão murmurando em concordância. Creonte era o rei deles agora.

Ani foi tão rápida que ouvi sua voz antes de senti-la se mover para o lado dos guardas, que haviam se distraído com a fala de Creonte, e se pôr na frente deles.

— Gostaria de falar — disse ela. Sua voz soou como uma música hostil, e as pessoas instintivamente se viraram para olhá-la, como sempre faziam.

Meu tio permaneceu impassível, mas a expressão de Hêmon falava pelos dois. O que quer que ela dissesse, Ani teria sorte de terminar esse discurso viva. A multidão murmurou, surpresa, mas sua aprovação foi audível. Nem mesmo meu tio interromperia a sobrinha enlutada diante de uma multidão de cidadãos, que mudavam de posição, todos tentando avistá-la. Embora vestisse o mesmo cinza sombrio de todos os outros, ela brilhava enquanto falava.

— Povo de Tebas, agradeço por terem vindo aqui para homenagear meus irmãos mortos — um choque percorreu a praça. Ela defenderia um traidor? — A presença de vocês é um grande conforto para mim e minha irmã neste momento tão sombrio de nossa vida. Vocês sabem que ficamos órfãos quando tínhamos apenas 7 e 5 anos de idade. Desde então, vimos nossos irmãos como pais e irmãos: a única família que tínhamos — desviei os olhos dela para olhar para Creonte. Seus guardas estavam fazendo a mesma coisa, lançando olhares questionadores para ele, esperando descobrir o que deviam fazer, enquanto minha irmã desconsiderava casualmente nosso tio, eliminando-o de nossa família enquanto falava. — Nós os valorizamos e os amamos igualmente. Foi um dia de crueldade insuportável aquele que nos roubou os dois. Hoje, Polinices está diante de vocês como herói. Meu irmão Etéocles, não. Seu corpo foi jogado na encosta atrás do palácio — ouviram-se gritos da multidão, mas não consegui entender as palavras ou a intenção do que diziam. Estariam com raiva de Ani por defender Etéo? Ou estariam zangados com Creonte por seu tratamento brutal para com o morto? Não tive certeza. — Sim — ela continuou. — Seu corpo jaz fora do palácio, na colina, e está assim já faz três noites.

Alguém na dianteira da multidão gritou "Que vergonha!", e mais gritos se seguiram.

— Dito isto — continuou ela —, enquanto levamos Polinices, meu irmão, nosso rei, ao cemitério, ao túmulo de minha família, imploro que recolham o corpo de meu irmão Etéocles, igualmente um irmão, igualmente nosso rei, e o tragam também. Sei que lhes disseram que ele foi um traidor. Mas ele era meu irmão, e eu o amava. Minha irmã Ismênia o amava mais do que qualquer outra pessoa. E, assim — ela fez uma pausa para ter certeza de que todos mantinham silêncio absoluto —, também o amava Polinices. Eles discutiam… que irmãos não o fazem? Mas, mesmo assim, se amavam. Nenhum deles descansará com facilidade se forem separados em seu enterro. Estavam juntos na vida e na morte. Que fiquem juntos de novo, agora e para sempre. Por favor, Tebas, eu imploro: não permitam que o túmulo de minha família seja profanado, negando o que lhe devemos.

Não havia dúvida sobre o clima na multidão. O que quer que tenham ouvido sobre Etéo, naquele momento, concordaram com Ani. Os pecados dos vivos devem ser punidos em vida, e não após a morte. Os limites estabelecidos pelos deuses eram bastante claros.

Meu tio agiu com rapidez decisiva, vociferou para os guardas, e vários deles cercaram minha irmã. Quatro deles a protegeram da visão da multidão, enquanto um prendeu seus braços na lateral do corpo e outro cobriu com a mão enorme o nariz e a boca de Ani. Ela se debateu de modo frenético, mas foi inútil. Dei um passo à frente para ajudá-la, mas meu tio já havia previsto isso e, ao passar por mim, acenando com tranquilidade para acalmar a multidão descontente, inclinou-se em meu ouvido e disse:

— Tente ajudá-la e eu a matarei.

Sabia que ele não estava mentindo, então fiquei impotente, observando minha irmã lutar por ar e depois desmaiar. Quando seu corpo despencou flácido contra o guarda que a segurava, ele se abaixou e a ergueu nos braços.

— Como podem perceber — disse meu tio, a voz alta o suficiente para impor silêncio, embora não gritasse —, como podem perceber, minha sobrinha não está bem. Suas palavras foram belíssimas. Não foram? — ele olhou para uma multidão que, de repente, percebeu o número de homens armados ao seu redor. Dava para ver os olhos dos homens piscarem, ao se lembrarem de que haviam deixado porretes e facas em casa para ir ao funeral. Não estavam preparados para uma insurgência em um dia obscuro e enlutado. Creonte assentiu com a cabeça, concordando com uma resposta imaginária, e continuou: — Quem poderia argumentar contra a noção de que os irmãos devem ser unidos na morte? Que homem poderia ser tão audacioso? Eu lhe digo, Tebas, que vou argumentar. Digo que nenhuma sutileza deve ser observada quando falamos de um homem que se volta contra sua cidade e seu irmão. Nenhuma mesmo. Não porque escolhi desrespeitar os mortos. Não porque acredito que os deuses do Mundo Inferior ficarão satisfeitos se eu lhes roubar o prêmio. Mas porque sou o rei desta cidade, e essas são as escolhas que devo fazer. Etéocles era um traidor. Traidor e assassino. Se não fosse, ainda teríamos Polinices no trono. Eu não teria sido obrigado a assumir a responsabilidade da realeza tão tarde em minha vida. Foi contra a minha vontade, mas não queria, não quero ver Tebas mergulhar em uma guerra civil. Não a verei ser corroída por dentro ou por fora. Esta cidade já sofreu bastante. Mais que bastante.

O clima da praça estava mudando de forma palpável de novo. Homens que haviam aplaudido Ani agora se apegavam às palavras de meu tio, pelo visto despreocupados por estarem apoiando uma posição diametralmente oposta àquela que haviam defendido momentos antes.

— Mas eu não sofri o suficiente — disse Creonte. — Lembrem-se de como perdi minha esposa no Acerto de Contas, onze anos atrás. E, quando

Tebas perdeu sua rainha e seu rei no verão seguinte, também perdi minha irmã e meu cunhado. E agora, neste ano, perdi dois sobrinhos. Mas ainda estou aqui diante de vocês, pronto para enfrentar sua raiva ao dizer que não permitiremos que aqueles que atacam esta cidade sejam tratados da mesma maneira que aqueles que a defendem. Porque, se permitir isso para meu sobrinho, um rapaz que amei — sua voz falhou de forma tão convincente que quase acreditei nele — e que vi crescer ao lado de meu filho, permitirei para qualquer um. Para todos. E não vou deixar nossa cidade, meu lar, se desestabilizar desse modo. Ouçam-me agora e não me entendam mal: quem trair esta cidade, quem trair vocês — ele apontou para a multidão, primeiro para um grupo, depois para outro, incluindo todos em sua promessa —, esse traidor, mesmo que seja do meu próprio sangue, apodrecerá fora dos muros da cidade, sem luto, sem choro nem sepultura. Tebas permanecerá, e os traidores cairão. Estão ouvindo?

A multidão rugiu em aprovação. Meu tio continuou a falar em um sussurro, forçando as pessoas a se acalmarem e se inclinarem para ouvi-lo.

— Portanto, embora eu desejasse poder enterrar meu sobrinho, e desejo muito, tebanos, não colocarei nossa cidade em perigo e não colocarei vocês em perigo ao ceder a meus instintos mais básicos. Minha sobrinha impulsiva passará alguns dias nas cavernas embaixo do palácio enquanto refletirá sobre seu comportamento aqui hoje. Guardas: levem-na embora e lhe deem pão e água, o suficiente para três dias. Ela fará um pedido formal de desculpas aos anciãos da cidade antes de deixar sua cela, prometo a vocês.

Foi uma verdadeira aula de retórica. Enquanto o corpo desfalecido de minha irmã era levado para fora da praça, virei-me para meu tio e implorei:

— Deixe-me ir com ela. Deixe-me trazê-la à razão.

Ele sorriu sem mostrar os dentes.

— Nunca houve qualquer razão em relação a sua irmã, Ismênia. Ela pode se parecer com a mãe, mas sempre teve a disposição do pai. E, se não for mais cuidadosa, bem mais, por sinal, acabará exatamente como ele.

Com essas palavras, ele sinalizou para os homens que vigiavam o esquife de Polin. Não reconheci nenhum deles: os *áristoi* podiam estar em algum lugar do pátio, mas não carregavam meu irmão ao túmulo, como seria apropriado. Tampouco eu os acompanhei.

— Venha comigo — disse meu primo, que apareceu ao meu lado enquanto Ani era levada. — Volte para dentro, antes que ele se vire contra você também.

— Eu devia estar ao lado de Polin — falei.

Hêmon inclinou-se tão perto de mim que pude sentir sua respiração em minha pele.

— Esta é sua única chance de enterrar Etéo — explicou ele.

24

Jocasta nunca foi capaz de entender como o tempo passava tão mais rápido conforme os anos avançavam. Olhando para trás, para os primeiros anos no palácio, lembrou-se do peso de chumbo do tempo, esmagando-a sob seu ritmo rastejante, as horas que se transformavam em dias, os dias que se transformavam em meses. No entanto, depois que as crianças nasceram, estações inteiras pareciam passar antes que ela percebesse que haviam começado. As maçãs caíam da arvorezinha no sombreado canto norte do pátio, e ela se perguntava vagamente quando as flores brancas com extremidades rosadas haviam desabrochado e como pudera não percebê-las. Enquanto tentava agarrar-se aos dias que escapavam de suas mãos, às vezes desejava os dias terríveis do passado, arrastando-se diante dela como um deserto sem água que ela era forçada a atravessar antes de poder dormir e repetir todo o processo tortuoso no dia seguinte.

E este ano ela teria dado muita coisa para poder adiar o verão para sempre. Se ao menos pudesse parar o tempo no início da primavera, quando os dias começavam a ficar mais quentes, mas o verdadeiro calor ainda estava a meses de distância. Tebas entrou trôpega de um outono devastado para um inverno excepcionalmente frio, mas ninguém reclamou quando o forte vento do norte assobiou pelas frestas de janelas e portas. Em vez disso, as pessoas embrulharam-se em camadas de roupas e cobertores compartilhados durante as longas noites de inverno. Parabenizaram-se por tolerar o frio com tanta resiliência. Todos sabiam que o Acerto de Contas se disseminava no calor. Ele só havia visitado a cidade no verão, como um malévolo pássaro migratório. No inverno, ele se enrodilhava, desaparecia, perdia seu poder como uma pele envelhecida. Todos se encheram de coragem quando o predador desapareceu. E, as pessoas sussurravam com animação enquanto se amontoavam em torno de fogões e apertavam os mantos de lã em volta de suas túnicas mais grossas, se fizesse frio o bastante por tempo suficiente, talvez a doença fosse totalmente extinta.

A esperança de que a peste pudesse ser exterminada pela neve — que ainda caía três meses após o dia mais curto do ano — foi uma à qual até Jocasta sucumbiu. Mas, quando pediu a opinião médica de Sófon, ele fez que não com a cabeça. Não acreditava que a peste havia desaparecido; era mais provável que estivesse apenas ganhando tempo, esperando para abrir as asas nos dias quentes de verão. Então, Jocasta observou as árvores mudarem do preto para o branco, enquanto as flores cobriam suas copas; do branco ao carmesim, à medida que novos botões se revelavam, bem fechados nos ramos; e do carmesim ao verde, à medida que as folhas se desdobravam e os frutos começavam a crescer. E, a cada dia que chegava, o peso do pressentimento que carregava só fazia aumentar.

Aos poucos, as chuvas diminuíram, e os dias ficaram mais quentes, quase sem nuvens. No momento em que a grama alta que balançava na encosta atrás do palácio ficou amarelada sob o calor seco, o diagnóstico era inegável: o Acerto de Contas havia retornado. A notícia espalhou-se pela cidade com mais rapidez que a própria peste, e, mais uma vez, as pessoas ficaram nas ruas sob o calor do sol e rezaram aos deuses para que desta vez seus filhos fossem ignorados. Correram para os templos e imploraram a Apolo, o Arqueiro, que atirasse suas flechas em outro lugar, em outras cidades, outros distritos, outras famílias. Serviram vinho e sacrificaram cabritos e bezerros recém-nascidos na esperança de que esse derramamento de sangue fosse suficiente para saciar a ganância do Arqueiro. E, então, alguns se recolheram, trancaram as portas e esperaram que a estratégia que os salvara no ano anterior funcionasse uma segunda vez. Outros estavam mais zangados do que com medo porque sabiam que nenhuma medida preventiva poderia salvá-los, não enquanto a cidade abrigasse um rei e uma rainha que viviam em uma união sem lei e sem proteção divina. Não adiantava rezar para que o Acerto de Contas passasse por sua casa e deixasse sua família intocada. A única esperança da cidade era se livrar da contaminação que continha. Só então os deuses cessariam sua punição.

Jocasta não queria fechar de novo os portões do palácio naquele ano se houvesse alguma maneira de evitá-lo. Ela tranquilizou Édipo, fechando primeiro o pátio da família e mantendo as crianças e a babá em segurança atrás de portas trancadas. Ela e Édipo circulavam pelo palácio como de costume, mas os visitantes nunca tinham permissão para se aproximar muito. Eles também não se aproximavam. No fim, porém, Jocasta não teve escolha. Um mensageiro de Sófon disse-lhe que a doença estava mais forte naquele ano: embora não a considerasse mais contagiosa, estava matando uma proporção maior de infectados. Ela hesitou em fechar os portões e se permitiu um pouco mais de tempo para tomar a decisão.

No final, não foi por causa da peste que precisaram fechar os portões do palácio, mas sim por causa da multidão.

Devia ter começado a se formar à noite, porque os portões sempre se fechavam ao entardecer. No entanto, certa manhã, os guardas foram abrir o pátio principal, ainda aos bocejos, pois todos tinham dificuldade para dormir quando as noites eram tão curtas e tão quentes. Encontraram uma pequena multidão amontoada contra os portões, que começou a vaiar assim que avistou os homens lá dentro. Irritados com a grosseria, os guardas responderam com obstinação e deixaram os portões trancados. Quando Jocasta acordou, o comandante da guarda havia enviado uma mensagem por um dos rapazes escravos, dizendo que a aguardava para lhe falar no pátio real.

— Alteza — disse o comandante da guarda, fazendo uma reverência profunda. — Há uma multidão de pessoas lá fora, e está enfurecida. Determinei que os portões devem ser mantidos fechados até que eu revogue a ordem.

— Sabe por que estão tão bravos? — perguntou ela. A expressão dele lhe disse muito. — Por que hoje, em particular? — questionou ela. Ele pensou por um momento.

— Não — respondeu. — Mas a senhora quer meu conselho? — ele fez uma pausa para verificar se ela queria, e Jocasta assentiu. — Não abra os portões — explicou ele. — São baderneiros.

— Essa é sua opinião profissional? — perguntou a rainha, tentando sorrir.

— Sim — falou ele.

— E o que acha que farão se não puderem entrar e fazer uma petição à rainha? — indagou ela.

— Desistirão — respondeu ele. — E irão para casa. Alguns deles estão bêbados, senhora, e isso faz os homens se comportarem como tolos. Um idiota diz que deveriam marchar até o palácio e expor suas queixas, como se não pudessem fazer isso durante o dia. Eles chegam à noite como criminosos, batendo nos portões como se tivessem o direito de entrar. Essa gente não passa de uma ralé barulhenta, desesperada para causar incômodo. Permita isso agora e eles recorrerão a esse comportamento com mais rapidez da próxima vez.

Jocasta assentiu com a cabeça.

— Muito bem — disse ela. — Seguirei seu conselho. Deixe os portões fechados hoje e os reabriremos amanhã.

No entanto, quando os guardas olharam para fora de sua guarita na manhã seguinte, a multidão havia dobrado.

Jocasta não quis desconsiderar o conselho do comandante da guarda. Mas, ao mesmo tempo, vivera por anos sentindo-se sitiada em sua casa. Recusava-se a passar por isso de novo. Quando pediu a opinião de Édipo, ele pareceu despreocupado. Deixe isso para amanhã, ele quase bocejou ao dizer. Estamos todos em segurança aqui dentro. Então, ela seguiu o conselho dos guardas e deixou o palácio fechado por mais um dia.

Porém, na terceira manhã, a multidão voltou a aumentar, e ela decidiu que deveria falar com eles para descobrir o que queriam e por que não iam embora. Não concordava mais com o comandante da guarda, que iriam para casa quando estivessem entediados. Encontrou Édipo ocioso no pátio e perguntou se ele poderia acompanhá-la.

— Por quê? Acha que eles querem me ver? — perguntou ele, os olhos semicerrados contra o sol.

— Não sei o que querem — disse ela, e a ansiedade em sua voz obrigou-o a erguer os olhos.

— Você está com medo — disse ele. Ela assentiu. — Medo de pessoas fora dos portões? — continuou. Ela assentiu de novo.

— O comandante da guarda disse que deve haver uma centena deles lá fora — informou ela. — Ou até mais.

— Você tem os guardas do palácio a seu lado — ele a lembrou.

— Por favor — disse e estendeu a mão para ele.

Édipo levantou-se e atravessou a praça de mãos dadas com a mulher.

— Não sei o que acha que poderei dizer que você não possa — disse ele enquanto se encaminhavam para o segundo pátio. Jocasta parou quando chegaram à colunata que se ligava à praça principal. Olhou para Édipo para ter certeza de que ele também havia ouvido: um ruído na frente do palácio que sugeria muito mais de cem pessoas. Acenou com a cabeça para os guardas, que saíram à sua frente. Houve uma série de gritos abusivos do lado de fora dos portões, mas os guardas não reagiram. Sempre tinham sido tão leais a ela, pensou Jocasta, sentindo as lágrimas arderem em seus olhos. Respirou pela boca, esperando se controlar. Pegou a mão do marido, e ele apertou a dela. Mas Jocasta não sabia se ele estava recebendo conforto ou oferecendo.

— Espere por mim aqui — disse ela. — Acho que devo falar com eles a sós.

— Tem certeza? — perguntou. Ela assentiu com a cabeça, atravessou o arco e entrou na praça pública.

A camada de ruído era ensurdecedora. Zombavam, uivavam, gritavam com ela. Não conseguia nem distinguir as palavras, quase nenhuma delas. Ouviu uma voz estridente gritando "Vadia", que continuou em meio à confusão. Jocasta caminhou devagar, com calma, até um ponto diante dos portões trancados, onde as pessoas estavam batendo e chutando enquanto berravam. Os portões mal se moviam em seus pedestais, e ela se sentiu mais segura com isso. Sua casa estava protegida, mesmo diante de todas essas pessoas. Não falou nada, apenas esperou que eles parassem. Como sua cidade se voltara contra ela tão rapidamente? Seria por isso que Laio tinha tanto interesse em viajar? Sabia que Tebas se voltaria contra eles no fim das contas? Pela primeira vez na vida, desejou poder fazer uma pergunta a seu primeiro marido. Aos poucos, a multidão atingiu um grau de malevolência menor.

— Tebanos — disse Jocasta, recusando-se a gritar. Fez-se uma súbita cacofonia de chiados pedindo silêncio, enquanto aqueles que não conseguiam ouvir tentavam aquietar os que estavam muito longe para escutar —, vocês estão reunidos do lado de fora dos meus portões e estão com raiva. Sei que o Acerto de Contas voltou para nossa cidade. Como podem achar que não me importo? Garanto-lhes que estou fazendo tudo o que posso.

— Mentirosa — gritou alguém, e a palavra foi repetida com aprovação. Jocasta sentiu o rubor inundar suas bochechas.

— Podem gritar se quiserem — disse ela. — Mas isso não mudará os fatos. Os médicos estão trabalhando por toda a cidade: já providenciei isso.

— Mentira — gritou outra voz, mas esta foi abafada com rapidez.

— Podem perguntar a eles — continuou Jocasta. — Dirão que paguei adiantado para verem qualquer paciente que precise de ajuda. Os médicos tratarão vocês e seus entes queridos, sem esperar nenhum pagamento. Perguntem. Eles não têm motivos para mentir.

Fez-se um ruído de passos entre a multidão.

— De onde a peste veio, então? — gritou uma mulher. Jocasta olhou para ela: uma mocinha malvestida, com cabelos castanhos emaranhados caindo sobre os ombros e um bebê equilibrado no quadril. Usava uma túnica marrom com seus muitos buracos remendados em um tecido cinza-claro, as costuras desajeitadas segurando os reparos no devido lugar. A maior parte da multidão não era cruel, concluiu Jocasta. Estava apenas com medo. E ela sabia o que significava ter medo.

— Não sei — admitiu ela, olhando diretamente para a moça que fizera a pergunta. — Os médicos também não sabem. Mas, se voltarem para casa e tentarem se proteger não saindo à rua por alguns dias, isso ajudará a controlar a propagação. Tebas se livrará dela mais rapidamente se seguirem meu conselho.

— Foi por isso que você fechou os portões? — zombou um homem que usava um chapéu de palha surrado para se proteger do sol.

— Sim — disse ela. — No momento não é seguro que muita gente se aglomere. É por isso que estou pedindo que voltem para casa. A doença prospera em condições como esta: tempo quente, muitas pessoas aglomeradas. Fechei os portões para tentar nos manter a salvo — o homem sarcástico cuspiu no chão, e o corpo de Jocasta se enrijeceu. — A doença pode muito bem se espalhar por fluidos corporais — acrescentou ela, e teve a satisfação maldosa de ver as pessoas mais próximas a ele estremecerem. — Ordenarei que os portões do palácio sejam reabertos quando for seguro novamente — disse ela.

— Nunca será seguro — gritou uma mulher. — Estamos sendo punidos — a multidão avançou e se chocou contra os portões mais uma vez. Jocasta observou a cabeça de um homem bater em uma viga de ferro, e uma marca vermelho-sangue floresceu em sua testa. Os que estavam à frente corriam o risco de serem esmagados.

— Punidos? — questionou ela. — Pelo quê?

— Por sua culpa — alguém gritou. — Pelo seu relacionamento com ele.

Jocasta quase havia esquecido que Édipo estava ouvindo às sombras, embora a multidão não pudesse saber que ele estava lá.

— Édipo é meu marido — disse ela. — Por que acham que isso é motivo de punição?

— Ele é seu filho — veio uma voz da multidão, atravessando quase onze anos. Jocasta não era capaz de identificá-la: seria sua mãe? Não podia ser: a mãe havia morrido anos antes. Olhou com atenção para a direção de onde vinha a voz, mas não reconheceu ninguém no mar de rostos bronzeados pelo sol e dentes salpicados de saliva.

— Meus filhos estão no palácio — disse ela. — Eles têm apenas 10 e 8 anos. Essa acusação é uma calúnia perversa.

— Não aqueles filhos — respondeu a voz. — Seu primeiro filho. Sabe de quem estamos falando.

— Quem é? — perguntou Jocasta. — Não consigo ver você.

A multidão separou-se para revelar uma mulher idosa cuja coluna havia se curvado tanto, que ela estava quase dobrada ao meio. Apoiava-se em um cajado de madeira desfigurado por marcas de dentes, como se tivesse sido atacada muitas vezes por cães. A idosa usava roupas esfarrapadas tão imundas que podiam ter sido de qualquer cor antes de ficarem daquele jeito, cobertas de gordura e sujeira. Seu rosto era como uma noz, escura e enrugada.

— Seu primeiro filho — repetiu a velha. Jocasta fez que não com a cabeça, tentando afastar a sensação de estar assistindo a um truque de conjurações. A voz de alguém que ela conhecia, vindo de um rosto que nunca tinha visto. Jocasta notou que a mulher quase não tinha dentes, apenas alguns tocos enegrecidos. Uma estola suja cobria a cabeça da mulher, e alguns fios finos de cabelo branco se projetavam por baixo dela. — Você se lembra — disse a mulher.

Jocasta sentiu o mundo cambalear, como se tivesse perdido o equilíbrio e caísse de lado no chão. Mas permaneceu de pé.

— Você — falou. — Meu primeiro filho nasceu morto. Sabe disso. Você estava lá.

O rosto de Teresa abriu-se em um sorriso venenoso.

— Ele não nasceu morto — disse ela. — Só disse isso porque não podia deixar você ficar com ele. Não pude ficar com meus filhos; por que com você devia ser diferente?

— Como? — perguntou Jocasta. — O que está tentando dizer? — a multidão dividiu-se entre os que ouviam a conversa com Teresa e os que começavam a se afastar, persuadidos pelo conselho de Jocasta a regressar ao lar. Mas algumas pessoas aproximavam-se, ansiosas para ouvir o que a velha sabia.

— O rei Laio reverenciava os deuses — disse Teresa. Como ela saboreava sua audiência, aquela velha poderosa que se tornara invisível. Sua voz estava ficando mais alta, mais clara a cada sílaba. — Ele visitou o Oráculo e consultou os sacerdotes. Disseram-lhe que um dia o rei seria morto pelo próprio filho.

— Os oráculos nem sempre falam a verdade — disse Jocasta, com a voz embargada na palavra final. — São apenas palavras, interpretadas por pessoas como você, para dizer o que quer que elas digam. Eles não preveem nada, não garantem nada. Laio morreu de uma queda, após ser ferido por um membro da Esfinge: não foi assassinado por ninguém.

— Você nem sempre se sentiu assim, minha querida — disse Teresa, o dente inferior escurecido batendo no lábio superior.

Jocasta sentiu a vergonha esquentar seu corpo.

— Não — disse ela. — Eu costumava acreditar em cada palavra que me vinha do Oráculo, quando estava sozinha e com medo. Agora entendo melhor, porque nenhuma velha venenosa está tentando distorcer tudo o que acontece para seus propósitos cruéis. Entendo também que os oráculos dão mensagens que não devemos compreender: os deuses não oferecem sua sabedoria em previsões, como adivinhos ou mágicos. Achei que tivesse morrido há muito tempo, mas aqui está você, tentando ainda me aborrecer, inventando mentiras sobre meu filho morto. Isso é tão vil, mesmo vindo da sua pessoa.

Ela acenou com a cabeça para os guardas, que estavam parados nos portões principais caso Jocasta precisasse deles.

O comandante da guarda assentiu em resposta. Prenderiam a velha imediatamente. Ele murmurou para os colegas, e vinte homens logo estavam prontos.

— Não são mentiras, não desta vez — disse Teresa. — Tudo o que estou dizendo é verdade.

A multidão olhava de uma mulher para outra, a rainha e a velha, sem saber em quem acreditar.

— Você sempre me contou mentiras. Mas meu filho morreu — disse Jocasta. — Prendam-na.

A multidão recuou dos portões, sem querer perder o que aconteceria a seguir, mas também sem querer ser presa. Tebas sempre fora uma cidade marcial nas mãos do antigo rei. Tinham poucas escolhas: a primeira visita do Acerto de Contas havia feito de Hélade um país sem lei por muitos anos. Mas, no governo da rainha, a cidade tinha perdido um pouco de sua rigidez. Ela evitava que os guardas exercessem excesso de poder. No entanto, ao se depararem com uma tropa de homens fortemente armados, os cidadãos ficaram nervosos e começavam a se dispersar.

Teresa gritou quando os homens a carregaram, lanças apontadas para fora para que ninguém pudesse interferir em seu avanço.

— Bruxa velha, mentirosa e perversa — disse Jocasta ao vento. E ela caminhou em direção aos portões para ver Teresa desaparecer de vista. Apenas algumas pessoas permaneciam do lado de fora agora, entre elas, a mocinha maltrapilha que havia falado antes, cujo bebê agora engatinhava no chão atrás dela.

A moça a olhou com uma expressão de asco.

— Bom, se é o que está dizendo. Mas qual é a sua explicação para a peste, então? Você nos diz que a velha está mentindo, mas por que os deuses estão punindo nossa cidade se não é porque abrigamos criminosos como você e seu filho-marido? Por quê?

Jocasta olhou para a jovem, cujo suor escorria pelo corpo. Ela tinha manchas no pescoço e nos ombros. Sentiu apenas pena. A criança ainda não tinha 20 anos e temia por seu bebê.

— Não consigo lhe dar uma resposta — admitiu ela. — Ninguém sabe de onde veio a peste tantos anos atrás, e ninguém sabe agora. Não é exclusividade de nossa cidade. Está acontecendo em toda a Hélade.

— É fácil para você dizer isso — retrucou ela. — Segura em seu palácio, sabendo que viverá para ver seus filhos crescerem — e, com isso, ela cuspiu em Jocasta, a saliva batendo grossa e quente na bochecha da rainha, respingando em seu lábio superior. Foi tão inesperado que Jocasta se encolheu como se tivesse levado um tapa. Ela levou a mão à boca e limpou a secreção com a manga da túnica. O comandante da guarda levantou a mão, mas ela fez que não com a cabeça e se afastou dos portões, encaminhando-se para o palácio. De que adiantaria prender uma moça assustada?

25

Hêmon e eu avançamos às pressas pelos corredores e colunatas do palácio, sem ninguém perguntar aonde estávamos indo ou por que estávamos com pressa. Os guardas, que pareciam não ter nada melhor a fazer do que me impedir de circular pelo palácio quando estava sozinha, ficaram cegos com a presença de meu primo. Entramos no pátio da família, e Hêmon parou de repente. Olhei para ele, irritada.

— Eu lhe dou permissão para entrar nos aposentos das mulheres — falei. — Vamos lá. Preciso de sua ajuda.

— Não posso — disse ele. — Já estou arriscando bastante ao trazê-la até aqui enquanto meu pai está ocupado em outro lugar...

— Ocupado assumindo o papel que minha irmã e eu deveríamos representar no funeral de nosso irmão? — perguntei.

Ele assentiu com a cabeça, mas não falou nada.

— Sabe que ele está errado sobre Etéo — falei. Ele concordou de novo com a cabeça.

— Ele nunca me perdoaria se pensasse que fui contra sua decisão — disse Hêmon, impotente. — Sou tudo o que ele tem.

Não pude retrucar. Creonte ainda teria dois sobrinhos se tivesse suportado ser o segundo ou o terceiro homem mais poderoso de nossa cidade. Teria uma sobrinha ao seu lado agora se não tivesse exigido que seus homens a trancafiassem nas celas embaixo do palácio. Teria a mim se eu não estivesse me esgueirando pelas suas costas para tentar garantir que meu irmão recebesse algum tipo de enterro para apaziguar sua sombra e aplacar os deuses. Sentia pouca compaixão pelo isolamento de Creonte. E meu primo era fraco, isso eu conseguia enxergar agora. Sua boca não tinha força, seu frouxo maxilar não revelava determinação. Perguntei-me como podia ter pensado que o amava.

Queria que Ani pudesse me ajudar, mas, fosse lá o que estivesse acontecendo com minha irmã, eu não poderia fazer nada para mudar. Teria que lidar com um membro da família de cada vez. Polin estava sendo carregado para seu túmulo enquanto eu corria ao meu quarto para encontrar o que precisava. Ani teria de esperar. Pelo menos poderia acabar com a injustiça mais terrível e conceder descanso a Etéo. Abri a porta, e um fedor adocicado e pútrido encheu minhas narinas. Sabia que era ele. Arranquei meu vestido formal e o deixei sobre a cama, ficando apenas com minha túnica cor de carvão. Peguei uma echarpe grossa do guarda-roupa e enrolei no rosto para tentar afastar o cheiro. Imaginei quanto tempo teria antes que a comitiva fúnebre voltasse ao palácio. Precisava ser rápida. Abri a porta de um armarinho ao lado de minha cama e tateei em busca da chave que Etéo e eu havíamos encontrado, tantos anos atrás. Meus dedos fecharam-se em torno de suas extremidades, e soltei um suspiro. A chave era a primeira coisa.

Corri para o pátio, em direção ao canto sul. A porta velha e surrada estava fechada, mas não trancada. Continha apenas ferramentas de jardinagem: uma pequena pá, um garfo, uma corda e algumas outras coisas. Peguei a pá e a corda e corri em direção ao depósito de gelo. Não havia sinal de meu primo em lugar nenhum: ele havia tomado providências para não ser conspurcado pelo que eu estava prestes a fazer. Também não vi nenhum dos servos. Contornei a esquina do corredor deserto e parei à porta que dava para lugar nenhum, para o nada. Era a única saída do palácio onde podia ter certeza de que não seria vista. Enquanto eu, trêmula, enfiava a chave na fechadura antiga, imaginei se Hêmon sabia que eu poderia sair dali, ou se achava que eu tentaria sair pelo portão principal. A chave travou por um momento e pensei que a fechadura pudesse estar enferrujada. Mas, por fim, ouvi um estalo, e a porta se abriu de repente. Estava preocupada que as dobradiças rangessem em protesto, mas não fizeram barulho.

A corda era grossa e seca, mas mesmo assim forcei-a em seis nós robustos e frouxos. Passei a corda pelas grades que cobriam a janelinha no alto da porta e soltei-a, até que ambas as pontas pendessem soltas em minhas mãos. Puxei-as o mais forte que pude, mas as barras não se moveram. Teria de torcer para que aguentassem. Joguei a pá no chão lá embaixo e procurei por uma pedra solta. Encontrei um pedaço quebrado de laje ao longo do corredor recostado contra a parede e o empurrei para o espaço próximo ao batente da porta.

Peguei um pedaço de corda em cada uma das mãos e pulei. Senti as palmas das mãos queimarem rapidamente quando deslizaram para baixo, até minhas mãos baterem nos nós. Não estava tão longe do chão agora. Soltei-me em queda, flexionando as pernas ao aterrissar. Tombei para a frente e caí de joelhos. Um dos meus tornozelos virou no solo irregular, mas tinha conseguido sair. E, como a corda arrastara a porta até ficar quase fechada atrás de mim, a pedra que eu havia colocado no batente da porta a mantivera entreaberta. Poderia voltar lá para dentro quando tivesse acabado o que precisava fazer.

Não tive tempo de parar para pensar no espaço que se abriu diante de mim. Fiquei trancada atrás dos muros do palácio por tanto tempo que havia esquecido como era ver as coisas por inteiro, não apenas os quadrados pelas janelas. Mas, enquanto pensava em como faria para sair — e para encontrar tudo de que precisava —, tinha conseguido evitar o pensamento de qual era minha finalidade ali. Não podia ficar admirando as montanhas e as árvores, porque precisava contornar a orla do palácio e subir um pouco da colina. Precisava olhar para o corpo alquebrado de meu irmão, não de soslaio através de uma janela, mas de pé, a seu lado. E, então, teria de encontrar uma maneira de cobri-lo com terra, o mais rápido que pudesse, para protegê-lo dos animais carniceiros. Não tinha mais nada para lhe oferecer além disso.

Peguei minha pá e comecei a subir a colina. O palácio parecia ameaçador do lado de fora, com suas altas paredes de pedra e janelas minúsculas: voltava-se para dentro, iluminado principalmente de dentro para fora, pelas praças abertas que despejavam luz nos aposentos ao longo de suas laterais. Quando virei a esquina da construção, olhei para o alto da colina e lá estava ele. Senti uma horrível onda de repulsa: os deuses nos obrigam a ver nossa morte quando olhamos para os mortos. Exceto que agora quase não era ele, quase nem era uma pessoa. Pude sentir as lágrimas escorrendo pelo meu rosto, enquanto uma sensação de mal-estar queimava em minha garganta. Não era meu irmão. Nem se parecia mais com ele. Apenas repetindo isso em minha cabeça eu poderia persuadir minhas pernas a continuar subindo a colina. Não era ele. Não era meu irmão. Não era aquele homem que eu amava.

O cheiro da morte — tentei pensar nas palavras adequadas, para me distrair do que realmente descreviam —, o fedor da putrefação era muito mais forte aqui fora. Mas pelo menos eu havia me preparado, cobrindo o rosto mais uma vez com a echarpe que havia trazido, respirando pela boca, tentando me concentrar na tarefa física que tinha pela frente. Ainda assim, não pude evitar cair de joelhos e vomitar no chão. Um corpo deveria ser embrulhado. Meu irmão deveria estar envolto em linho. Deveria estar embaixo da terra.

Não havia previsto o barulho. Ouvi um zumbido, um murmúrio distante, uma multidão furiosa. Mas a multidão não estava nada distante: voava ao redor dele, rastejando sobre ele, contaminando-o ainda mais, como se os insultos, os ferimentos que já havia sofrido não fossem suficientes. Eram um enxame ao redor de seu pescoço, alimentando-se do sangue que havia coagulado ao redor do ferimento fatal. Cravei as unhas na palma das mãos enquanto me forçava a ver que seus olhos haviam sumido: duas órbitas escuras eram tudo o que restara depois que um bico pontiagudo arrancara seus olhos; meu irmão, meu pobre irmão cego. Podia ver os pássaros, pousados na encosta acima de mim, esperando que eu fosse embora para que pudessem voltar ao seu trabalho cruel. Queria tanto fugir, virar e sair em disparada morro abaixo, voltando para o lugar de onde tinha vindo, mas sabia que precisava cavar perto de onde ele estava: não seria capaz de carregá-lo sozinha. Também não conseguia mais olhar para ele, por isso, virei as costas para o irmão que amava e passei a cavar.

Por um tempo, pensei que seria impossível. Era difícil imaginar quanto tempo eu tinha até que Creonte e a comitiva fúnebre voltassem ao palácio. E ainda mais difícil era supor quanto tempo levaria até que algum deles notasse minha falta. Creonte havia planejado as celebrações da vida de Polin na praça principal naquela tarde; por certo esperava que eu estivesse lá. Mas era possível que sua discussão com Ani naquela manhã o tivesse afastado da ideia de um velório completo. Minha sombra estava encurtando a cada minuto, mas eu mal havia deslocado terra suficiente para cobrir minhas mãos. Não sabia o que Creonte faria se me flagrasse ali, mas isso pouco importava agora. O que de pior poderia fazer comigo do que isso? Continuei cavando.

O solo estava seco e tão duro que tive medo de quebrar a ponta da pá que usava. Mas, aos poucos, me vi parada ao lado de uma pilha de terra, embora cada músculo dos meus braços gritasse para que eu parasse e minhas costas doessem de tanto ficar curvada. O sol estava quase a pino agora, devia ser quase meio-dia. Sabia que deveria correr de volta ao palácio, pois Creonte voltaria em breve. Mas não podia. Já tinha feito esforços demais para desistir agora. Se ele me jogasse na prisão com minha irmã, que fosse assim. Parte da minha mente não conseguia se silenciar, lembrando-me de que não era com minha segurança que deveria me preocupar, e sim com a de

Ani. E se Creonte decidisse puni-la como uma estratégia para me punir? Mas calei a resposta: era isso que Ani queria, tanto quanto eu. Ani não estava em posição de realizar a tarefa sozinha, mas ela nunca me perdoaria se eu valorizasse seu conforto em detrimento do de meu irmão. E eu também nunca me perdoaria. Meus pais estavam mortos: jamais poderia ter outro irmão. Veria Etéo em seu túmulo, no Hades, onde deveria estar.

Cavei mais e mais terra e enfim consegui fazer um buraco que parecia capaz de contê-lo. Virei-me para encarar a rocha contra a qual meu irmão descansava. Não, não estava descansando: isso era o que um homem faria. E aquele não era um homem, não era meu irmão, não mais. Era apenas uma coisa, uma coisa que eu precisava enterrar para apaziguar os deuses. Afastei todos os instintos que me diziam para não tocar nos mortos, para fugir dos insetos e da podridão. Contornei a lateral — não de seu corpo, mas da rocha — e me ajoelhei. Implorei perdão ao meu irmão, fechei os olhos e o empurrei. Seu corpo deslizou para longe de mim e rolou em direção ao túmulo. Abri um pouco os olhos para ver até onde ele havia se movido. Em seguida, fechei-os de novo enquanto o empurrava mais uma vez pelo pequeno pedaço de terra. Por fim, ouvi o baque surdo dele caindo no túmulo. Abri os olhos e percebi que chorava tanto que não conseguia enxergar. Meu irmão estava na última morada que teria.

Não demorou muito para cobri-lo e empilhar a terra por cima dele. Deixei um anel de ouro na mão enegrecida para pagar Caronte pela balsa. Murmurei uma breve oração aos deuses, pedindo-lhes que garantissem que a terra fosse leve sobre meu irmão. Então, encontrei cinco pedras grandes, cada uma do tamanho de dois punhos, e as usei para marcar a parte de cima da sepultura. Era um memorial pobre, mas foi o melhor que pude fazer. E era suficiente.

Tinha saído já havia muito tempo, eu sabia. Contornei o palácio correndo e escondi a pá no gramado embaixo da porta: ninguém a veria de fora dele, e eu não poderia carregá-la de volta ao subir as cordas. Meus braços estavam tão cansados de cavar que me questionei se conseguiria escalar. Mas precisava voltar para dentro, e aquele era sem dúvida o caminho mais rápido e seguro. Estendi a mão e puxei as duas cordas, garantindo que ainda suportariam meu peso. Torci uma abaixo da outra, uma vez e depois outra, e abri bem os braços para puxar o nó solto o mais alto possível, de modo que as cordas ficassem juntas, amarradas. Caso contrário, quando eu apoiasse meu peso em um dos nós, as cordas poderiam facilmente escorregar de minhas mãos e deslizar para fora das barras lá no topo.

Estendi a mão acima da cabeça e me levantei até que meus pés encontrassem o primeiro nó; segurei as cordas com força e movi meu pé até encontrar o próximo, algumas mãos acima do primeiro. Estendi meu braço esquerdo para cima e depois usei o direito para me erguer mais um pouco. Meus ombros queimavam menos que meus bíceps, mas me segurei bem e continuei subindo. Assim que meus pés estivessem no nó final, poderia agarrar o chão de pedra embaixo da porta para suportar meu peso, inclinar-me para a frente e abrir a porta. Ela gemeu baixinho e deslizou para longe de mim. Com um último impulso, me arrastei para as lajes e fiquei no chão, ofegante. Estava tentando ouvir servos ou guardas que pudessem me encontrar, mas só ouvia minha respiração. Depois de alguns momentos, fiquei de joelhos e, em seguida, me levantei. Chutei a pedra do batente da porta e enfiei a mão no bolso para pegar uma faquinha que pertencera a Etéo. Cortei as cordas e as deixei cair no chão, empurrei a porta e a tranquei com minha chave. Corri de volta pelo corredor e vi que o pátio estava silencioso. Então, segui às pressas para o meu quarto, bem a tempo de Hêmon sair da colunata norte e gritar.

— Aí está você, Isi. Finalmente você acordou? Meu pai está esperando por nós na praça principal. Mandei avisar que estaríamos lá assim que cada um de nós tivesse tempo de se lavar e se refrescar — ele caminhava em minha direção enquanto falava, então, quando terminou a frase, estava perto o suficiente para murmurar: — Você tem manchas de grama nas pernas e precisa tirar toda essa terra das mãos. O mais rápido possível. Não temos muito tempo. Ele não sabe que você foi lá fora. Está feito?

Concordei com a cabeça.

— Vou ser rápida.

Enquanto mudava de roupa e esfregava os joelhos e cotovelos, tentando pentear o cabelo suado, perguntei-me quanto tempo demoraria até que Creonte descobrisse que Etéo estava a salvo, debaixo da terra. E o que faria quando descobrisse.

26

Quando Jocasta se afastou do portão e caminhou sozinha pela praça principal rumo ao segundo pátio, sentiu os olhos de Édipo acompanhando-a nas sombras. Desejou poder se livrar do protocolo que exigia que ela fosse majestosa o tempo todo para que pudesse puxar as saias e sair correndo. Em vez disso, caminhou o mais rápido que pôde e não parou quando cruzou a colunata, onde o marido a esperava. Ela o ouviu correr para alcançá-la. Ele a chamou, mas, erguendo a mão, ela o interrompeu.

— Só quero falar disso quando ninguém mais puder ouvir — continuou se movendo, e ele caminhou ao lado dela. Atravessaram o segundo pátio sem ver vivalma: os escravos de alguma maneira sabiam se manter distantes. Passou pelo pátio da família e começou a sentir falta de ar.

— Onde estão as crianças? — perguntou ela, olhando ao redor da praça deserta.

— Nas aulas ou no berçário, como em todas as manhãs — respondeu ele. — Vamos para o nosso quarto — ele pegou a mão dela, mas Jocasta a puxou para que ele a soltasse.

— Podemos ser ouvidos por escravos no cômodo ao lado — disse ela. — Não quero que ouçam nossa conversa. Quero um lugar privado — Édipo olhou ao redor, sentindo-se um idiota. Dificilmente haveria outro cômodo.

— Vamos nos sentar perto da fonte — disse ele. — Ninguém poderá nos ouvir lá. Podemos ver qualquer pessoa vindo de qualquer direção, muito antes que possam nos ouvir — ele estendeu a mão e tocou a dela.

— Escondida no meio da praça — disse ela, tentando sorrir.

Ele conduziu-a até a fonte.

— Fique aqui — falou, deixando-a perto do muro de pedra que a cercava. Pegou duas cadeiras pesadas e as arrastou até ela. Então, deixou-as uma ao lado da outra, mas em direções opostas, para que pudessem conversar sem deixar de observar tudo ao redor. Édipo tirou um pedaço de pano do cinto e o mergulhou na água da fonte. Estendeu a mão e passou o pano pelo rosto quente e vermelho, como fazia com as crianças exatamente em dias como aquele. Ela sentou-se perfeitamente imóvel. Quando ele terminou, jogou o pano no chão.

— Era ela mesmo? Teresa? — perguntou ele.

— Era.

— Não a reconheci.

— Eu também não — confirmou Jocasta. — Mesmo quando sabia que era ela. Estava irreconhecível. Foi horrível, foi como ouvir uma voz familiar saindo de trás de uma máscara.

— Sabia que ela estava mentindo para você? — questionou Édipo.

Jocasta sentiu um arrepio percorrer seu corpo.

— Não! — disse ela. — Não sei no que acreditar. Pensei que estava dizendo a verdade, mas poderia facilmente estar mentindo para mim: naquela época ou agora. É uma mulher horrível.

— E tem rancor de nós. Culpou-me pela morte de Laio, e depois eu a expulsei do palácio. Ela parece estar morando na rua desde então, esperando a chance de se vingar. Teresa não pode me machucar diretamente, por isso está machucando você. Acho que consegue perceber isso. Na época, era uma velha bruxa cruel e continua sendo. O rosto dela por fim reflete seu verdadeiro caráter.

— Mas por que ela inventaria isso agora? Não é mais provável que esteja enfim dizendo a verdade? Já lhe disse, sempre senti que meu filho estava vivo. Sempre.

Édipo estendeu a mão e pegou a dela entre as suas.

— Jocasta, se alguma coisa acontecesse com uma das crianças...

— Não diga isso — sibilou ela, fazendo o sinal para afastar mau-olhado.

— Tenho que dizer. Se algo acontecesse com um de nossos filhos, eu faria o que você fez. Sei que sim. Eu os imaginaria crescendo. Nunca seria capaz de parar. Pensei nisso no verão passado, quando veio a epidemia. Achei que, se algo acontecesse com algum deles, eu não acreditaria. As crianças são mais reais do que você ou eu. Ocupam mais espaço do que poderíamos ocupar. E como tudo isso pode simplesmente desaparecer? Não pode. Para que não desaparecessem para mim, eu os carregaria por aí, na minha imaginação. Mas isso não tornaria minha imaginação realidade, não é?

Ela o ignorou, e ele apertou de novo a mão dela.

— Não é? — repetiu.

— Não é a mesma coisa — retrucou ela.

— Não, é muito pior para você. Você carregou aquela criança, Jocasta. Ela esteve dentro de você por nove meses.

— A princípio, eu não o queria — disse ela, constrangida. — Não queria um filho. Eles me fizeram ter um. Queriam que fosse uma menina para ser a herdeira de Laio. Então, me fizeram engravidar. Desejei e não desejei, e a morte foi minha recompensa e o castigo dos deuses.

Ele apertou a mão dela com tanta força que ela soltou um gritinho, e ele pediu desculpas, esfregando os ossos que havia espremido momentos antes.

— Gostaria de ter aparecido muito antes — disse ele. — Desejo isso todos os dias.

— Você era apenas uma criança — disse ela. — Aí está o problema.

— Não tem problema — falou ele. — Ela está presa agora e pode morrer na prisão, ninguém se importa. Bruxa maldosa. Ninguém vai acreditar que eu poderia ser seu filho. Ninguém. A ideia é ridícula. Era ridícula um ano atrás e é ainda mais ridícula agora.

— Como pode ser ridícula? — perguntou ela. — Você foi adotado. Seu pai confirmou. Não acha que ele também está mentindo, acha?

Édipo revirou os olhos, impaciente com a necessidade de Jocasta em repetir uma discussão que haviam travado várias vezes antes.

— Não, não acho que não estava mentindo. E também não acho que estava mentindo quando disse que fui adotado de uma família da rua ao lado, que não tinha dinheiro para alimentar um quinto filho. Por que inventaria isso?

— Não sei.

— Bom, essa é a questão, não é? Acreditaremos em meu pai, que não tem motivos para mentir para nós, ou em uma velha que tem toda a motivação para fazê-lo?

— Seu pai mentiu para você durante toda a sua infância — disse ela. — Por que não lhe contou que você foi adotado?

— Porque não achava que havia necessidade, até que enviei um mensageiro a ele e perguntei — respondeu ele. — Algumas pessoas guardam segredos mesmo quando não há motivo — o tom afiado se evidenciou. — E por que, de repente, meu pai vira o vilão desta história?

— Porque... — ela ficou sem palavras. — Não sei. Ele não é.

— Jocasta, por favor, pense um pouco no que Teresa está insinuando. Acredita mesmo que ela poderia ter roubado seu bebê, aproveitando-se do fato de que ele, ao contrário de todos os outros bebês, não emitiu nenhum som ao nascer? Que poderia tê-lo escondido em algum lugar? Onde? No palácio?

— Ela não o teria escondido aqui — retrucou Jocasta. — Não seja idiota.

— Muito bem — Édipo ergueu as mãos em um sinal simulado de rendição. — Então, ela o escondeu do lado de fora do palácio. Por acaso conhecia alguém tão bem que poderia tão somente lhe entregar um bebê, sem fazer perguntas, e esse alguém aceitaria. Por que você nunca a viu com essa pessoa? E onde estava quando ela saiu do palácio alguns anos depois?

Jocasta empalideceu ao ouvi-lo descrever seu purgatório de anos atrás, quando parecia estar vivendo uma eternidade.

— Não sei. Talvez tenha morrido.

— Talvez tenha morrido — concordou ele. — Antes ou depois de fazer uma caminhada de cento e trinta quilômetros por montanhas infestadas de bandidos e salteadores, carregando um bebê? Sem nenhuma razão aparente, exceto entregá-lo a uma família que por acaso morava na rua ao lado da de meus pais? E aquela família aceitou essa criança indesejada, mas depois mudou de ideia e a entregou aos vizinhos?

— Claro que não parecerá verdade se contar dessa maneira — disse ela. — Pare de tentar me fazer parecer estúpida.

— Então, pare de ser estúpida — retrucou ele. — Parece impossível porque é impossível. Você teve um bebê que morreu. Meus pais adotaram uma criança indesejada a centenas de estádios daqui. Essas duas histórias não se relacionaram até eu conhecer você. Sabe disso.

— Não — gritou ela, pulando da cadeira. — Você sabe disso. Sabe disso porque sempre tem que ser incrivelmente inteligente. Sabe disso porque nunca seria enganado por uma velha malévola que provavelmente não me odiaria tanto se você não a tivesse expulsado de casa. Sabe disso porque prefere admitir qualquer coisa antes de dizer que eu posso estar certa e você, errado. Mesmo quando se trata de algo tão terrível quanto esta situação. E, em vez de tentar melhorar as coisas, você fica aí sentado, me corrigindo, me menosprezando e me dizendo que sou estúpida. Como se atreve?

— Sinto muito — disse ele.

— Não sente. Se sentisse mesmo, em primeiro lugar, não estaria fazendo isso. Tentei ficar calma. No ano passado, quando enviamos um mensageiro ao seu pai. E continuei tentando quando ele mandou a resposta que piorou tudo, ao invés de melhorar. E, em vez de reconhecer isso e tentar me ajudar, você apenas fingiu que tudo estava perfeito e que todos os meus medos eram irracionais e tolos. E olhe agora. Está acontecendo tudo de novo, como eu sabia que aconteceria. Como disse que aconteceria. E é nisso que as pessoas acreditam. É por isso que me odeiam. Por isso que nos odeiam. Por que não vai lá e diz a todos eles que são estúpidos por acreditar em algo que, sem dúvida, é tecnicamente possível? Vamos lá. Vá até lá e diga a eles. Vá e diga a eles que são todos idiotas porque você é mais inteligente. Trate o restante da cidade como está me tratando.

— Sinto muito — repetiu ele.

— Não. Não desta vez. Estou indo para o nosso quarto. Para o meu quarto. Não quero você lá esta noite. Não quero partilhar a cama com você. Não quero vê-lo.

— E onde quer que eu durma? — perguntou ele.

— Tanto faz. Durma no quarto das crianças, durma no jardim, durma onde quiser. Mas não se aproxime de mim. Não consigo aguentar isso.

Naquela noite, Édipo dormiu em um sofá muito duro coberto por travesseiros muito macios em um quarto não usado, acordando com frequência e se perguntando por quanto tempo a esposa permaneceria tão zangada assim. Quase nunca perdia a paciência, nem mesmo com as crianças. Enquanto ele rolava de um lado para o outro em pleno desconforto, não tinha certeza se conseguia se lembrar de tê-la ouvido gritar daquele jeito antes. Ele acreditava ser compreensível. O semblante daquela velha mendiga rançosa revoltaria qualquer um. E, entre todas as pessoas, ela sabia como perturbar sua esposa. Havia praticado por anos. Mas por certo Jocasta estaria mais calma no dia seguinte. Ela nunca ficava com raiva dele, até porque nada disso — nada mesmo — era culpa dele.

Mas, quando o sol da manhã entrou pelas janelas e ele acordou sonolento, sua esposa não apareceu ao lado da cama para beijá-lo, pedindo desculpas pelas duras palavras. Ele observou, constrangido, do outro lado do pátio, duas escravas baterem à porta de Jocasta, sem obter resposta. Ela de fato o estava punindo dessa forma, para todos verem? Ele quis bater à porta e exigir que ela parasse de ser birrenta. Mas como veriam aquilo, um marido implorando para que a esposa o deixasse entrar em seu quarto?

À tarde, começou a ficar preocupado. Ela estava trancada lá quase um dia inteiro. Devia estar com fome. Ainda que, pensando bem, ele não pudesse ter certeza de que ela não havia saído do quarto durante a noite, não é? Talvez tivesse mandado alguém à cozinha buscar pão e frutas, para que pudesse passar o dia emburrada, fazendo-o se sentir culpado e estúpido. Recusou-se a morder aquela isca. Afinal, ninguém mais parecia preocupado. As crianças perguntaram à babá onde estava a mãe, mas ela apenas disse que Jocasta estava com muita dor de cabeça, como costumava acontecer.

Ao cair da noite, Creonte entrou, embaraçado, no pátio da família.

— Desculpe me intrometer — murmurou ele. — Só estava procurando por Jocasta.

— Ela está com dor de cabeça, eu acho — respondeu Édipo. — Ficou trancada no quarto o dia todo.

— No quarto? — perguntou Creonte, e Édipo sentiu uma onda de ressentimento contra a esposa, pois seu constrangimento era claramente visível para todos.

— Sim — respondeu ele. — Ela foi dormir cedo ontem à noite e ainda não saiu do quarto.

— Alguém esteve lá para ver como ela está? — questionou Creonte.

— Não.

— Não deveríamos...? — Creonte apontou para a porta.

— Deveríamos o quê? — Édipo encarou o cunhado, piscando.

— Ver se ela não precisa de nada — disse Creonte.

— Tenho certeza de que ela teria chamado alguém se precisasse de alguma coisa. Mas não vou impedi-lo — respondeu Édipo.

E Creonte se aproximou e bateu à porta.

— É seu irmão — chamou.

Édipo prendeu a respiração por um momento, os ouvidos atentos para ouvir uma resposta. Mas Creonte bateu uma segunda vez e depois uma terceira, antes de desistir.

— Deve estar dormindo — disse ele.

— Acho que sim — concordou Édipo. — Ela dorme profundamente quando tem essas dores de cabeça. Você sabe.

— Bem, diga a ela que a verei amanhã e espero que esteja se sentindo melhor — disse Creonte e se virou, os ombros pendendo para a frente, e voltou pelo caminho de onde viera.

Na manhã seguinte, ainda não havia sinal de Jocasta. Édipo passara a noite no próprio pátio, encolhido com desconforto em um de seus divãs. Tinha certeza de que teria acordado se ela tivesse aberto a porta. Talvez ela não o estivesse punindo. Talvez estivesse com uma terrível dor de cabeça. Nesse caso, não seria embaraçoso ir até o quarto dela, mesmo que não o tivesse desculpado, não é? Respirou fundo e bateu à sua porta. À porta deles. A etiqueta do palácio foi deixada de lado quando se casaram e decidiram dividir um quarto em vez de manter dois separados. E Édipo nunca quisera passar uma única noite longe da esposa, e nunca passara, até agora.

Ainda não houve resposta. Ele girou a maçaneta e empurrou a porta, mas ela não se moveu. Ela a havia trancado por dentro. Trancara-o para fora do quarto. Pôde sentir a raiva crescendo. E se estivesse doente e precisasse de ajuda? Não tinha pensado nisso quando trancara a porta em um acesso de petulância, tinha quase certeza.

Édipo não podia mais deixar as coisas como estavam. As crianças estavam ficando irascíveis, por mais que a ama as acalmasse. Antígona não parava de choramingar, e até Ismênia, em geral tão calma se Etéocles estivesse por perto para diverti-la, franzia a testa e recusava as colheradas de comida. Exasperado com a situação deles, arremessou um banquinho de madeira nas lajes e observou as lascas saltarem pelo chão. Os quatro filhos começaram a chorar, mas a esposa não apareceu.

— Muito bem — gritou ele. — Claro que vocês querem sua mãe. Podem ir para as aulas e eu a levarei até vocês.

Ele chamou um escravo e disse que precisariam arrombar a porta de Jocasta. O rapaz, que não seria capaz de rasgar uma folha de papiro, assentiu com ceticismo.

— Vá buscar Creonte — suspirou Édipo. — Ele poderá ajudar.

Enquanto esperava a chegada do cunhado, examinou a porta. Era feita de grossos painéis de carvalho e tinha apenas uma fechadura, a meia-altura e do lado esquerdo. Havia duas dobradiças de um bronze brilhante à direita, e era difícil dizer se a fechadura ou as dobradiças seriam fáceis de ceder. Ou os painéis da porta se partiriam?

Creonte veio correndo atrás do rapaz e o enxotou.

— A criança disse que você quer minha ajuda para arrombar a porta? — perguntou ele, franzindo a testa.

— Ela a trancou por dentro.

— E não tem outra chave?

— Acredito que não — respondeu Édipo. — Nunca a vi trancando porta nenhuma antes. Vamos testar? — ele recuou, olhando para a dura superfície de madeira.

— Acho que não conseguiríamos arrombá-la apenas com os ombros — disse Creonte. — É de carvalho maciço, não é?

— Tem uma sugestão melhor? — questionou Édipo. — Ela pode estar deitada no chão; pode estar inconsciente.

Creonte assobiou para que o rapaz voltasse e o mandou chamar os guardas. Momentos depois, o comandante da guarda apareceu com quatro homens. Édipo explicou o problema, e o comandante assentiu com a cabeça. Dois de seus guardas trouxeram machados, que ele os instruiu a usar.

O barulho foi surpreendente. As lâminas de metal rasparam a madeira velha e, mesmo depois de várias pancadas, a porta mal sofrera alguns arranhões.

— Perdoem-me — disse o comandante a Creonte e Édipo. — Está difícil. Continuem — acrescentou para os guardas.

— Assim que passarem pelo painel de madeira em algum ponto, será bem rápido — afirmou Creonte. Os dois guardas recuaram e entregaram os machados a seus colegas, que brandiram o metal com braços descansados. Por fim, uma pequena fenda de luz apareceu no canto superior esquerdo.

— Concentre seus esforços ali — disse Édipo, apontando. O comandante da guarda ergueu um pouco a sobrancelha. Levantou a cabeça, e os guardas fizeram o que Édipo havia pedido. Alguns momentos ensurdecedores depois, um pedaço de madeira se rompeu.

— Force — disse o comandante antes que Édipo pudesse dar mais algum conselho. Os quatro soldados, juntos, lançaram seu peso contra a porta e sentiram o painel ceder um pouco.

— Vamos — falou Édipo. — Certamente será suficiente.

Os homens recuaram e pressionaram o corpo contra a porta mais uma vez. Por fim, fez-se um som de estilhaços, e o painel mais próximo da fechadura cedeu. Um dos guardas estendeu a mão e tateou em busca da chave. Se Jocasta a tivesse tirado, precisariam quebrar mais ao redor da fechadura da porta para arrombá-la. Mas seu semblante relaxou. Estava com a chave na mão e a girou, primeiro para o lado errado e depois para o certo. A fechadura se abriu, e os homens recuaram. Édipo acenou em agradecimento e abriu a porta.

— Onde está, minha querida? — perguntou ele. — Você trancou a porta e percebeu que não se sentia…?

Ele soltou um uivo terrível.

Creonte saltou para a frente, entrando.

— O que foi? — perguntou ele. E, em seguida: — Não.

Jocasta estava pendurada em um gancho no teto. Ninguém conseguia lembrar-se para que tinha sido destinado o objeto. Mas agora segurava a rainha, suspensa por uma corda. Ela usava um vestido branco simples que Édipo não se lembrava de ter visto antes. Parecia uma camisola de criança, que ela devia ter levado para lá muitos anos antes e havia parado de usar. Seu rosto estava inchado e roxo, os cabelos, emaranhados pendendo do crânio. Devia ter amarrado o laço no pescoço e pulado da cama.

— Chamem o médico — disse o comandante da guarda a seus homens. — Agora!

Mas era tarde demais.

27

Segui meu primo até a praça principal, onde estava começando o velório de Polin. Esqueci minha lira de cinco cordas e tive de voltar correndo para pegá-la. Esperava ser capaz de tocá-la bem o bastante para marcar a morte de meus dois irmãos. As palavras que compus eram adequadamente vagas, mas eu sabia — Etéo saberia — que eram tanto para ele quanto para Polin. Não praticava havia vários dias — o que os tebanos considerariam desrespeitoso ao extremo, para uma irmã que devia se sentar e tocar o fórminx enquanto os irmãos aguardavam o enterro. No entanto, eu sabia o que queria cantar: já tinha ensaiado tudo na mente. E os tons plangentes do instrumento — que já era antigo quando me foi dado — seriam ideais para minha música.

Desejei que Ani estivesse ali, apressando-se ao meu lado. Ou melhor, ela estaria caminhando no próprio ritmo, e Hêmon e eu diminuiríamos a velocidade para evitar deixá-la para trás.

— Você viu minha irmã? — perguntei a ele.

Ele fez que sim com a cabeça.

— Ela está nas celas, nas cavernas embaixo da praça principal — respondeu ele. — Tenho certeza. Mas não falei com meu pai sobre isso. Ele expediu a sentença esta manhã, não vai estar com humor para conceder um abrandamento da punição esta tarde.

Levei um momento para perceber que ele falava de forma literal. Ani tinha sido levada para a prisão aquela manhã, e depois houvera Etéo, e, em seguida, aquele momento. Sentia como se Ani tivesse sido presa havia um mês. Queria me afastar da multidão que se reunia e passar algum tempo com meus pensamentos, mas claro que não poderia fazer isso. O sol se punha com rapidez, e os criados haviam começado a acender as tochas, embora ainda não fossem necessárias. Cada uma delas foi colocada em um suporte de bronze ao redor das paredes da praça principal, para que não escurecesse inteiramente. Creonte estava perto do altar, realizando uma última sequência de oferendas rituais aos deuses em que acredita com tanta devoção. E, ainda assim, como os sacerdotes podiam fingir para ele que os deuses tolerariam o enterro de um homem e não do outro? Era um absurdo. Ou o terrível senhor do Mundo Inferior esperava que as dívidas dele fossem pagas pelos mortos, ou não. Não podia haver um meio-termo, e qualquer sacerdote que dissesse o contrário não estaria respeitando mais os deuses do que meu tio.

Havia algo de errado no pátio. Os criados moviam-se com a eficiência invisível de sempre, os sacerdotes entoavam cânticos, os músicos tocavam, a multidão se reunia. Mas alguma coisa estava errada, como se o incenso que ardia sobre os altares tivesse sido contaminado, ou todos no pátio houvessem começado a falar uma língua diferente. Senti olhos sobre mim, muitos deles. Claro que as pessoas ficariam me olhando — cresci como filha de uma união conspurcada, estou acostumada com esses olhares —, mas aquilo ia além do habitual. Hêmon olhou para mim, franzindo a testa. Ele também havia sentido.

— O que foi? — perguntei. Ele fez que não com a cabeça. Mas nós dois sabíamos a resposta, mesmo antes de o vigia entrar correndo pelos portões principais e se prostrar diante de meu tio, pressionando a testa contra as pedras como se esse gesto fosse suficiente para salvá-lo.

— Perdoe-me, Basileu — disse ele.

Meu tio parecia irritado por ter sido interrompido em sua devoção, mas não tanto quanto eu esperava. Talvez tivesse feito preces suficientes. Ou talvez tivesse se dado conta de que os deuses não o ouviriam hoje.

— O que você quer? — ele vociferou.

— Perdoe-me — disse o homem mais uma vez. — Não sei como isso aconteceu. Ou quando.

Creonte crispou os lábios, como se desejasse poder cuspir o homem para longe dali, como um pedaço de gordura de porco rançosa.

— Fale logo — disse ele. — Esteja certo de que não perguntarei de novo.

O homem ajoelhou-se e se sentou sobre os calcanhares, a túnica cinza esticada sobre a barriga.

— Eu não era o único homem de guarda, meu rei — disse ele. — Mas meus colegas e eu tiramos a sorte, e coube a mim lhe trazer esta notícia. Seu sobrinho, o traidor, foi enterrado.

Era impossível interpretar o rosto de Creonte, mesmo para mim, que o conhecia desde sempre. A raiva estava clara nas rugas ao redor da boca. Mas vi um traço de outra coisa ali também. Seria possível que estivesse aliviado?

— Prossiga — falou ele.

O homem olhava freneticamente ao redor, esperando que os guardas aparecessem de todos os lados com lanças apontadas para suas costelas. Seu peito arfava com o esforço de ter corrido até o palácio e se arrastado no chão.

— Aconteceu hoje, Basileu. Esta tarde, talvez. O traidor estava exposto ao ar esta manhã: eu mesmo vi um cachorro se alimentando dele — se pensou que isso o faria cair nas boas graças de meu tio, estava enganado. A repulsa passou pelo rosto de Creonte. Senti meu peito se apertar. Saber que Etéo estava enfim em segurança não desfazia o dano causado antes que eu pudesse tê-lo enterrado.

— Ele foi enterrado hoje, sob sua supervisão? — questionou Creonte.

— Éramos seis em patrulha, Majestade — o homem atrapalhou-se com as palavras, tão rápido quanto saíra a explicação de que não era apenas culpa dele. — Quem quer que tenha feito isso, passou por nós.

— Por quanto tempo — perguntou Creonte, deleitando-se agora com o medo evidente do homem — você estimaria que negligenciou seus deveres?

— Basileu, não foi por muito tempo. Juro que não foi por muito tempo. Apenas tempo suficiente para voltar à guarita e encontrar meus companheiros vigias para assumir meu lugar.

Creonte assentiu com a cabeça.

— Deveria mandar executar todos vocês — disse ele com tranquilidade. Talvez estivesse lembrando que havia poucos guardas no palácio agora, depois que ordenara a morte de tantos deles no dia em que Polin e Etéo haviam falecido. — Espera que eu acredite que uma tropa inteira de homens encontrou um caminho para sair pelos fundos do palácio e enterrou um homem adulto no tempo que você levou para voltar à guarita? Por quanto tempo você dormiu?

O pátio ficara muito silencioso quando o vigia entrara correndo, mas dava para ouvir a notícia se espalhando pela praça. O traidor havia sido enterrado; alguém enterrara o rapaz; os dois reis mortos estavam agora sob a terra; alguém tinha ouvido as palavras da princesa; a lei de Creonte fora quebrada; a lei dos deuses, obedecida.

A tensão era extraordinária, como as cordas de uma lira que ficou muito quente perto do fogo. À medida que a madeira se expande, as cordas estouram, uma após outra. À medida que cada uma cede, os fios restantes se esticam ainda mais, tentando fazer o trabalho delas e de suas companheiras. Nem mesmo meu tio, murmuravam as pessoas, podia ordenar que o sobrinho fosse desenterrado. Já era ruim o suficiente que tivesse desobedecido aos deuses, deixando o rapaz insepulto. Mas tirá-lo da cova era inconcebível. Estaria Creonte realmente prestes a exigir que o vigia cometesse um crime tão terrível?

— Juro — disse o homem, esticando-se no chão, a barriga encostada nas lajes, esparramando-se nos vãos entre elas — que não estava dormindo. Devem ter sido rápidos como um raio.

Senti um nervosismo inútil invadindo minha barriga. Nem havia pensado que Creonte teria ordenado guardas para vigiar Etéo. Mas não havia visto ninguém quando estava lá fora, nem mesmo um pastor à distância. Fora das muralhas, onde o palácio quase paira sobre a colina abaixo de nós, costuma ser bem silencioso. As cabras pastam nas outras colinas, e as oliveiras crescem nas encostas mais baixas. Mas nenhum pastor de cabras ou agricultor usa a terra ao redor do palácio. Suponho que os homens encarregados de vigiar Etéo simplesmente presumiram que era desnecessário fazê-lo. Tive sorte — embora mal conseguisse pensar nessa palavra. Corrigi-me: nesse aspecto, tive sorte.

— Ela estava certa — ouvi um homem dizer. — A moça tinha razão.

A multidão é uma coisa curiosa: formada por indivíduos, mas com um caráter inteiramente próprio. Quando as pessoas perceberam o que o homem dizia, lembraram-se do que minha irmã havia exigido naquela manhã. Tinha pedido que Etéo fosse enterrado, como era de esperar, e ele havia sido. No entanto, essa jovem estava na prisão, não estava? Embaixo da praça do palácio? Estaria ela sob os pés deles enquanto esperavam que a música começasse e o vinho fosse servido para homenagear a sombra de meu irmão Polin? Então, como o outro rei fora enterrado?

Jamais ocorreu a nenhum deles que eu pudesse ter algo a ver com isso. Ainda era a filha mais nova, aquela que podiam ignorar. Senti Hêmon ao meu lado, a respiração acelerada. Ele também percebeu quanto eu devia estar próxima de ser descoberta. Ou estava esperando que o vigia admitisse que havia aceitado suborno para ignorar a patrulha do jovem príncipe, o herdeiro do trono de seu pai?

Nunca saberia a verdade, porque percebi naquele instante que não era importante e, no caos que se seguiu, não lhe perguntei. O que importava era que o povo de Tebas começava a perceber que minha irmã havia sido presa injustamente. E, se ela conseguira, de uma cela subterrânea, que seu irmão fosse enterrado, tinha um poder que o rei todo-poderoso não possuía. Devia ser a favorita dos deuses, pois quem mais poderia tê-la ajudado? Naquela manhã, o rei parecia ser um líder severo, mas patriótico. Agora, parecia ser um tolo arrogante, afastando os deuses ao incitar uma perseguição aos seus favoritos. E o que podia ser mais patético do que um homem adulto com medo de uma jovem?

De repente, a raiva se espalhou pelo pátio, como o vento em meio às plantações de trigo que cresciam nas planícies fora da cidade. As pessoas gritavam, batiam os pés, assobiavam e batiam palmas com as mãos em concha. Os guardas, para quem Creonte olhou, ficaram para trás, impassíveis. Eram recrutas e não tinham experiência com esse tipo de situação. Meu tio buscou um que conhecesse, porém, embora houvesse alguns homens mais velhos, que reconheci — parados com suas lanças ao lado, aparentemente cegos e surdos —, ele não os viu, ou, se o fez, notou que não lhe obedeceriam.

A multidão berrava o nome de minha irmã, "Ani, Ani", cadenciado com batidas dos pés. Minha irmã deve ter sentido as paredes da própria cela estremecendo com o barulho e a poeira que se levantava ao baterem no chão com suas botas e bengalas.

— Vou buscá-la — sussurrei para Hêmon, embora ninguém pudesse ter me ouvido por causa do barulho que faziam. — Antes que haja um tumulto.

Eu estava perto de um dos guardas mais velhos e agarrei seu braço.

— Pode me levar até Ani? — perguntei. — Leve-me até minha irmã.

O homem olhou ao redor como se não tivesse ouvido ou não tivesse certeza do que eu poderia estar perguntando. Depois, abaixou a cabeça em um aceno rápido e se afastou. Corri para acompanhá-lo.

No canto mais distante da praça, atrás da sala do trono e dos templos, havia um canto sombrio e esquecido com uma porta antiga e maltratada pelo tempo — enegrecida ao longo dos anos —, à frente do que sempre supus (se é que alguma vez pensei nisso) ser um depósito, construído em um recesso das paredes externas. A pedra branca havia ficado cinza com a sujeira e o tempo. O guarda levou a mão ao cinto, e pensei que fosse pegar uma chave, mas em vez disso ele sacou uma adaga pelo cabo. Foi com ela que bateu contra a porta cinco vezes antes de guardá-la de novo na bainha da cintura. Fez-se um som de madeira raspando na pedra e de algo pesado se movendo dos batentes. A porta abriu-se diante de nós, e pude ver que, longe de esconder um pequeno armário, dava para um lance de escada mal iluminado. O guarda que abriu a porta por dentro ergueu as sobrancelhas para o colega ao me ver, mas não disse nada e deu um passo para trás a fim de liberar o caminho.

Os túneis abaixo do palácio estavam escuros, e fiquei aliviada quando o guarda puxou uma tocha de um suporte de parede e a carregou à nossa frente para iluminar o caminho. Os degraus eram lisos e gastos embaixo dos meus pés, e o ar tinha um cheiro de mofo. A água pingava do teto das cavernas e havia deixado depósitos marrom-ferrugem nas paredes úmidas.

O som de nossos pés — as botas deles, minhas sandálias — ecoava nas paredes enquanto seguíamos pelas muitas curvas do corredor sinuoso. Não sabia em que direção estávamos indo: sem o céu para me guiar, estava perdida. Mas, por fim, chegamos a uma longa reta, onde o homem virou a cabeça e disse:

— Não está muito longe agora.

— Onde estamos? — perguntei.

— Você está passando por baixo da praça do mercado — respondeu ele. — As celas foram construídas nas cavernas que se abrem para o outro lado da colina. Não se preocupe, Pótnia,[1] sua irmã não está no escuro. Embora o sol deva estar quase se pondo agora.

Fiquei surpresa com o título formal: havia anos que ninguém me chamava de "princesa". Eu era jovem demais para justificá-lo até pouco tempo

---

[1] Pótnia (Πότνια): no grego antigo, título honorífico usado principalmente para abordar ou mencionar mulheres, fossem elas deusas ou mortais. Aqui pode ser traduzido por "princesa". (N. do T.)

atrás. Mas alguém já havia usado o título honorífico antes, muito tempo antes. Não conseguia lembrar quem. Meu pai, acredito eu. Estremeci, embora não tivesse sentido frio até então.

Como meu acompanhante havia prometido, a escuridão ficou um pouco menos densa quando chegamos ao final desse túnel. Então, ele virou à direita, seguindo por um corredor mais curto, e havia três pequenas portas do lado esquerdo, cada uma trancada com uma grossa tábua de pinho e com uma pequena grade no topo, através da qual o prisioneiro podia ser visto. Mas, naquele momento, tão pouca luz entrava do lado de fora que estava quase tão escuro quanto nos túneis pelos quais havíamos passado.

— Ela está mais à frente — comentou ele.

Mesmo que estivesse desesperada para vê-la, hesitei antes de dar um passo adiante. Tive uma visão repentina e horrível de Ani morta na cela, seu corpinho caído no chão. Senti como se as paredes e o teto avançassem para me esmagar, como se todo o ar tivesse sido retirado de meus pulmões. Tropecei, e o guarda estendeu a mão para me apoiar.

— Cuidado — disse ele.

— Desculpe.

— Desculpá-la? — ele riu. — A senhorita deve ser a única pessoa em Tebas que viria aqui voluntariamente. Ainda mais prestes a escurecer. É uma moça corajosa. Agora, me dê uma ajuda com a trava de pinheiro para que sua irmã possa voltar para onde é o lugar dela.

Ele avançou, e tentei afastar da mente a imagem de minha irmã morta, concentrando-me em seguir aquele estranho que me achava corajosa.

— Aqui vamos nós — disse ele enquanto deslizávamos a barra de madeira de seu compartimento. Ele deixou a ponta da barra cair no chão e a apoiou contra o batente da porta. A porta se abriu sozinha.

E ali, diante dos meus olhos, meu pesadelo se materializou. Ao lado de um catre pequeno e sujo, minha irmã balançava em uma corda que havia feito com sua estola. Comecei a gritar, mas o guarda foi mais rápido em agir: largou a tocha e avançou, erguendo-a pela cintura. Estendendo a mão ao cinto, puxou a faca e cortou o laço de tecido. Minha irmã caiu em seus braços.

Abaixei-me e peguei a tocha aos meus pés. Sua luz crepitante voltou a brilhar. O guarda virou-se, e vi o rosto de Ani, arroxeado ao lado da corda branca em seu pescoço. Então, ela tossiu, e quase deixei a tocha cair de novo, de medo e alívio.

— Ani! — gritei. — Você está viva?

Ela não respondeu, mas o guarda assentiu com a cabeça.

— A garganta dela não vai permitir que fale por alguns instantes, Pótnia. Sorte que veio na hora certa.

Minha irmã abriu os olhos e apontou para cima.

— Preciso levá-la de volta ao pátio principal — falei. — Você me ajuda?

O guarda olhou para o chão.

— Vou carregá-la para fora das catacumbas para a senhorita. Mas não posso levá-la ao palácio. Tenho três filhas. Seu tio...

— Entendo — respondi para ele. Não valia a pena discutir com o homem quando nós dois conhecíamos as palavras que ele não diria: meu tio não hesitava em punir os guardas com a morte. O homem não podia correr esse risco.

Caminhei a seu lado, carregando a tocha, enquanto ele levava minha irmã nos braços. Quando enfim chegamos à encosta, ele colocou os pés de Ani no solo e a soltou no chão.

— Consegue ficar em pé? — perguntou ele.

Ela assentiu, incerta. E, quando ele a soltou, ela não desfaleceu.

— Obrigada — falei para ele. — Se estiver ao meu alcance, você receberá uma rica recompensa pelo serviço que prestou à minha família hoje.

O guarda sorriu.

— Obrigado, Pótnia — ele pegou a tocha da minha mão, pois ainda havia luz suficiente para enxergar no crepúsculo que se esvaía. Voltou para as cavernas, e então segurei o braço de minha irmã para que ela pudesse se apoiar em mim. Começamos a caminhada em meio à escuridão, subindo a encosta até as muralhas da cidade.

— Em que estava pensando, irmã? — perguntei.

— Devia saber que seria você quem viria — ela sussurrou. — Esperei que fosse Hêmon.

Levei um momento para entender o que ela queria dizer.

— Você queria que ele a encontrasse e a tirasse da corda?

Minha irmã sempre tivera uma queda por gestos dramáticos, mas aquilo era excessivo, até mesmo para ela. Os olhos dela brilharam.

— Serei a rainha de Tebas, Isi. Sou a herdeira legítima. O trono é meu. Sei que Hêmon me apoiaria se tivesse me resgatado da morte causada pelas minhas próprias mãos.

Fiquei atônita.

— Está falando sério?

Ela puxou meu braço, apressando-me.

— Claro que estou. Nunca falei tão sério. Nossos irmãos estão mortos, eu serei rainha ou morrerei. Não viverei como uma criança pelo resto da vida.

— Mas você quase morreu. E se fosse Hêmon e ele não tivesse conseguido abrir a porta a tempo? E se não tivesse uma faca para cortar a corda?

— Ele não é idiota — rebateu ela. — Teria feito alguma coisa quando me visse pendurada ali — balancei a cabeça em uma negativa. — Tenho que o separar do pai dele — disse. — Ou ele não terá nenhuma utilidade para mim.

— Pensei que o amasse — falei, e ela apertou meu braço.

— Amo — respondeu. — De certa maneira.

— Bem, sinto muito por ele não ter vindo resgatá-la. Mas ele me deu cobertura. Enterrei Etéo esta tarde.

Ani assentiu, embora aquilo a tenha feito estremecer.

— Sabia que pensaria em alguma coisa.

Tínhamos chegado às margens da cidade e subimos alguns degraus até a praça deserta do mercado. Achei que ela perguntaria sobre Etéo, mas pareceu feliz em saber apenas que ele estava devidamente enterrado.

— Achei que nossos irmãos fossem importantes para você.

— E eram, Isi. Mas agora fazem parte do passado, e eu estou aqui. Os dois estão enterrados, não foi o que disse? — concordei com a cabeça.

— Não há mais nada a discutir — continuou ela, enquanto corríamos para os portões do palácio. Ela fez uma pausa e acrescentou: — Isi, ouvi uma coisa estranha esta tarde enquanto esperava que viesse me buscar.

— O que você ouviu?

— Os guardas passaram várias vezes pela minha cela para verem como eu estava — disse ela. — Dois deles, para garantir que eu estava trancada em segurança. Não sei como imaginaram que eu poderia escapar.

Os pensamentos dela já tinham se voltado para si mesma.

— E algum deles disse alguma coisa...? — insisti.

— Os dois ajudaram a carregar Polin até o túmulo, até o túmulo de nossa família — falou ela. Assenti, enquanto continuávamos a caminhar pelas pedras escorregadias dos paralelepípedos. — E eles disseram que, quando o túmulo foi aberto para que ele fosse colocado lá dentro... — ela fez uma pausa e olhou para cima, para verificar se eu estava prestando atenção em suas palavras.

— Sim.

— Disseram que o túmulo estava vazio. Não acha isso estranho?

— Não tenho certeza se estranho é a palavra certa para o que estou pensando. Vazio?

— A mãe e o pai devem estar enterrados em outro lugar — disse ela. — Mas não consigo imaginar por quê e estou pensando nisso o dia todo.

Senti uma onda repentina de ternura por ela, a última de minha família.

— Também vou pensar nisso. Vamos entender melhor o que ocorreu.

— Bem, será sua responsabilidade agora — disse ela. — Não terei tempo.

A contrariedade cresceu em meu peito onde a ternura tinha acabado de aparecer.

— Por que não? — às vezes, não é possível evitar dar a Ani o prazer de nos obrigar a fazer certas perguntas.

— Porque, quando entrarmos no palácio — disse minha irmã —, o povo de Tebas me fará governante da cidade. Sei que fará. Então, essa será a minha vida agora.

E, enquanto falava, chegamos aos portões do palácio. Entramos no pátio principal, e a multidão ficou em silêncio. Mas apenas por um momento, até que começaram a gritar seu nome e a chamá-la de Basileia, Anassa, rainha.

28

Ao ver Jocasta suspensa no teto, Édipo desabou. Um dos guardas estendeu a mão acima dele para cortar a corda que havia tirado a vida de Jocasta, e o corpo dela caiu nos braços do marido, como se ele a estivesse carregando por uma porta no início da vida juntos. Ele a segurou por um momento, depois a deitou na cama, porque agora estava mais pesada do que quando vivia. Creonte recuou e permitiu que Édipo se agarrasse ao corpo da esposa e chorasse.

Quando Sofón chegou, ficou claro para todos que não havia nada que ele pudesse fazer. Mas os guardas que tinham ido buscá-lo não deram a mínima importância ao fato de que o homem que procuravam estava em uma sala com os quatro filhos da rainha. Venha rápido, haviam dito. A rainha precisa de você. Sofón se apressou atrás deles, e as crianças o seguiram porque sua mãe era a rainha e, se ela precisava do tutor deles, poderia muito bem precisar deles também. Além disso, não a viam fazia dois dias e, se ela desejava ver o médico, desejaria também os ver e admirar suas canções, caligrafia e histórias. Então, correram atrás de Sofón até os aposentos da mãe. Podiam ouvir um homem chorando, o que parecia terrivelmente inadequado, já que os homens nunca choravam. Em especial o pai deles, embora nunca tivessem visto outro homem nos aposentos da mãe. Mas por que o pai deles choraria?

O grisalho comandante da guarda havia saído da sala para respirar um pouco de ar não contaminado pelo leve fedor da morte e notou as crianças correndo ao longo da colunata para ver a mãe. Ele murmurou "Detenha-os" para o guarda a seu lado e fechou a porta do quarto atrás dele. O guarda estacou por um momento, sem saber o que devia fazer. Seu treinamento era em combate corpo a corpo: não tinha ideia de qual protocolo era exigido dele nessa situação. Mas ele tinha um filho e uma filha da mesma idade de Etéo e Ani, embora a filha fosse a mais velha: alta e com uma expressão grave, que às vezes se desfazia em gargalhadas quando achava graça de algo que o irmãozinho fizera.

— Vamos — disse ele, estendendo a mão para Etéo, a criança que corria mais depressa pelo pátio. — Está com você — deu um tapa no braço de Etéo e saiu correndo pelo pátio também, rindo como um imbecil. O comandante da guarda estava prestes a gritar com ele até perceber que as palavras do homem tiveram o efeito desejado: Etéo deu um soquinho no irmão e correu atrás do guarda, gritando de alegria com a brincadeira inesperada. Polin deu um tapinha na cabeça de Isi e declarou que estava com ela, e aí ela correu atrás dos irmãos com suas perninhas finas. Deixar a responsabilidade de pegar alguém com o mais novo deveria ter proporcionado uma vitória fácil, mas Isi já era quase do tamanho de Ani e logo alcançou a irmã.

O comandante da guarda abriu um pouco a porta e olhou para dentro.

— As crianças estão lá fora — avisou ele. — Só para os senhores saberem.

Édipo estava surdo às palavras. Ajoelhou-se ao lado da cama, a cabeça apoiada na barriga da esposa. Sofón inclinou-se sobre o leito, mas não havia necessidade de verificar o pulso. Jocasta já estava morta havia muitas horas. Creonte destacou-se dos outros, sua expressão sendo mais de confusão que de pesar. Ouviu as palavras do comandante da guarda e franziu a testa.

— Leve as crianças para a cozinha — disse ele. — Diga aos criados para cuidarem delas. Mantenha-as fora do caminho até que eu mesmo venha buscá-las. Está me entendendo?

— Claro, senhor — disse o comandante da guarda. Seus cabelos e barba eram grisalhos: estava velho demais para ignorar que naquele dia seria revelado quem mandaria em Tebas, já que a rainha estava morta.

Sofón levantou-se, os ossos das costas estalando quando se endireitou. Olhou para o corpo trêmulo de Édipo e atravessou a sala até chegar a Creonte.

— Como aconteceu? — perguntou ele.

Creonte balançou a cabeça devagar.

— Não sei. Ela achou esses rumores sobre o bebê desaparecido muito perturbadores. Você sabe.

Sofón pareceu confuso.

— O bebê nasceu morto. Ela sabia disso.

— Talvez não soubesse tão bem assim — respondeu Creonte.

— Tenho certeza de que sim. Deve ter havido algo mais para forçá-la a cometer tal violência contra si mesma.

— Acho que não — Creonte viu que o velho percebera que não encontraria respostas ali.

— Édipo — chamou Sofón, baixinho, mas o outro não respondeu.

O médico arrastou os pés até a cama e pôs a mão no ombro de Édipo.

— Édipo, preciso que fale comigo por um instante. Perdoe-me, mas isso não pode esperar.

Édipo engoliu em seco. Ele virou-se, e em seguida estava sentado no chão, de frente para os dois homens.

— O que foi? — perguntou ele.

— Preciso que me conte o que aconteceu — disse Sofón.

Édipo engasgou-se em uma descrição do ato final de Jocasta como rainha: acalmar a multidão no portão e mandá-la para casa. A voz dele falhou quando contou a Sofón sobre Teresa e suas provocações. Mas o velho apenas assentiu e o encorajou sem dizer uma palavra sequer, como se tentasse acalmar um cão assustado. Ouviu até o fim, quando Édipo descreveu a jovem que cuspiu na esposa e por certo a levou à beira da loucura, tendo, em seguida, discutido com ele quando voltaram para dentro do palácio.

— Que outro motivo teria para fazer aquilo consigo mesma? Com as crianças? Comigo? — perguntou ele. — A menos que estivesse louca?

Sofón não respondeu, mas perguntou se Jocasta havia se sentido mal depois da conversa desagradável com a jovem.

— Indisposta? Não sei o que está querendo dizer — disse Édipo. — Estava chateada, depois voltou para cá e se trancou nestes aposentos. Talvez tenha tido uma dor de cabeça. Você sabe quantas vezes foi vítima delas, especialmente depois de uma experiência como essa.

— Ela não falou com mais ninguém antes de vir para cá? Não parou para brincar com as crianças ou algo assim?

— Não! É claro que não. Se tivesse tempo para ter brincado com eles, ainda estaria viva. Tenho certeza.

— Não sei, não — disse Sofón.

— Não estou entendendo o que está querendo dizer — Édipo estava ficando nervoso.

— Acha que ela pegou a peste? — Creonte percebeu o objetivo das perguntas do velho. — Acha que a mulher que cuspiu nela lhe passou a doença?

Sofón assentiu.

— Acho. Conheço Jocasta há quase trinta anos. Ela não se matou porque pensou estar envolvida em um relacionamento incestuoso com o próprio filho. A ideia, por si só, é absurda. Ela odiava que as pessoas estivessem sugerindo isso, e tenho certeza de que estava com raiva e chateada. Mas não seria suficiente para fazê-la tirar a própria vida. As pessoas se matam quando acreditam que é a melhor opção que têm. E raramente estão corretas, claro. Mas, se estão sofrendo uma dor terrível, ou sabem, sem dúvida, que logo estarão sofrendo tal dor, não é uma escolha incompreensível.

— As pessoas sobrevivem à peste — comentou Édipo. — Ela teria dado essa chance a si mesma.

— Acho que ela acreditou que morreria — retrucou Sofón.

— A culpa é daquela velha bruxa — disse Édipo. — Ela será executada antes do final do dia. Farei isso eu mesmo, com minhas próprias mãos.

— Vai adiantar alguma coisa? — perguntou Creonte.

— Por que está dizendo isso? — Édipo perguntou, erguendo-se com dificuldade. — Foi ideia sua? Estavam juntos nisso, você e Teresa?

— Entendo que perdeu sua esposa — respondeu Creonte. — Peço-lhe que lembre que perdi minha irmã.

— Perdeu? Você mal podia esperar para se livrar dela, não é? Passou anos tentando entrar neste palácio. E, no fim das contas, ela nunca fez nada sem que você estivesse por perto. Menos isso — ele apontou para o corpo da esposa.

— Não tive escolha — falou Creonte. — Ela precisava de alguém que a ajudasse. Em todas as coisas nas quais você não tinha interesse. Ela precisava de alguém para apoiá-la.

— Está me acusando de não cuidar de minha esposa? — Édipo questionou.

— Senhores, por favor — falou Sofón. — Todos nós perdemos alguém que amamos muito. Agora não é hora de encontrar culpados. Não vai ajudar, e nenhum de nós pode fingir que é o que Jocasta desejaria. Por favor, vamos todos respirar fundo antes de dizer coisas das quais possamos nos arrepender.

— Não tenho nada do que me arrepender — disse Édipo. — Expulse-o do palácio e não deixe que volte aqui. Não enquanto eu estiver por aqui. Não enquanto eu viver.

O velho comandante da guarda, que estava em silêncio, parado junto à parede, deu um passo à frente, incerto.

— Você não está no comando da guarda — disse Creonte com calma. — Eles obedeciam a sua esposa e agora obedecem a mim.

— Não seja ridículo — exclamou Édipo.

— Não estou sendo ridículo — retrucou Creonte. — Você não é o rei de Tebas e nunca será. Sua esposa era a rainha, e o filho dela será o rei. Até então, você ou eu seremos o regente. Isso está perfeitamente claro nas leis de nossa cidade.

Édipo saltou sobre o cunhado, ofegando pelo esforço, os dedos curvando-se em garras. O guarda adiantou-se e se pôs entre eles, repetindo o pedido de calma que Sofón fizera. Ele olhou para o velho em busca de orientação.

— Senhores, desculpem interromper esta discussão que vocês parecem desesperados para ter sobre o corpo de uma mulher que a teria detestado — falou Sofón. — Mas, se ela teve a peste, seu corpo ainda é contagioso.

Creonte e Édipo encararam-se, as mãos do guarda em seus respectivos peitos enquanto ele olhava de um homem para o outro.

— Devemos enterrá-la — disse Sofón. Édipo abriu a boca para argumentar, e Sofón ergueu um dedo. — Sei que você é cético, então, permita que eu lhe dê meu diagnóstico. Mas não se aproxime mais do que já fez.

Édipo olhou para a esposa, cujo rosto inchado não lhe dizia nada.

— Ela estava com febre, sem dúvida — falou Sofón. — Pode se perceber que os cabelos dela estavam úmidos nas têmporas. Ainda estão grudados, mesmo agora.

— É isso? — questionou Édipo. — Está dizendo que ela pegou a peste porque os cabelos não estão bem-arrumados?

— Não — respondeu Sofón. — Estou dizendo que ela pegou a peste porque acredito que sim. Vi a mulher que descreveu a caminho do palácio. Levava uma criança com ela, uma menina, acho. As duas estavam mortas na beira da estrada. Eu a reconheci quando você descreveu seus cabelos e roupas. Já havia notado sinais de febre em sua esposa, e seu relato apenas confirmou meu diagnóstico. Além disso, e este pode ser o ponto crucial...

Édipo passou a mão pela testa. Estava fervilhando com o choque, a dor e a raiva.

— Acho que você está com febre — disse Sofón. — Pode estar nos estágios iniciais da doença, tendo contraído-a de Jocasta antes de ela morrer. Precisa ficar em quarentena e teremos que resfriá-lo o mais rápido possível. Mandarei buscar um pouco de gelo assim que concordar em me deixar tratá-lo. Não quero que tenha medo. Os efeitos da doença variam, e você pode sobreviver perfeitamente bem. Afinal, eu sobrevivi. Mas, por favor, acredite em mim quando digo que espero muito que siga meu conselho e fique longe de seus filhos.

Édipo inclinou-se para a frente, incapaz de continuar a discussão. Cambaleou pela sala até um sofá e afundou-se nele, apoiando a cabeça contra a parede. Sofón interpretou aquilo como consentimento e pediu ao comandante da guarda que ajudasse a embrulhar o corpo de Jocasta. Tiraram os lençóis da cama e envolveram a rainha neles. Sofón enviou outro guarda ao depósito de gelo e pediu-lhe que trouxesse tanto gelo quanto pudesse carregar e o colocasse na banheira. Creonte ficou para trás, observando os homens em silêncio. Não podia ajudar a cuidar do corpo da irmã, mas podia assistir ao enterro de seu corpo.

— Há um túmulo para as vítimas da peste fora dos muros da cidade — murmurou ele para Sofón, que assentiu. — Vamos levá-la logo para lá — ele virou-se para o comandante da guarda. — Obrigado, senhor, por seu serviço leal neste assunto. Vai me ajudar a levar a rainha?

O comandante da guarda era viúvo e sem filhos. Preferia ajudar Creonte a pedir a um de seus homens que corresse o risco.

— Sim, senhor — replicou ele. — Agora?

— Agora.

— Avisarei com antecedência que precisaremos sair da cidade em breve — disse ele, desaparecendo pela porta.

O gelo havia chegado, e Sofón enrolou um grande pedaço em uma faixa de musselina e persuadiu Édipo a se deitar no sofá, antes de pousar o bloco frio em sua testa.

— Fique quieto — disse ele. — Quanto mais seu corpo estiver fresco, melhor se sentirá.

Édipo não respondeu. Depois de saber de seu diagnóstico, não podia mais fingir que se sentia bem o suficiente para resistir e lutar. Mas, ainda assim, não podia tolerar o que estava acontecendo ao seu redor.

— Ela deve ter um enterro adequado — disse ele com os olhos fechados. — Não desse jeito.

— Não há outra maneira — respondeu Creonte. — Quanto mais cedo for enterrada, mais em segurança todos estarão. Sinto muito. Sabe tão bem quanto eu que ela nunca ia querer colocar os filhos em risco.

Édipo assentiu, mas não respondeu nada.

— Precisamos de uma padiola para carregá-la — disse Sofón.

— Os homens podem construir uma liteira — falou Creonte, saindo para dar a ordem.

— Não pode deixar que façam isso com ela — pediu Édipo.

— Não há mais nada a ser feito — respondeu o médico.

— E as crianças? Vão querer uma tumba que possam visitar, pelo amor de Deus. Eles perderam a mãe.

— Pensaremos em alguma coisa — disse Sofón. — Não se preocupe com isso.

Depois de um tempo, que pareceu muito mais longo para Sofón que para Édipo, Creonte e o comandante da guarda voltaram com uma padiola improvisada. Eles a colocaram na cama ao lado de Jocasta e pousaram a rainha sobre ela. Entreolharam-se, assentiram e em seguida a levantaram. Sofón manteve a porta aberta enquanto avançavam devagar. Os três homens caminharam juntos, passando pelos guardas, que saudaram sua rainha quando ela deixou o palácio pela última vez. Houve um som de correria do outro lado do pátio perto das cozinhas, mas Sofón olhou para as sombras e não conseguiu ver nada. Os homens continuaram pelo segundo pátio, Creonte imaginando como anunciaria à cidade que a rainha estava morta. Estavam tão concentrados em carregá-la que ninguém ouviu a porta do quarto batendo pela segunda vez.

Todos os escravos sabiam o que havia acontecido. O palácio nunca continha notícias ou fuxicos, nem por um instante. Talvez fosse tarde demais para fazer qualquer anúncio, pensou Creonte. Aquele escândalo havia se espalhado mais rápido que qualquer doença. Eles saíram das cozinhas, guaritas e postos, todos saudando a rainha morta. O maxilar de Creonte estava cerrado, mas Sofón — que já tinha visto tantos morrerem, e tantos mais jovens que Jocasta — não foi mais capaz de esconder sua dor. As lágrimas escorriam por seu rosto, acumulando-se na barba úmida. Mas, mesmo assim, continuaram a carregá-la.

Depois, entraram no pátio público, embora os portões ainda estivessem fechados, e o espaço, vazio, exceto pelos guardas que observaram seu comandante lutando para manter o controle sobre a madeira da padiola, desejando poder ajudar. O céu estava nublado, mas não choveria naquele dia. Quando os homens chegaram ao portão principal do mercado, os guardas o abriram e acenaram para que entrassem.

Sem falar palavra, os três viraram para a esquerda e continuaram sua jornada. O mercado estava fechado, de modo que não havia ninguém lá para vê-los. Caminharam até chegarem ao pequeno portão nas muralhas da cidade, que os levava às Terras Ermas. O fedor do fosso da peste era inegável. Creonte desejou poder levar a manga da camisa ao rosto para cobrir o nariz. Mas era impossível: não aguentaria o peso da padiola com apenas uma das mãos.

Ninguém vigiava o fosso da peste: não havia necessidade. As pessoas levavam seus mortos se precisassem. As viagens até ali eram sempre breves e brutais. Os homens largaram o fardo no chão por um momento, enquanto decidiam para onde deveriam ir. Creonte olhou para o conteúdo do fosso e estremeceu. A maioria das pessoas não tinha lençóis de sobra para dar dignidade a seus entes queridos, então os cadáveres estavam cobertos com as roupas com que haviam morrido ou sem nada. Ele e o comandante da guarda massagearam ombros e braços, tentando reanimá-los para um último esforço.

— Ali — Sofón apontou para o lado mais distante do fosso. — Há um jarro de cal novo ao lado do fosso naquela parte. Nós a baixamos e depois a espargimos sobre ela.

Creonte e o comandante da guarda assentiram. Nenhum dos dois tinha forças para falar. Abaixaram-se e levantaram Jocasta uma última vez.

— Não — disse uma voz. — Não podem fazer isso.

✧ ✧ ✧

Eles se viraram para ver Édipo, delirando por causa da raiva, ou da peste, ou das duas.

— Não podem deixá-la aqui. Não podem.

Sofón aproximou-se dele e encarou seus olhos febris.

— Precisamos, meu amigo — disse ele. — Não há escolha.

Creonte e o comandante não pararam de caminhar, e Édipo gritou quando olhou além de Sofón e viu que haviam se afastado.

— Não.

Ele empurrou o peito de Sofón. O velho quase perdeu o equilíbrio, mas se recuperou antes de cair e observou Édipo, cambaleante, seguir atrás da esposa.

Não havia esperança de alcançá-los. Dois homens saudáveis, mesmo carregando um cadáver, podiam se mover com mais rapidez do que um homem com febre alta. Então, quando ele os alcançou, o suor escorrendo pelo rosto, eles já haviam jogado a rainha na cova. Por um momento terrível, Sofón pensou que Édipo se jogaria também. Mas ele não o fez. Em vez disso, caiu de joelhos e chorou enquanto Creonte e o comandante da guarda recuperavam o fôlego. Creonte deu um tapinha no ombro do comandante, agradecendo-lhe por seu trabalho. O comandante ergueu as sobrancelhas, em uma expressão questionadora, e Creonte assentiu com a cabeça. Preferia cumprir a tarefa final sozinho. O comandante fez uma saudação e retirou-se, de volta à cidade e ao palácio. Creonte pegou uma pá que havia sido deixada ao lado do fosso e começou a espalhar cal sobre o corpo da irmã.

Édipo não conseguia tolerar nada do que acontecia à sua frente. Levantou-se e agarrou a pá da mão de Creonte. Os dois homens vacilaram por um momento infinito ao lado da vala comum. Creonte teve que largar a pá para se firmar, e Édipo a agarrou e a ergueu na direção da cabeça de Creonte. Creonte esquivou-se do golpe, mas Édipo preparava-se para atacar de novo. Olhou ao redor em busca de algo que pudesse usar para se defender. Enquanto Sofón o observava tomar uma decisão, gritou, tentando impedi-lo. Mas estava muito longe, e o vento levou sua voz para as montanhas.

Édipo girou a pá uma segunda vez, como um machado. E Creonte se abaixou, recolhendo o pó de cal virgem nas mãos endurecidas. Quando Édipo tentou acertá-lo pela terceira vez, Creonte jogou a cal em seu rosto.

Sofón havia tratado homens em todos os estágios de doenças e ferimentos e sabia que nunca mais ouviria um som como o que Édipo fizera, enquanto o pó cáustico derretia seus olhos. Creonte não tinha conhecimento do que poderia acontecer quando a cal se espalhava sobre tecido humano úmido. Sua expressão, mesmo a distância, foi de horror total. Ele correu para longe de Édipo, que por fim largou a pá para que pudesse cobrir os olhos com as mãos. Mas a dor era grande demais, e ele só pôde levantar-se e uivar.

O horror foi substituído no rosto de Creonte por outra coisa.

— Agora você está gritando — disse ele baixinho. — Agora você sabe o que é a dor. Fiz esse som também, no verão passado. Não quando encontrei a mensagem de Euri, dizendo que estava com febre e tinha ido embora. Não quis entristecer meu filho, sabe, por isso me calei — ele caminhou de volta até o cunhado, confiante por saber que Édipo não poderia vê-lo. — Mas, quando chegou a hora de reabrir nossa casa, oito dias depois, sabe o que vi? Vi minha esposa morta, deitada ao lado das paredes da própria casa, lamentada, mas insepulta. Ela deve ter se sentado embaixo das janelas, para ouvir nosso filho, esperando que não adoecesse. Esperando que vivesse o suficiente para saber que não o havia infectado. E ela morreu onde havia desmaiado, sozinha, a poucos metros de seu marido e filho, incapaz de tocá-los ou falar com eles. E, quando vi seu corpo deteriorado, esperando por nós lá fora, então, acredite, gritei como está gritando agora. Mas por outra pessoa, não por mim.

Depois, Sofón não conseguiu ouvir mais nada, exceto a respiração angustiada de Édipo e os passos pesados de Creonte.

— Vamos — disse Creonte ao chegar perto do velho. — Devemos voltar para a cidade.

Sofón olhou para ele.

— Não podemos deixá-lo aqui.

— Podemos, sim — falou Creonte com seriedade. — Sou regente agora. Tebas nunca aceitará um cego, um forasteiro, como seu rei. E será melhor morrer aqui do que transmitir a peste aos filhos. Minha irmã diria a mesma coisa se estivesse viva.

— Ela o amava muito — disse Sofón.

— Ela amava mais os filhos — retrucou Creonte. — Estou ordenando que me acompanhe de volta ao palácio. Você ficará em quarentena e dirá aos escravos como proteger as crianças. Pode já tê-los infectado. Nesse caso, deve cuidar e salvar a vida deles. Se preferir ficar aqui, tentando cuidar de um morto, não posso impedi-lo. Mas estará desperdiçando sua vida. Volte comigo. Os portões serão fechados assim que eu voltar. E não serão mais reabertos.

Sofón desviou o olhar para o homem devastado por todo tipo de agonia e depois para o homem que havia se tornado rei.

29

Calcei novamente meus sapatos. Achei que nunca mais me cansaria de sentir a grama sob meus pés de novo, mas estava enganada. Por mais delicioso que fosse sentir cada filamento abrindo caminho entre meus dedos, a dor de pisar nas pedras que se escondiam embaixo da grama era um contraponto mais que suficiente. Além disso, era mais fácil calçar sapatos do que os carregar, embora o couro estivesse tão duro no início que formou bolhas em meus pés. Tinha amolecido, ou meus pés haviam endurecido, enquanto cruzávamos os estádios desde a cidade. Esta é minha primeira vez fora de Tebas, nas estradas da montanha. Trouxemos um burro para carregar nossas mochilas. Ele é jovem e, apenas de vez em quando, mal-humorado. Também limita a distância que podemos percorrer a cada dia. Depois de tantos estádios (o número varia, dependendo da inclinação do terreno), ele interrompe a viagem para passar a noite, e nenhum tipo de persuasão, minha ou de Sófon, surte efeito.

Olho para trás para ver os trechos mais baixos das montanhas abaixo de mim e avisto a careca de Sófon através da grama ondulante, como um grande ovo em um ninho. Ainda estou com raiva dele, embora a sinta diminuir a cada passo que damos. Não sei se é o movimento que cura minha raiva ou a distância que coloquei entre mim e Tebas. Assim que contornarmos o pico da montanha — no final da tarde —, estarei fora do campo de visão da minha cidade pela primeira vez na vida. Não pude permanecer lá quando minha irmã se tornou rainha e usou seu primeiro dia como governante para ordenar que Creonte fosse executado na praça principal. Entendi seus motivos — ele se voltou contra ela e contra nossa família, conspirou contra nossos irmãos —, mas ela poderia tê-lo banido em vez disso. Eu lhe disse que Hêmon talvez nunca se recuperasse. Ela falou que ele aprenderia a superar o fato ou iria embora. Não tenho certeza se ela se importa com o que acontecerá. Ela quer que as pessoas saibam que não tem medo do próprio poder. Estou certa de que entendem isso agora.

Pretendo voltar a Tebas um dia, mas as estradas são traiçoeiras, e meus planos podem não adiantar de nada. Dormiremos fora por mais uma ou talvez duas noites. Não me importo de acordar coberta de orvalho, com os músculos enrijecidos por conta do chão duro, mas sou décadas mais jovem que Sófon, e ele luta para se levantar de manhã quando dormimos no chão, mesmo que o tenha enrolado em todos os cobertores que temos conosco. Ainda assim, ele nunca reclama.

Está vindo atrás de mim, subindo em minha direção, sem perceber que estou empoleirada nesta pedra para esperá-lo. Sófon está concentrado no terreno irregular, não quer perder o equilíbrio. Traz um cajado para ajudá-lo a cruzar o caminho sobre as rochas, e eu também. Encontrei um galho perto de um pinheiro morto e usei uma pequena faca para cortar os galhos que o cobriam. Como a árvore está morta faz muito tempo, não há seiva saindo dela para grudar em minhas mãos. Fica mais frágil, mas tenho cuidado com ele, que aguenta meu peso quando o caminho é incerto.

Aceno para Sófon, mas ele não está olhando para mim. Quero que saiba que há um riacho bem perto dos meus pés, o que significa que podemos encher nossos cantis. Ele se preocupa com a falta de água. Disse que é pelos vários anos morando em Tebas, onde a água já foi escassa. Mas nunca me diz que eu não entenderia, porque não era assim quando nasci. Apenas se preocupa em silêncio. Por isso, tento tranquilizá-lo: não ficaremos sem água. Os viajantes costumavam fazer esse caminho entre as duas cidades o tempo todo. Se morrer de sede fosse uma ocorrência frequente, já teríamos visto as consequências em algum lugar: corpos à beira da estrada. Mas ainda assim ele se preocupa. Então, agora eu apenas tento seguir em frente e encontrar água, por isso aceno em resposta para que saiba. Mas só funciona se ele se lembrar de olhar para cima.

Está tomado pela culpa, e eu, pelas reprovações. Não sei se o espaço entre nós pode ser percorrido. Por que ele nunca me contou que minha mãe não havia se matado de vergonha, e sim contraído a peste? Ele disse que Creonte proibiu qualquer menção a ela e lhe falou — no dia em que minha mãe morreu — que, se ele abordasse o assunto com qualquer um dos filhos dela, seria banido do palácio imediatamente. Seja como for, nunca perguntávamos porque pensávamos que já sabíamos de toda a história. Ela enforcou-se, e todos diziam ter sido por vergonha. Falavam sobre ela com tanta calma e crueldade, que achávamos ser verdade, e, no entanto, não era. Cresci acreditando que minha mãe não nos amava o suficiente para continuar viva, mas a verdade era o oposto disso. Ela nos amou tanto que morreu para nos proteger. Sófon costumava me dizer nas aulas que é possível mudar o passado. Quando expressei descrença, ele deu o exemplo de um ferimento, que só pode se revelar como fatal muitos dias depois de ter sido sofrido. Nunca havia entendido o sentido disso, até agora.

A cabeça dele desaparece de vista no caminho que se curva abaixo de mim. Ainda não consigo ouvi-lo, mas deve estar se aproximando do meu ponto de visão. Levanto-me da pedra e me sento em uma menor um pouco mais adiante. Ele vai precisar da superfície alta e plana da pedra para descansar os ossos cansados. O burro caminha à sua frente, tendo decidido que Sófon mantém um ritmo mais apropriado do que o meu. Há brotos de grama verde ao lado do riacho, que o burro apreciará, tanto quanto Sófon gosta da água fresca da montanha.

Não faço ideia de como será em Corinto. Tebas nunca reabriu seus portões depois dos dois verões de Acerto de Contas. Por fim, Ani reabriu a cidade, e a maioria das pessoas está feliz com isso. Mas não faz muito tempo, e a notícia ainda não se espalhou o bastante a ponto de vermos alguém vindo para Tebas. O hábito deve ter sido interrompido anos atrás: não faria sentido cruzar essas montanhas quando não se podia entrar na cidade.

Ou talvez, como Sófon receia, a peste matou mais gente fora da cidade do que dentro dela. Isso aconteceu antes, com o primeiro Acerto de Contas, quando ele era menino. Ele comentou que o mundo inteiro mudou, porque muitas pessoas morreram. Coisas que pareciam permanentes se tornaram temporárias. Assim, talvez cheguemos à cidade e a encontremos habitada apenas por bandidos, esqueletos, cães selvagens, ou ninguém. Talvez chegamos à periferia e vejamos que é tarde demais e que não há nada lá para nós, nem mesmo informações. Mas prefiro imaginar que ela terá sobrevivido, assim como minha cidade sobreviveu, à sua maneira. Acredito que as pessoas sempre darão um jeito de viver, sejam quais forem as circunstâncias que lhes restarem. E acredito que uma delas poderá me ajudar.

Uma delas se lembrará de uma época, dez anos atrás, quando um homem cego vagou pela cidade onde cresceu. Não tinha mais olhos, mas se podia ver que ele fora bonito antes disso. Teria barba, acho, e estaria acompanhado por viajantes que conheceu perto de Tebas, que estavam indo para a cidade porque ainda não sabiam que os portões haviam sido fechados. Teria dito a eles que havia sobrevivido a um confronto com o Acerto de Contas e que poderia dizer a todos como se proteger. Meu pai era inteligente e engenhoso. Eles teriam dado meia-volta, cansados e decepcionados por sua jornada ter sido em vão. E ele os teria acompanhado de volta para casa. Ainda pode estar lá agora. Teria cerca de quarenta anos.

Não poderá me ver, mas não importa, porque eu era uma criança quando ele abandonou Tebas. Na verdade, ser capaz de me ver apenas confundiria as coisas. O som e o cheiro das pessoas não mudam, mesmo quando crescem ou envelhecem. Porém, sei que vou reconhecê-lo, e Sófon também, é claro. Sófon sobreviveu tanto e por tanto tempo que diz que as aparências são como máscaras para ele. Ele consegue ver, através delas, a verdadeira pessoa em seu íntimo.

Sei que seria melhor para ele se passássemos apenas mais uma noite dormindo ao relento, mas espero que sejam duas. Porque isso me dá mais dois dias imaginando como será reencontrar meu pai.

E, mesmo que ele não tenha ouvido minha voz durante todos esses anos, quando eu disser seu nome, ele me reconhecerá imediatamente.

Posfácio

~~~~~~~~~~

Não me lembro de quando li pela primeira vez a história de Édipo (em um livro de mitos gregos quando eu era criança? Nas aulas de grego quando era adolescente, revirando os olhos com a descoberta de mais um tempo verbal no passado?), mas, com certeza, li a peça de *Sófocles* muitos anos antes de vê-la encenada. Talvez tenha sido uma consequência de ter crescido em Birmingham, onde não havia muita demanda por tragédias gregas no início dos anos 1990. Ou talvez elas estivessem sendo encenadas, e eu só não tivesse prestado atenção: muito ocupada com o dever de casa, ou um trabalho temporário aos sábados, ou um garoto guitarrista inapropriado, sem dúvida.

Lembro-me de ter ficado surpresa ao descobrir que havia outras versões do mito: os Livros de 9 a 12 de *A Odisseia* foram um texto recomendado em meu primeiro semestre na faculdade, e eu tinha 19 anos quando descobri que a história de Édipo não era (nunca fora) imutável. No Livro 11, Homero descreve o momento em que Odisseu avista a "bela Epicasta, mãe de Édipo"[1] no Mundo Inferior. A versão de Homero do mito de Édipo é

---

[1] Epicasta (em grego antigo: Ἐπικάστη) ou Epicaste, nome atribuído a quatro mulheres na mitologia grega, entre elas, Jocasta. (N. do T.)

esboçada em apenas dez versos, mas é sutilmente diferente da de Sófocles: não há menção à autoenucleação (extração do próprio olho) que forma um clímax crucial em Édipo Rei (ou *Oedipus Tyrannos* [Οιδίπους Τύραννος], seu nome grego. Não posso impedir ninguém de chamá-lo *Oedipus Rex*, claro, mas, como ele não é romano nem um dinossauro, não consigo chamá-lo assim). E quando Epicasta se tornou Jocasta?

Portanto, a história de Édipo era — para mim — um livro antes de ser uma peça de teatro. É uma narrativa implacável (Aristóteles considerava-a a mais perfeita tragédia grega, e você não vai querer que se torne um hábito discordar de Aristóteles. Bem, talvez em relação a medicina e anatomia), quase impossível de abandonar antes que a história chegue ao seu terrível desfecho. Eu mesma conto isso no palco hoje em dia, e há algo emocionante em ser capaz de apresentar as partes cruciais da história na ordem em que são reveladas durante a peça. Se encontrar um público que ainda não sabe o que vai acontecer, é certo que ele vai suspirar no momento-chave. Isso não se deve nada à pessoa que conta a história, mas sim ao peso absoluto da inevitável trama.

Mas a maioria das pessoas não lê os roteiros de peças e, embora as tragédias gregas sejam representadas com agradável frequência, *Oedipus Tyrannos* não é representada com tanta assiduidade quanto, digamos, *Hamlet*. Para muitos de nós, não é um texto escolar, por isso, há muito tempo pensei que seria divertido reescrevê-lo como um romance. E, se alguém vai fazer isso, poderá muito bem recontar a parte da história que mais o atrai, sobretudo se sempre sentiu vagamente que essa é uma parte da narrativa tradicionalmente negligenciada. Para mim, essa parte tinha relação com a personagem de Jocasta.

Édipo é sem dúvida inteligente; é assim que resolve o enigma praticamente impossível da Esfinge e ganha o direito de se tornar rei de Tebas. Mas sua esperteza também é sua falha trágica: a perspicácia se transforma aos poucos em um temperamento explosivo. É um homem que consegue resolver um enigma que havia confundido todos os que surgiram antes dele. Mas essa mesma rapidez mental explica como um homem (que havia sido avisado por um oráculo que mataria o próprio pai e tentava desesperadamente evitar seu destino) pode ser reduzido a um frenesi homicida em uma encruzilhada equivalente a um pequeno incidente violento na estrada.

Jocasta tem cerca de 120 versos em *Oedipus Tyrannos*. Raramente as pessoas se lembram de que é ela quem descobre a terrível verdade sobre seu casamento, algum tempo antes de seu marido superinteligente compreendê-lo. Por isso ela já está morta quando ele junta as peças. Então, em outras palavras, ele é inteligente. Mas ela é mais inteligente. E quanto à versão mais antiga desse mito, aqueles dez versos de Homero que mencionei no início? São sobre ela, a mãe de Édipo; a história dele é anexada à dela depois que Odisseu avista a "bela Epicasta". Sendo assim, eu queria contar a história da perspectiva dela e fazer com que Édipo fosse o personagem secundário. O mito — como tantas vezes — permanece, não importa de que maneira o vejamos.

Jocasta é blasfema na peça de Sófocles de um modo intrigante; ela diz a *Édipo* que deuses e oráculos não são confiáveis. Mas, quando percebe que algo realmente terrível está acontecendo, volta-se para o santuário de Apolo e implora por *lusis* [λύσις] — uma libertação. Essa interação entre o ceticismo religioso e a fé repentina do pânico foi a chave para parte de sua personagem. Para mim, ela é e sempre será a personagem mais corajosa e complexa da história tebana.

Quanto a *Antígona*, é a mais antiga das três peças tebanas de Sófocles (muitas vezes são apresentadas como uma trilogia, ao lado de Édipo em Colono, mas cada peça é, na verdade, a única sobrevivente de sua própria trilogia, escrita com décadas de diferença. É por isso que a linha do tempo não é contínua de uma para a outra). Sempre adorei a tensão dentro da peça: Antígona é cumpridora da lei e anárquica, obediente e perturbadora, simpatizante da liberdade e terrorista. Obedece às leis dos deuses e desobedece às leis dos homens. Ela é o epítome (para colocar em termos filosóficos gregos) de *physis* [φύσις] sobre *nómos* [νόμος]; uma seguidora da lei natural em detrimento da lei criada pelo homem. Discutir com ela é como discutir com a gravidade. Portanto, obedecer aos deuses, enterrar o irmão: essas coisas simplesmente importam mais para Antígona do que a própria vida. É interessante que, quando Anouilh[2] escreveu sua versão de *Antígona*, no início dos anos 1940, ele a tornou a irmã mais nova de Ismênia (Sófocles faz de Antígona a mais velha). Para Sófocles, Antígona é uma irmã obediente, embora exagerada. Para Anouilh, ela é uma rebelde.

Para mim, brilha tanto que Ismênia se perde nesse brilho. Sófocles pode dispensar a essa irmã mais nova apenas sessenta versos. E mesmo Antígona é ofuscada pelo tio: Creonte é o protagonista da peça, se contarmos o número de falas de cada personagem (acredite quando digo que os atores fazem isso. E que a maioria deles prefere ter mais falas a dividir o nome do personagem com o título da peça). Creonte tem metade das falas de sua sobrinha titular.

A batalha entre Creonte e Antígona consome todo o oxigênio da sala ou do palco: é o que torna a peça claustrofóbica de maneira tão convincente. No entanto, pensei que isso deixaria o romance desequilibrado. Por isso, decidi olhar bem para o texto em grego e ver onde poderia encontrar algum espaço. Antígona está imbricada com a morte, conta-nos o (tendencioso, velho, masculino, ou seja, aliado de seu tio) coro. Deixando de lado esse aspecto tendencioso, ela há muito me parece mais apegada à glória de seu sacrifício do que à retidão de sua causa. Então, decidi focar nesse lado de sua personagem e dar a Ismênia o papel principal.

Antígona não parece existir antes do século V a.C.: ela não é mencionada nas versões da história de Édipo antes disso. Ismênia é um bom nome tebano (havia um rio Ismenos perto de Tebas, bem como uma colina e uma aldeia com o mesmo nome), mas, às vezes, em suas primeiras incursões

---

[2] Jean Anouilh (1910-1987), dramaturgo francês, que escreveu *Eurídice* e *Antígona*, recriações dos clássicos gregos. (N. do T.)

míticas, ela não faz parte da família de Édipo. Enquanto isso, os dois irmãos — Polinices e Etéocles — revezam vida e morte: às vezes, um mata o outro; às vezes, se matam; às vezes, um vive e o outro morre. A peça *Sete contra Tebas*, de Ésquilo, oferece uma visão muito mais ampla desse conflito fraterno. Reduzi as coisas para dois homens, na verdade rapazes, que não podem se tolerar, e deixei que isso representasse uma guerra civil maior. Em outras palavras, apresentei a história deles de maneira extremamente rápida e despojada. Mas, pelo menos, os dois acabam enterrados, que é o que as irmãs desejavam para eles.

A versão de Tebas que aparece neste romance tem certa relação com o lugar que você veria agora se visitasse a Grécia. O lago e as montanhas são reais, assim como a distância de Corinto (e, de fato, do mar — Tebas fica surpreendentemente longe dele em comparação com outras cidades-Estados gregas do mundo antigo). O palácio e seus pátios são imaginados e devem pelo menos tanto a Micenas e Cnossos quanto à Tebas histórica. Se quem estiver lendo for bem *nerd*, verá Isi e Jocasta usando alguns itens que aparecem em museus gregos. Já tinha dito a quem me lê que havia apresentado o mito de forma rápida e despojada e fui igualmente indiferente com a arqueologia. Mas percebi que a mítica Tebas de Sófocles deve algo à Atenas do século V, então continuo uma nobre tradição de retrabalhar a cidade (e a história) para um propósito próprio.

Se quem me lê está se perguntando sobre alguns dos personagens secundários, é claro que Teresa tem algo de Tirésias,[3] sobretudo sua capacidade de enfurecer Édipo ao falar o que ela diz ser a verdade e o que ele acredita ser uma mentira cruel. E imaginar o personagem como uma mulher não significa que eu seja anacronicamente cega ao gênero, embora possa ter agido dessa maneira ainda assim (quem não deseja escrever sobre uma vilã

---

[3] Tirésias (do grego antigo Τειρεσίας), na mitologia grega, foi o famoso profeta cego de Tebas e, na juventude, viveu sete anos como mulher por ter separado um casal de serpentes que copulava no Monte Cilene. (N. do T.)

feminina?). Parte do mito de Tirésias é que ele foi transformado em mulher e depois voltou a ser homem. Ele relatou que as mulheres tinham um sexo muito melhor. Ei, não me culpe pelo que ele disse.

Laio está em grande parte fora do palco neste romance, como está no esboço homérico, nas peças sofoclianas e na maioria das versões da história. Ele existe apenas para lançar as coisas ao caos com sua morte (embora eu tenha visto uma vez uma produção de Édipo em que nosso herói homônimo encontra o pai no local onde três estradas se encontram e, em vez de matá-lo, eles têm uma conversa fascinante e seguem caminhos diferentes. Era ótima). A falta de interesse de Laio pelas mulheres e o interesse predatório pelos rapazes aparecem em algumas versões de sua história, em que ele estupra o filho de seu anfitrião (desconsiderar os laços de amizade com hóspedes era, para os gregos antigos, pelo menos tão terrível quanto um crime como estupro). Foi um pequeno passo daí para o personagem deste livro.

E Sófon, o homem com conhecimentos médicos? Ele é uma adição à história, uma criação moderna. Embora ele compartilhe mais do que apenas algumas sílabas com Sófocles, que uma vez pagou por um santuário em nome dos atenienses sem dinheiro para o deus da medicina, Asclépio. Sófocles foi um dramaturgo muitíssimo popular e prolífico, bem como um general militar habilidoso. Portanto, havia um toque de polímata nele que fiquei feliz em emprestar.

Sófocles nasceu em Colono, não muito longe de Atenas, o que lhe dá o cenário para a menos representada das peças tebanas, *Édipo em Colono*. Como é montada com pouca frequência em comparação com *Oedipus Tyrannos*, as pessoas muitas vezes esquecem que a história de Édipo termina de um jeito muito menos terrível do que começou. Um cego exilado, ele perambula pela Grécia tendo a filha como guia e, no fim, se estabelece em Colono como o lugar onde morrerá e será enterrado. Os deuses — muitas vezes inimigos dele — disseram-lhe que seus ossos trariam boa sorte à terra que os tivesse. Essa deve ser Colono, governada (neste ponto de sua história mítica) pelo rei ateniense Teseu, famoso pela história do Minotauro. Depois de frustrar uma última tentativa de Creonte — que tenta reivindicar a boa sorte para si — de levá-lo de volta a Tebas, Édipo morre como desejava: dando um último e duradouro presente ao povo de Atenas. Mesmo as tragédias podem ter um final feliz.

Agradecimentos

Um agradecimento enorme ao pessoal da RCW, em especial ao silenciosamente magnífico Peter Straus; e a todos da Mantle, em especial Maria Rejt, Lara Borlenghi e Josie Humber.

Obrigada aos escritores generosíssimos que leram os primeiros rascunhos deste livro, mesmo ocupados com a leitura e escrita de seus trabalhos: Sarah Churchwell e Lionel Shriver. Vocês são meus heróis. Assim como Edith Hall. Se quiserem saber mais sobre a tragédia grega, aliás, qualquer coisa que ela já tenha escrito será um ótimo começo.

Obrigada a todos na BBC, que me mantiveram em um emprego remunerado ao longo dos anos. Um duplo agradecimento a Tanya Hudson e todos aqueles que trabalharam no *Stands Up for the Classics*. Vocês são incríveis!

Agradeço aos meus brilhantes amigos que me ofereceram apoio moral irrestrito, quase sempre trazendo bolo, gim ou os dois: Helen Bagnall, Damian Barr, Michelle Flower, Kara Manley, Joss Whedon. Tenho muita sorte em ter vocês. E um agradecimento especial a Julian Barnes, por assistir a cerca de 900 tragédias gregas comigo (um dia, juro, passaremos a algo com um número menor de mortos, digamos, uns quatro).

Um zilhão de agradecimentos, como sempre, a Christian Hill, que ainda administra o *site*, embora tenha um emprego decente, uma família e livros impenetráveis sobre programação para escrever.

Obrigada a minha mãe, Sandra; meu pai, Andre; e Chris e Gemima. Se alguém vir o Chris, diga a ele que há espaçonaves neste aqui.

E, claro, obrigada a Dan, por realmente tudo.